叶兆言中篇小说　卷四

关于厕所

叶兆言

人民文学出版社

图书在版编目(CIP)数据

关于厕所/叶兆言著.—北京:人民文学出版社,2012.7
(叶兆言中篇小说;4)
ISBN 978-7-02-009197-3

Ⅰ.①关… Ⅱ.①叶… Ⅲ.①中篇小说-小说集-中国-当代
Ⅳ.①I247.5

中国版本图书馆 CIP 数据核字(2012)第 094973 号

责任编辑 宋 强
特约策划 杜 晗
封面插画 阮筠庭
装帧设计 董红红

出版发行 人民文学出版社
社 址 北京市朝内大街 166 号
邮政编码 100705
网 址 http://www.rw-cn.com
印 制 山东新华印刷厂德州厂
经 销 全国新华书店等
字 数 199 千字
开 本 890×1240 毫米 1/32
印 张 9.5 插页 2
版 次 2012 年 7 月北京第 1 版
印 次 2012 年 7 月第 1 次印刷
书 号 978-7-02-009197-3
定 价 29.00 元

如有印装质量问题,请与本社图书销售中心调换。电话:01065233595

目录

关于厕所

1

杨海龄是个羞答答的姑娘，大眼睛，皮肤白里透红，白得像瓷，红得仿佛涂了胭脂。她到厂里来的第一天，就引起了轰动效应，顿时多少人的眼睛发亮。是初冬，厂在郊区，她骑着一辆新车子，戴着大口罩，天天老时间出现在厂门口。她一来，大家的精神也就来了，先只是耷拉着脑袋站那直着眼睛看，再下来便是笑脸相迎，都找话跟她说。

机器声轰隆隆响起来。杨海龄是磨床操作工，谁也不理地走到绿颜色的工具箱面前，慢吞吞换工作服，换一个更大更白的口罩，开始傲气十足地干活。不断地有小伙子到磨床边去看她操作。她师傅比她大不了几岁，是一个生着络腮胡子的大个子，哪个小伙子在他徒弟身边站久了，他就跟人红脸。

“大个子，是你徒弟，又不是你老婆，你他妈看这么紧干什么?”有一次一个小伙子发急，半真半假说了这么一句。大个子二话不说，胸口一把拎住，就好像拎着一只小鸡，又好像拎着一件湿淋淋的雨衣，从车间的这一头，一直拎到另一头的厕所。多少人出来拉，站在前面拦，谁也阻挡不住。除了机器，厂里面大个子力气最大，谁惹他谁倒霉。

转眼春天到了，杨海龄出现在厂门口的时候，已经不戴口罩。露出了真面目，她算不上绝色女子。一张小巧的嘴，唇红齿白，眼珠子漆黑，黑得发亮，黑得勾人，往哪一溜，一大堆人心里乱，都以为是在看自己。

厂里的一种新产品要上马，于是派一批年轻人去上海学习。这一去，得两个星期。大个子是领队，浩浩荡荡领着大家出发。到了上海，住在一家小旅馆里，天天一早赶到车间里，向上海工人阶级学习技术。上班去，下班回，用耳朵听，用脑子记，辛苦得不得了。两星期说过去就过去，临回家大个子说："都上街转转，到了上海，总不能白来。"

有来过上海的，自告奋勇乐意带队，说哪儿哪儿好玩，哪儿哪儿东西多。大家早憋着一股劲，都想见识见识大上海，七嘴八舌。杨海龄说："那好，我第一次来上海，就跟你走。"她一说，大家都不吭声。杨海龄往哪走，大家便毫不含糊地往哪去。

于是小心翼翼兴致勃勃上了南京路。前后左右都是人，眼睛一眨，便成了离群孤雁。大个子说他个子高，都跟着他，别走丢了。这话说了不一会儿，第一个失踪的就是大个子自己。杨海龄到哪，大家前呼后拥，保镖似的紧跟其后。她要买包，大家都在买包的柜台面前出谋划策，她要买衣服，大家就为衣服究竟能不能试，和营业员有理无理地乱抬杠。众人烘云托月陪着杨海龄。摆脱了大个子监视，大家玩得都很开心。印象中，那一天里杨海龄笑得最多，白皙的脸上一阵阵红，完全变了一个人。

一大早出来，杨海龄就想方便一下。在南京路上逛，她的眼睛滴溜溜转，一直留神着是否有厕所的标志。同行的一共就两个女人，另一位是已经结了婚的小梁。到处都是人，一个商店接着一个商店地走，杨海龄终于有点忍不住，小声关照小梁，托她帮着留神一下，别错过了厕所。

小梁正憋着一股被冷落的怨气，大声嚷起来："你怎么不早说，刚刚我还看到一个厕所呢。"

杨海龄脸一红，让小梁嚷得很有些不好意思。本来这种事用不到嚷得让男同事都知道。大家果然停下步来，眼光都盯在她的脸上。

"没关系，我也只是随便说说。"

"又说没关系了，"小梁耸了耸肩膀，舔了舔嘴唇，"你到底要不要去?"

大家都用眼神询问杨海龄。那是七十年代中期，整个社会都很保守。那个时代的年轻人，男女有别，正经得不得了，谈论上厕所总是有点尴尬。

杨海龄脸更红，喃喃地说："去——就去一趟吧。"

于是大家回头，一时都无话可说，很尴尬地东张西望。找了半天，厕所的影子也没见到。小梁说："见妈妈的大头鬼，我明明看见好像有个厕所的，怎么一晃眼又没了?"

杨海龄说："没有就算了。"

小梁不饶人地说："你憋得住?"

杨海龄脸色有点难看，不耐烦却又不得不做出轻松的样子说："走吧，我们到那边，到那家大商店去转转，走吧，别找了。"

好像什么事也没发生过一样，大家重新进出商店，看各式各样的提包，看各式各样的衣服，给杨海龄乱出主意。小梁说，她也想买件两用衫，要大家也帮她参谋参谋。大家随手指了一件，异口同声说："这件好，这件好。"

小梁说："你们少拿我开心。"

大家又随手指着另一件，仍然异口同声："这件好，这件更好。"

小梁脸色阴沉，差一点骂出难听的话来。杨海龄看不过去，笑着说："瞎说，这件衣服小梁哪能穿。"大家起哄说："能穿，能穿，小梁有什么不能穿的。对对对，穿这件，这件绝对能穿。"说的是一件小孩衣服，小梁人长得矮小，这么一说，玩笑的味道更重。小梁因此挂下脸来，说："这件吗，给我儿子穿正好。"她的女儿才三岁，那件衣服得十几岁的孩子穿，这话无非口头上沾沾在场人的便宜。大家明白她的意思，一起出门，不想搞得不愉快，笑着扯淡，说："喂，话说清楚，我们哪位像你儿子？"

杨海龄扑哧一声笑了。

小梁也笑，说："你们啊，都像。"

杨海龄笑得更厉害。

小梁说："你不要太得意，怎么，不想上厕所了？"

已经有点忘了的念头卷土重来，杨海龄怔了怔，做出若无其事的样子，故意不理小梁。偏偏小梁存心和她过不去，说："熬屎养劲，熬尿养病。尿可不能憋呀，憋要憋出毛病的。"

杨海龄红着脸说："你真讨厌，故意引我是不是？"

"真的，尿不能憋，尿真不能憋。"

这事反正已经说开了，而且杨海龄的的确确感到尿急，笑得很勉强地说："厕所总归会有的，有吗，就去一趟，没有，就拉倒。"

南京路上一逛就是几个小时，从东到西，大家都觉得腿酸，却依然兴趣盎然。当真没碰到一个厕所。这时候，已不是杨海龄一个人迫不及待，大家都有些沉不住气。于是开始问询，不管三七二十一，拉住人就问。一问不知，再问不知，三问四问还是不知。问来问去，厕所没找到，反倒遇上了几个和他们一样要搜寻厕所的人。“上海人真不是东西，难道他们自己不上厕所吗?”找厕所找得一个个脸发青，怒气冲冲到处乱转。找到了一所小学，眼睁睁地看见厕所就在前面，把门的老头死活不让进去。

“老同志，你总不能看着我们活憋死吧?”

“憋不死的，”老同志不急不慢地说，“我活了这么大年纪，没见过憋死的，不要吓唬人好不好，憋不死。”

“老同志你也是人，这憋急了的滋味不好受。老同志行行好，你开开门让我们进去，行行好!”

老同志无可奈何地说：“就是不能开门，我一开门，这南京路上多少人，你们开个头，大家都把东西掏出来，我们这小学校的厕所，一点点大的地方，还不变成了一条河？不能开，所以我不能开，怎么说，也不能开。你们快走，快走，不是急吗，急赶快走。前面就有厕所。”

“前面真有?”

“有。”

大家脸色难看地再往前赶。走出去一大截，人山人海，商店接商店，又是一处繁华地段。厕所不见踪影，明摆着是小学校看门的老头哄了他们。

“前面就是淮海路，乖乖，我们七转八转，都到了淮海路，”那位曾经来过上海的，突然醒悟过来，“也好，我们索性上淮海路逛逛，上海就数南京路淮海路热闹。淮海路上有个厕所，我上次去过的。真的不骗你。”

大家都有些精疲力竭，晕头转向。杨海龄听说有厕所，牙一咬，说：“去就去，不过，不过最好先找到厕所。”

上了淮海路，大家也没情绪逛商店，直奔主题地寻找厕所。早过了吃饭时间，大家肚子饿敌不过小便急，越急越乱，越乱越急。好不容易走到一个小巷口，只见一位漂漂亮亮的上海少女，拎着一个半新半旧的红漆马桶，十分悠闲地走过来。大家见了救星似的狂奔过去，迎面拦住，吓了姑娘一大跳。

“对不起对不起，厕所在哪，厕所在哪?”七嘴八舌狼狈不堪。

姑娘忍不住大笑，回过头，手上的马桶刷举起来，挥了挥，大家争先恐后，连声致谢，急忙往巷子深处钻。走了没多远，隐隐闻到一股臭味，大家都笑，高声招呼，发现新大陆一样地快乐。臭味越来越重，一阵一阵往鼻子里扑，已经看见有男人一边系裤子，一边从一堵矮墙后面闪出来。

走近了一看，杨海龄心里一阵难过。原来只是个倒马桶的卫生站。一个老太太站一水池边上，有些赌气地在刷马桶，马桶刷子哗哗乱响。旁边有一个专供男人用的小便池，靠一堵矮墙勉勉强强遮着。大家也顾不了许多，当仁不让往里挤，迫不及待地尿起来。杨海龄和小梁远远地站着，说不出的窝囊和别扭。

“男人就这点好，妈的也不管是什么地方，都能解决问题。”小梁因为有杨海龄可以比较，虽然也有些尿急了，坚信自己还憋得过她，“喂，小杨，你怎么样，憋得住憋不住?”

杨海龄不吭声。小梁看得出她很难受，又问了一句。杨海龄苦笑说："我真急了，再找不到厕所，恐怕就要尿裤子上了。这厕所怎么这么难找？"

"上海人天生古怪，我那年去北京，人家北京还是首都呢，小胡同里到处都是厕所，"小梁一边说，一边和杨海龄一起原路退出。大家又在路口聚齐，商量下一步行动计划。小梁说："你们轻松了，还有我们呢，人家小杨几个小时前就小便急得不得了，别急着吃东西，先帮我们把厕所找到再说。"

大家连声说："那当然，那当然。"

"都给我认认真真地找，再这么憋下去，人家小杨要尿裤子上了。说真的，我也吃不消了。"小梁一本正经地说着。杨海龄强忍着，脸上的表情痛苦而且尴尬，突然扑哧一声笑了，大家也跟着笑。杨海龄说："我真的要尿裤子上了。"大家又哈哈大笑。

于是大家沿着繁华的淮海路继续搜寻厕所。越是繁华的地段，越找不到厕所。又过去了一个小时，杨海龄脸色都变了，站在一家店门口，两条腿紧夹着，人直哆嗦："小梁，我实在有点憋不住了。"说这话时眼睛已经通红，泪水在眼眶里打转。

一下子就围了许多人看。"小杨，怎么了？"和她一起的人有些紧张，看着她的脸问，"不要紧吧，小杨？"杨海龄咬紧了嘴唇，痛苦不堪往四处张望，整个地失去了信心。小梁说："大家别愣着，快找厕所，小杨，我们往前面再走几步。"

杨海龄说："我不能再动了。"

"那怎么办？"小梁也有些发急，"我扶你——"

"别动我，"杨海龄一声尖叫，表情变得恐怖，"小梁，你别动我。”

大家慌忙散开，没头苍蝇似的乱窜。终于有位好心的售货员答应借用商场的厕所，促成此事的小伙子赶紧冲出来邀功，满脸喜色，连声说：“快快快，就在这商场里。”

大家前呼后拥地和杨海龄一起往商场走。杨海龄走了几步，脸色惨白，站定了不敢动。楼下是男厕所，女厕所在楼上。已经到了楼梯口，杨海龄十分绝望地往楼上看。商场里人来人往混乱不堪。大家说：“小杨，快走呀！”

杨海龄无可奈何地叹了一口气，双手捂脸哭起来。大家注意到她裤子的那地方的颜色突然变深。像一朵花似的慢慢盛开，先裤裆那儿湿了一小块，湿的痕迹逐渐扩大，闪闪发亮的水珠子开始滴滴答答落到了地上，越聚越多，向低处缓缓地漫出去。

2

我一直想写一篇关于厕所的小说，当我开始打算成为一名小说家的时候，有一个叫高晓声的小说家，谆谆教导我说，要写小说，首先要从自己感受最深的问题着手。小说家不能无病呻吟，小说家必须有感而发。他在新时期的两篇代表作最有说服力，一篇是《李顺大造屋》，一篇是《“漏斗户主”》，前一篇说的是农民怎样千辛万苦地造房子，后一篇是农民如何如何的吃不饱，高晓声太熟悉农民，他归纳出农民的两个最迫切的问题，就是吃和住。高晓声的这两篇小说的轰动效应一向让我眼红。

杨海龄在上海淮海路上尿裤子的事已过去了十七年，高晓声的那两篇小说发表了也有十多年。时过境迁，我一直耿耿于怀，想把关于厕所的故事，敷衍成一篇小说。关于厕所的感受实在太多太强烈，然而我只是想写写而已。写一篇轰动小说的雄心，早萎缩成一片模糊的影子，遥远得像是另一个世纪的事。

清朝李渔写文章时，乱发牢骚说：“常有得句将书，而阻于溺，及溺后觅之，杳不可得。”中国文人酸就酸在老以为自己了不起。写文章区区小事，一泡尿害得人少写几句话，算得了什么大损失。不管怎么说，尿急才是桩大事，过去有“官急不如私急”之说，又有所谓：“屎急尿胀，官兵要放”。还有一句更形象：“进门三步急，出门一身轻。”

《南华经》上有这么一句：“道在屎溺。”苏东坡《养生杂记》也说：“要长生，小便清。要长活，小便洁。”膀胱为肾之府，有下口，无上口，因此想撒尿就得撒尿。地法天，天法道，道法自然，活人不能让尿憋死，活人弄不好就真能让尿憋死。古代名医孙思邈说过：“忍小便，膝冷成痹。”又说：“忍大便，成气痔。”《内经》上更写得明明白白：“通调水道。”小便首先得通，通了以后，才谈得上调。我们的老祖宗对吃喝拉撒睡都极有研究，五个重大课题中，属于上面的问题有两个，属于下面的问题也有两个，可见拉和撒的重要并不在吃喝之下。随手就可以举一个例子，《悟真录》上记载了小便时应有的讲究：第一，得睁大了眼睛撒尿，“眼中黑睛属肾，开眼所以散肾火”。第二，撒尿时得紧咬牙齿，“齿乃肾之内，宣泄时俾其收敛，可以固齿”。《贮香小品》也说：“每于小便时闭口咬牙，永免齿疾，且年高齿不摇。”又譬如《葆元录》上说：“饱则立小便，饥则坐小便。饱欲其通利，饥欲其收摄也。”清朝曹庭栋《养生随笔》上这么写着：“每大便后，进食少许，所以济其气乏也。如饱后即大便，进汤饮以和其气，或就榻暂眠，气定即起。”

道在尿溺，举一反三。任骋先生所著的《中国民间禁忌》上写道：

> 便溺的处所也有禁忌。一般民间便溺都要在指定的地点，如厕所、茅房等背人的地方。忌讳随处大小便。俗以为大小便应当在离开住宅远一点儿的地方。柯尔克孜族人严禁在住宅或帐篷附近大小便；哈萨克族也忌讳在毡房附近或羊圈、驼场大便，以为不洁净，不卫生；京族禁忌在渔箔里大小便；维吾尔族在墓地和清真寺内，以及涝坝和伙房等地，均禁忌大小便；达斡尔族禁忌小孩子在牛、马棚内和灰堆上大小便，俗以为在这些地方大小便，屁股上会长疮疖；鄂伦春族禁忌在河里小便，否则，以为到阴间后阎王爷和小鬼们会让他把水和尿分开，到那时就作难了；鄂温克族最忌讳外人在坑上尿湿了褥子，俗以为这等于灭了这家人的火，会导致断香火绝根苗；汉族等民族忌讳在坟地里大小便。俗说坟地为乱葬岗，是鬼魂栖息之地，若在此大小便，会冒犯鬼魂。鬼魂一旦恼怒怪罪于人，那便溺之人就会生病或者暴死。小便又忌冲灶口，或者尿在烧锅的柴禾上，亦是恐怕会亵渎灶神。

人比动物高出一个档次的重要标志之一，是知道应该怎么样大小便。怎么样大小便中还有一个重要内容，又是不能随地大小便。人和动物一样，喝了水就得撒尿，吃饱饭就得拉屎，拉屎撒尿，虽然是圣人也不能免俗。“民以食为天”，所以中国人特别能吃，这也是世界公认的看法。吃得多，排泄的自然也多。难怪毛泽东同志当年起草《八项注意》，第七项是“洗澡避女人”，第八项就是“大便找茅坑”。“大便找茅坑”在今天仍然可以算是至理名言，浅显的句子中饱含了博大精深的哲学意义。我们大家都知道，《八项注意》是人民解放军著名的《三大纪律八大注意》的雏形。

随地大小便怎么说也不是文明的标志。和我们国家古老的文明相比，今日文明得让人眼红的欧洲大陆，几百年前，要比我们野蛮得多。有关将大小便倒在街上的描写，经常可以在古典小说中读到。一对情侣偷偷在街上约会，倚在窗台下亲吻，窗子突然推开，一盆脏水劈头盖脸直泼过来。仔细一闻，竟然是尿，是尿也只好自认倒霉。天黑了，谁叫他们野猫似的在街上乱窜。这样的细节绝对不是我的捏造。巴黎人的便壶随意在窗口向外面倾倒，毫不顾及行路之人，谁要是身段欠灵活一些，听见一声“当心水”，不能立即闪开，那就准中无疑。在莫里哀以及同时代的诸家喜剧里，这样的插话屡见不鲜。法国革命爆发前夕，一位叫瑟罢士梯安·麦舍的抱怨随地小便已成了男子们的习惯：“一回家就看见一个男子在你的楼梯脚下小便，看见你丝毫不觉得难为情……这个风俗非常脏，尤其使妇女们为难。”大名鼎鼎的卢浮宫曾经是最肮脏不过的地方，著名的人类学家罗伯特·路威在《文明和野蛮》中写道：

院子里，楼梯上，阳台上，门背后，人人可以随便方便——管宫的人员决不来干涉，所以谁也不怕被人看见。在一般民众，这种鄙野之风原不可责。一六〇六年八月八日，上谕圣遮猛宫(Saint-Germian)中的一切人等不得任意方便。就在当天晚上，皇太子便冲着他卧室的墙壁大溺而特溺。十七、十八世纪进步多了，然而王公大臣甚至国君坐在便桶上会客，不把它当回事。

记得曾经读过一个有关原始部落的采访报道。描写一禁忌极多的原始民族，说话时，从来不敢看对方的眼睛，因为这不礼貌，但是，如果是一边说话一边就地大小便，却没有任何不敬之处。原始人穿的是一种与夏威夷草裙差不多的围裙，没有短裤的麻烦，蹲下来就能解决问题。

屎溺有道不是句空话。考察一下厕所的历史和现状，的确是一桩非常有趣的事。这年头出国的人越来越多，开了点洋荤，免不了受外国的月亮比中国圆的思想毒害，开口闭口人家外国怎么样怎么样。嘴上说不过瘾，还要摇笔杆子写文章。《域外万花筒》上介绍日本的“厕所文化”：

厕所的卫生、舒适、美观是人类文明的表现，日本有些地方每年都要搞一次最佳“十大公厕”评比。现任“日本厕所协会”会长西冈秀雄原是人文地理学家，又兼任东京大田区的乡土博物馆长。他对世界厕所的研究极有心得，去年举办了为期一个月的

“厕所考”展览会，对各类厕所及便桶有详尽的介绍。

美国麻省一间博物馆决定邀他明年到美国举办同样的展览会。由于艾滋病的迅速蔓延，使美国对与人体不接触的日本便盆大感兴趣。

据说在美国，也有十大名厕的说法。隔一段时间就要正经八百地评一次，就仿佛我们评十大体育明星，评十大名模特儿一样，认认真真绝不含糊。发达国家想来也是钱太多了，吃饱了又不肯闲着，于是在厕所方面争奇斗艳，不仅清洁，而且舒适，而且越来越艺术化，越来越保健化。厕所内挂壁画放音乐，抽水马桶本身则成为一组医用器械，能自动记录人的血型和尿常规，能根据记录下来的化验数据，检验出一些容易被人忽视的疾病。对于痔疮患者来说，有专供冲洗患处的设备，只要一揿按钮，水自下而上，难言之隐，一干二净。

《科技经济导报》上的一篇报道不妨全文照录：

法国巴黎的街头巷尾，均可见公共厕所。厕所体积小，外形酷似碉堡或炮楼，只能供一人使用。厕所门平时紧闭，投入法郎后自动开启，人进入后即自动关闭，同时门口亮灯，表示有人。十法郎（合人民币五元七角）仅能使用五分钟，投入二十法郎，可使用十五分钟，还供应热水作梳洗打扮之用，如在五分钟内不能“方便”完毕，必须再投法郎，否则厕所门自动打开，让你“示众”。厕所内装有电视机，人进入后，电视机自动显现彩色画画，人走后自动关闭。

外国人在厕所方面的讲究，常让觉得外国月亮比中国圆的人瞠目结舌。其实中国的古人也不含糊。除了前面说过的养生之道，在奢侈这一点上，中国人未必就输给外国人。晋代大富豪石崇，是《世说新语》中的人物，有一次，一个叫作刘寔的人去石崇家作客，席间去了一趟厕所，见厕所内花团锦簇，两位婢女手持香囊，含情脉脉站在门口，吓得掉头就走，连连对石崇打招呼，说自己"误入卿内"，大约是跑进了石崇的小老婆房里。《晋书·王敦传》说：

> 石崇以奢系于物，厕上常有十余婢侍列，皆有容色，置申煎粉沉香汁，有如厕者，皆易新衣而出。

外国人少，古时候人也少，厕所文明并不难。中国人中像杨海龄这样尿急湿了裤子的毕竟不多，况且怎么说也是十七年前的旧事。士别三日，刮目相看，事实上中国正在大张旗鼓解决上厕难。譬如制定了设厕标准，规定每座厕所的服务半径应在半公里以内。对一些特殊地段还更为严格，流动人口高度密集的街道应小于三百米，老城居民区应在一百至一百五十米之间。这个设厕标准完全可以避免再发生类似杨海龄的悲剧。然而正如"前途是光明的，道路是曲折的"至理名言一样，制定标准是一回事，达到标准又是一回事。新近《百花洲》杂志上发表的一篇报告文学，报道了厕所紧张的严重局面：

> 这个城市，人口一百多万，流动人口十余万，方圆五百六十八平方公里，人口密度一千八百六十八人。可是，截至一九九〇

年七月，全市才有公厕二百一十八座，达四千八百人一座。蹲位更少，总共三千三百七十七个，三百零九个人才一个，且不说“廉颇一饭三遗矢”，以一人一天一大解，一次五分钟计，想想看该有多紧张！

五分钟一大解，一小时可以解决十二个人。一天二十四小时，连续不断地干活，可以解决二百八十八个人。三百零九人共一个蹲位，照这么算，还有二十一个人必须轮空。或者是采取隔天拉屎法，或者是少吃蔬菜让自己便秘，或者是缩短大解时间，五分钟改成四分钟。有问题总能解决，我不相信这座城市天天有人屎拉裤子上。上面提到的那篇报告文学还作了如下报道：

拥有二万多居民的某地段，人口密度一万零六百人，已经一年多没有厕所。原有三座公厕，打坏一座，捅了一座，进而拆了一座；

拥有四万三千多居民的某地段，人口密度一万五千五百九十人，只有三座公厕。原本有两座水冲式厕所，因无水、坑浅积粪而不能开放；

拥有七万居民的某地段，人口密度九千七百八十一人，只有一座公厕；

拥有五万七千五百居民的某地段，人口密度四千六百五十人，只有一座公厕；

长三点一公里的某路没有厕所；

长四点七公里的某路没有厕所；

长八点五公里的某大道没有厕所；

……

不看不知道，世界真奇妙。不说不知道，一说吓一跳。上面提到的一些数据的确有些骇人听闻，难怪杨海龄会尿湿裤子。好在人是有理智的动物，道高一尺，魔高一丈，拉屎撒尿，不是那么轻易就出丑丢人。俗话说，活人哪会让尿憋死。死人的事是经常发生，没听说哪天不死人，却没听说天天有人弄脏了裤子。世界上骇人听闻的事太多。

记得老舍的《骆驼祥子》最后写祥子的堕落，有一笔入木三分令人难忘。祥子成了“刺儿头”，干的一桩最潇洒的事，所谓“是地方就撒尿”。是地方就敢撒尿是种境界，除了不太懂羞涩的小孩子，除了精神病患者，在文明社会里，不是什么人都能做到的。是地方就撒尿是随地大小便的别一种说法。但是这别一种说法，活灵活现，写尽了“刺儿头”的玩世不恭。

厕所紧张了，人常常会做些迫不得已的事，尿胀膀胱屎逼屁眼，踏破铁鞋无觅处，选个能背人的地方方便一下，怎么说都不为过。这当然是指在野外，像杨海龄在南京路淮海路上，憋不住只能尿裤子，要不然非扭送公安机关，或者送到神经病医院。要撒野得到农村的广阔天地里去撒，良田万顷一望无际，春天里一片翠绿，秋日里一片金黄，人和大自然接近了，撒撒野也无妨。老夫聊发少年狂，文明人不妨当回野蛮人。

有一回，我们去一个风景非常怡人的地方开笔会，浩浩荡荡，聚集了一大帮青年作家。会议期间，由当地文化局的一位女干事陪同，去欣赏风景点。早上吃的是小米粥，多少年没吃过这玩意，都说香，一碗接一碗地喝。车子刚开动，大家就说："今天好，今天喝了这么多小米粥，待会儿肯定热闹。"开出后不到一小时，经过一厕所，大家齐声高呼："停车，停车。"迫不及待钻进厕所，一身轻松走出来，上车，再往前开。

这一开就是两小时，车上的人又憋不住了，纷纷向司机打招呼，请他见厕所就停车。县文化局的女干事说："这哪来的厕所，亏你们一个个还是作家，就路边方便一下就是了。"

青年作家气盛，一听这话，都说："路边就路边，把车停下来。"

车说停就停，青年作家们一个接一个跳下车，往田野深处走。县文化局的女干事说："好了，别走多远的，谁看呀！"

车上还坐着几位女作家。下车的青年作家们都笑，都是男作家，都干脆做出不在乎的样子。一并排站开，哗啦啦一泄如注，然后再上车，谈笑风生，都在想那几位女作家的日子不好过。男女有别，膀胱的容量未必有太大区别。刁钻的男青年作家开始寻女作家的开心。

"小米粥确实好，就是膀胱受不了，你们女同胞忍尿的能力，是不是特别强？"一位说什么样的笑话自己脸上都能不动声色的男青年作家说。

大家笑成一片。男青年作家们七嘴八舌。

"算了，别找什么厕所了，就路边蛮好，这叫人和大自然融为一体。"

“路边不行，得往里走一些，没瞧见车上坐着一车狼吗?”

县文化局的女干事说：“算了吧，你们能算是什么狼？刚刚一个个文绉绉的样子忘了?”

“他们都是一群有贼心没贼胆的狼。”一位专写新潮小说的女青年作家对窗外看了一眼，微笑着告诉县文化局的女干事。

“什么叫有贼心没贼胆?”县文化局的女干事明知故问。

“就是纸老虎的意思吧，”男青年作家中有一位一本正经说，“是不是?”

大家又笑成一片。车在无边无际的平原上狂奔，正是春光无限的时辰，麦子青青，菜花儿开了，蜜蜂在黄颜色的花瓣上飞来飞去。目的地好像永远到不了，车子仿佛要永远这么开下去。话说多了也没意思，笑了一阵，说了一阵，有人率先打起瞌睡。

女青年作家们低声商量了几句，一致呼吁司机停车。车停了，青年女作家们在县文化局女干事的带领下，气势汹汹倾巢出动。男青年作家们目瞪口呆，有一个忍不住发出怪异的笑声，打瞌睡的也醒了。

专写新潮小说的女青年作家在田野里回过头来，有些不好意思地往车上张望。车上的男青年作家笑着喊道：“没关系，这车上全是有贼心没贼胆的，没人敢看。”

县文化局的女干事穿的是一件红毛衣，她挥了挥手，示意了一个地方。衣着花花绿绿的女青年作家纷纷摇手，继续往田野深处走。专写新潮小说的女青年作家又一次回头看了看停在公路上的大客车。麦田青青，菜花地一片黄，蜜蜂乱飞，县文化局的女干事和女青年作家们终于没了踪影。

3

为了缓解女性在球场、音乐会和机场等场所“方便”难的问题，美国人最近发明了一种新设备——“女尿厕”。“女尿厕”跟男尿厕很相似，但由一条管子连着。女子站在厕前，把管子拉前，管口便会弹出一个盖有卫生纸的杯子。事后，把管子挂起来冲厕。

女厕前排长龙是一件很尴尬的事。巴尔的摩纪念运动场准备了六套。在今年秋季运动会期间试用。如果反映良好，一些其他球场也将相继采用。

十七年前，杨海龄在淮海路上尿湿裤子，我就是那个冲进商店，向售货员哀求，获得允许后，又飞奔出来报信的年轻人。那一年我十八岁，和在场所有的小伙子一样，对杨海龄充满好感。我永远也忘不了当时的那场混乱，围观的人七嘴八舌，杨海龄捂着脸自顾自地哭个不歇，我们站在一边不知所措。有个上海人趁机说了句很下流的话，下流得使小梁和那人对骂起来。我们像木头人似的站在一边，竟然不知道帮着吵嘴打架。我们甚至不知道应该安慰安慰杨海龄。事情糟糕到这一步，实在出乎意料。我们成了真正的木头人，就好像是我们自己尿湿了裤子。晚上回到旅馆，我们的行为遭到了大个子的愤怒指责，他认为我们应该为自己是大男人感到可耻，“我当时要在场，不把那上海人那张贱嘴的牙打掉，我就是你们养的，不，我就他妈的是婊子养的。”大个子度过了认识杨海龄以来最窝火的一天。他失去了保护杨海龄的专利，成了离群的孤雁，苦着脸，像掐了头的苍蝇一样为了找我们到处乱窜。

当时的确不知道怎么办才好，男女有别，我们又不能送杨海龄去厕所换衣服，里里外外都湿了，想换也没合适的衣服可以换。围观的人多得让人喘不过气来。多少年以后，杨海龄回忆当时的情景，只说了一句话：

“我那时候，真想死！”

也难怪有人要看。大庭广众，一位漂漂亮亮的大姑娘尿湿了裤子，谁见了，也忍不住多看几眼。混乱了足足有半个小时，杨海龄除了哭，还是哭。我们傻兮兮一旁陪着，混在看客之中，干着急。好不容易小梁明白过来，大声地喊道：“有什么好看的，有什么好看的？”围观者照样看，小梁急中生智，将杨海龄往女厕所拉。杨海龄一边哭着，一边还不肯走，急得小梁哇哇大叫：“小杨，这么多人盯着你看，好看呀？”

杨海龄终于被小梁拖上楼，一路走，一路湿漉漉似乎还在滴尿。我们犹豫着跟上楼，一位老太太冲我们大骂：“你们这帮人，真是吃饱了太空，是不是还要跟到女厕所去看看，真是不要脸！”

“我们是一起的。”

“一起的？”老太太不信任的眼光上下打量我们，一张沾满唾沫星的嘴赌气地撅着，结果我们又成了众目睽睽的注意目标，“一起的，你们也不能跟到女厕所去呀。”

我们乖乖地在门口等着。看热闹的人渐渐离去，小梁突然跑出来，要我们脱一条裤子下来，让杨海龄罩在湿裤子外面。我自告奋勇脱下外裤，小梁捧着再次跑进了女厕所。隔了好半天，杨海龄出来了，穿着我的外裤，卷着裤角，依然眼泪汪汪。第二天一大早的火车回南京，我穿着一条红颜色的全棉运动裤，在车厢上一趟趟跑来跑去，忙着为大家倒开水。我们一路都在打牌，谁输了谁就该服务，记得从开始一直到火车进南京站，我没抓过一次好牌。

这次事件使杨海龄变成了哑巴。在火车上她一声没吭。回到厂里上班，更听不见她的声音。就看见她戴着个大口罩，两个大眼睛中没任何人，站在磨床边，谁撩她说话也不搭腔。我们赌咒发誓，谁也不许把尿湿裤子的事捅出去，然而这事在我们回厂的第二天便传开了，沸沸扬扬都当笑话讲。人多嘴杂，越说越离谱，越说越有趣。

大个子挨个审问去上海的人，他是真正地生了气，看得出，只要能查出谁是这次事件的泄密者，他一定不会轻饶他。那天在厕所里，我正蹲在那拉屎，他突然闯了进来，一把夺走我捧在手上的那张草纸："你说老实话，到底是谁把这事传出去的?"他不分青红皂白，用草纸在我头上抽了一记。

"大个子，你——"我蹲在那说不出的狼狈，"你别抢我的草纸呀!"

"到底是不是你，是你传出去的?"大个子面目狰狞，只等着我承认了，然后把我塞到大便池子里去。我无端地有些恐惧，幸好这消息不是我传播的，我苦笑着赌咒发誓，求他把草纸还给我。

"真不是你?"

我接过草纸，草纸上捏着黑乎乎油腻腻的手印。“大个子，你也欺人太甚，我就是打不过你，要不然，我饶了你，我他妈是你养的。”提了裤子站起来，我感到自己非常委屈，气鼓鼓地对大个子说：“你凭什么怀疑是我？”

大个子当场向我道歉，连连叫我不要生气，他用胳膊搂着我的头，和我一起往车间走。“老实说，我觉得最不可能把消息传出去的，就是你，”大个子看上去足足比我高了一个头，“所以，我他妈先从你开始问起。要是我查出来是哪个狗日的，你说我不把他屎揍出来，还把谁屎揍出来？”我们走到了磨床那儿，杨海龄戴着大口罩正在操作，她分明已经看到我了，故意做出不理不睬的样子。我脸带微笑地停下步来，在一边涎着脸看了三分钟，还没搭上一句话，大个子便板起脸来撵我走：“喂喂，干你的活去！”

杨海龄在淮海路上尿湿裤子使她的身价大跌。这时候，一年一度的新学员又来报到，见异思迁，来了几位挺看得过去的姑娘，小伙子们的注意力立刻转移。唯一紧盯着杨海龄不放的就是大个子，他对自己的徒弟入了迷，一头跌在情网里出不来。他虎视眈眈地守护着就在嘴边的羔羊，垂涎三尺，却没有一点点实质性的进展。这是一场没有任何结果的单相思，大个子情意绵绵，对徒弟的关怀体贴入微，但是杨海龄对他若即若离甚至冷冰冰。淮海路上尿湿裤子的经历进一步加深了杨海龄的孤独者形象。她的表情永远披着一层面纱。上班下班独往独来，谁和她一起走也休想多说一句话。

事实上，早在刚尿湿裤子的那一刻，杨海龄捂着脸痛哭，她就打定主意，再也不能在厂里待下去。这个面子丢得实在太大了，大得她整个地失去了信心。在这个厂继续待下去，对于她来说，将是一场终身的折磨。她摆脱不了人们眼睛中一闪而过的那种试图掩盖因此更加明显的表情。多少年以后，时过境迁，杨海龄早已恢复了信心，在和我一起重温旧事时，曾感慨万分地说过："我当时只有一个想法，这就是离开这个厂，越早越好。"

不声不响的杨海龄为她的工作调动用尽了伎俩。她的父亲是个中学教师，到处托人，差一点就把她调到城市另一头的一家工厂。所有手续都已完备，她突然听说我们车间主任的老婆就在那个厂里当调度员，"我想，那我还去干什么呢?"杨海龄回忆旧事时，苦笑着对我说，"我想换一个全是陌生人的环境，但是这件事提醒我，要换，就索性换远一些。"必须去一个对她来说完全是陌生的世界。她的生活将在一片空白中重新开始。她做好了去外地的准备，即使条件差一点也在所不惜。她的父亲有一位老同学在苏北工作，老同学的儿子对杨海龄颇有意思，"小伙子挺一般的，瘦瘦的，高高的，说话有点结巴。他当时是我的最后一条退路。"正当走投无路的杨海龄准备献身于没有爱情的爱情时，高考制度的恢复，仿佛晴天一声霹雳，又好像是黑暗的天空中划过一道闪电，为绝望中的杨海龄带来了光明。她立刻全力以赴地投入复习，准备报考任何一所可以录取她的大学。既然离开这个生活中充满阴影的工厂，已经成了她奋斗的主要目的，报考大学便是唯一的手段。

那个年头中，我们那个小小的工厂中，还有一个人对报考大学如痴如醉丧心病狂，这个人就是我。自从我和杨海龄在一个补习班上不期而遇，个人的秘密就变成了我们公共的秘密。我们开始一起补习温考，互相交换复习材料。我们变成了工厂里的多余人，上班时无精打采，能偷懒则偷懒，能拆烂污就老实不客气地拆烂污。我们去找同一个医生混病假，又去找同一个老师解答问题。我们把业余时间都花在了复习上，满脑子试题，满脑子应该背下来的公式，政治语文数学整天在脑子里打架。

我们的接触很快遭到非议。大个子对我怒目而视，眼睛中冒出的妒忌的烈火足以把钢铁都熔化。和我要好的小兄弟提醒我，说我和杨海龄如何如何不般配。“你小子没必要打着复习的招牌吊膀子，人家早就有了主，你当心大个子把你的脖子拧一下。”无论怎么解释都是多余，我索性稀里糊涂地由别人怎么说。除了上大学之外，我没有其他念头。上大学的欲望实在太强烈，不仅使我忘记了爱情，甚至连正常的青春期的性的欲念也抛弃到九霄云外。那一年我二十一岁，为了复习，我和杨海龄一起赶火车似的，从这所中学赶到那所中学，有课就上，有复习教材就当场掏钱买。有一次，我和杨海龄被一位应考的中学生从课堂上活生生地撵了出来，理由是我们既然不是这座学校的学生，就不应该占据属于他们的课桌。话说得冠冕堂皇理直气壮，我们做贼心虚，只好乖乖地到教室外面去听。听到一半，负责为学生复习功课的老师走出来，非常和气地对我们说：“教室里太挤了，实在坐不下，这样吧，我晚上还有一节课，你们晚上早点来。”

于是我们开始在学校里乱转。这是一个星期天。时间已经是下午，我们决定利用这段空隙，好好地背一下政治。除了那个补习班，所有的教室都是空荡荡的，我们沿着楼梯往上走，一直走到最高的一层，然后在过道里嘀嘀咕咕地下死劲背书。太阳快要落山了，对面的离我们很近的一座大楼，仿佛被一道金光劈成两半。我们背着列宁关于帝国主义是资本主义的最高阶段的著名论断。一个人结结巴巴语无伦次地背诵，另一个人在一旁检验是否正确。完全是在无意之间，我们突然注意到对面大楼正对我们的一个房间里，一张大铁床上，赤条条地躺着一男一女，都是睡着了的模样，好半天没有动一下，夕阳从窗户射进去，洒在那一男一女的身上，斑斑点点像是两尊艺术品一样。

我们继续背诵帝国主义是资本主义的最高阶段，心里都咯噔了一下，不约而同地对看一眼，扭过头去，往走廊的另一头走，一边继续背诵。一直到天彻底黑透，我们就这么在走廊上走来走去背个不歇。我们都下意识地不往那个窗子里看，稍稍走一点神，立刻重新抖擞精神，一字一句苦思冥想往下背。我们终于背下了那些重点，那些一二三四的小标题。对面窗户的灯光突然大亮，临走时，我们忍不住回头看了一眼。那一男一女已经穿上衣服，那男的什么模样我当时就没看清楚，那女的却是个小美人，正挺着高高的胸脯在和男人说话。一年以后，我在大学的宿舍里梦到同样的情景，当醒过来发现自己已梦遗时，我非常奇怪自己当年目睹活生生的场面竟然会无动于衷。

我和杨海龄都成了想上大学的机器人。我们毫无拘束地在一起，几乎忘记了我们之间的性别差异。我再也不是那个曾经想向她献殷勤的小伙子，她也不再是那个戴着大口罩不肯露出真面目神秘兮兮的大姑娘。除了试题和即将来临的考试日期，这世界上所有的事情暂和我们都没关系。我们经常一边走路，一边背书，全神贯注，目不斜视。有一次，我差一点跟着她一起进女厕所，而她有一次在野外和我一起背书时，哈欠连天，最后竟然毫不害羞地靠在我身上睡了一觉。

我们如愿以偿进了大学。从此断了很长时间的音讯，直到大学三年级，我和杨海龄才又一次见面。那是在暑假里，我们通过电话相约，一起去我们曾经待过的那个小工厂看看。士别三日，虽然谈不上衣锦还乡，我们都有一种按捺不住的得意。我们受到了非常热情的欢迎，当年极力反对我们考试的厂长，破例把我们叫到厂长办公室，而且亲自去食堂吩咐准备饭菜。

过去的老熟人纷纷来看我们。我和杨海龄一起去看望大个子。这时候的大个子已和我们也熟悉的一个极不起眼的女孩子结了婚。杨海龄和大个子说了几句话，走到她当年操作过的磨床边，情不自禁地摇了摇手柄，和一个我们所不认识的磨工说起话来。

“你们在一个大学?”大个子很有些尴尬地问我，这是一个毫无道理的问题，没等我回答，他又说，“对了，你们不是一个大学。”

我忍不住傻笑，明摆着他酸溜溜地还在吃毫不相干的醋。我知道厂里一定有许多人误会了我和杨海龄的关系。对别人这种事用不到解释，但是对大个子，我觉得有必要说说清楚：“我和她三年没见过面了。”

大个子有些吃惊，看着我，脸刷地就红了，红了一会，不好意思地笑了笑，说：“你们不常见面?”

“跟你说三年没见过一次面。”

大个子总算缓过劲来，眼睛移向别处，想说什么，话到嘴边，又不说了。

“你们说什么?”杨海龄笑容可掬地向我们走过来。

“没说什么，没说什么，”大个子连声说。

“你师傅问我们是不是经常见面，”我想开句玩笑，说大个子以为我和她在谈恋爱，然而看到大个子变得那么紧张，便让话题突然拐了个弯，“喂，小杨，是不是想你的老伙伴?”我这话说得有些愣头愣脑，我的意思当然是问她想念不想念自己曾经操作过的磨床。

“你瞎说什么?”杨海龄脸红了，立刻又镇定自若，“喂喂喂，你小子在大学里学坏了。”

这一天杨海龄显得异常兴奋。我们在车间办公室泡了两个多小时，又是说又是笑，终于让车间主任感到嫌烦，他挥挥手，做出十分遗憾的样子，叫和我们一起吹牛的工人干活去。没一个工人听车间主任的话，大家谈笑风生依旧，把车间主任往外面轰。车间主任一脸不高兴地说:“有话下班谈，好不好?”

杨海龄看了看手表，笑着说:“唉哟，主任，你也真是的，马上不就下班了吗，怎么这么不够意思?”

车间主任盯着杨海龄像看什么怪物似的，酸溜溜似笑非笑地说:“看不出你小杨，还真变了个人，变得能说会道，想当年，你可三拳头也打不出个闷屁来的人，那时候都当你是个哑巴，当年你去上海——”

杨海龄的脸顿时变色，通红，变白，又发青。车间办公室里鸦雀无声，气氛大为紧张。车间主任突然哈哈哈大笑，大家都笑，杨海龄也若无其事笑起来。大家很快知趣地告辞，杨海龄面带微笑，刚出厂门，眼泪就噼里啪啦掉下来。

“这个鬼地方，我再也不会来了。”她赌着气，咬牙切齿对我说。

4

杨海龄回厂的遭遇，和一个叫作省三掉裤子的故事非常相似。省三是一个爱跳舞的小伙子，有一次在表演时，不幸当众掉了裤子。他羞愧难当，骑马去了一个很远的地方。若干年以后，省三变成白发苍苍的老人，骑着一头瘦驴回来，他发现人们仍然还在津津有味地议论他当年掉裤子的情景，便赌咒发誓以后再也不回家乡。杨海龄在淮海路上尿了一次裤子，使她发愤考上大学，所谓失之东隅，收之桑榆，吃了一次亏，又占了一次便宜，正好功过相抵。功也好，过也好，人们很难忘掉她曾经尿湿过裤子。

我考大学似乎也是环境造成的。那一年熟悉的人中间，和我同期考上大学的有作家方之的儿子，还有作家陆文夫的女儿。我父亲和方之、陆文夫为同一件事打成了右派，难怪方之有一次会按捺不住得意地说：“好好，我们老右的小孩，都上大学了，报应，真是报应。”

我们班上起码有十名右派子女。刚进大学的时候，还有两届工农兵大学生没有毕业，通过高考进大学校门的人，免不了有些小人得志，动不动就和工农兵大学生寻衅吵架，有一次甚至在厕所里挥拳头打起来。一位工农兵大学生感叹说：“这年头，搞得不得了，工农兵大学生跟右派似的。”

这句话曾在学校里广泛流传，都当作笑话讲。当时右派还未平反，这话的意思，等于说就是和坏人一样。隔了一年多，轮到右派平反。三十年河东，三十年河西，右派突然走起运来，逐渐变成了金字招牌。有一天，系支部书记把我找去，说是在我的档案中，有一叠关于我父亲的材料，现在让我过目一下，然后当面销毁。

“这材料已跟着你许多年了，现在好了，我们把它烧了，就没事了，真的，以后就没事了。”系支部书记是个慈祥的老太太，她由衷地为我感到高兴。

但是我拒绝过目所谓我父亲的材料。无论慈祥的老太太怎么劝，我坚决不看。多少年来，我根本就不知道还存在着这玩意。我知道父亲是右派，多少年来，我不止一次因为自己是右派子女抬不起头来。秃子头上的疤明摆着的事，材料能销毁，自然能够再放进去，况且我已通过审查进了大学校门，这起码可以很乐观地说明，即使是父亲的材料还在，也未必会再影响我的前途。

有些事总是让人耿耿于怀。怎么忘也忘不了。文化大革命最激烈的年头，我避难去了农村，在一个小镇上读小学。这里远离城市，凡事都要稍稍慢几拍。记得有一天突然开了全校大会，说是要成立红小兵。校领导充满感情地高声说：“我们都是毛主席的红小兵。”下面顿时一片鼓掌，情绪激昂。会议一散，都回到课桌前，摩拳擦掌，又是写申请书，又是写决心书，整个学校都沸腾起来。

很快发了表格下来，让大家填。于是碰到了家庭成分这一栏。这里的农村和我们通常在书上或电影上见到的不一样，全是贫农，没有地主。有钱的地主都在城里，不是经商，便是经营实业，所谓民族资本家。大家争先恐后地填着表，全班只有我一个人为家庭成分烦神。我当时小学四年级，说懂，好像什么都懂了，说不懂，糊里糊涂一样也不明白。我的父母在南京被批斗得死去活来，各式各样的罪名一大堆。到底填什么样的成分让我煞费苦心。同学们都抢着去交已经填好了的表格。我犹豫再三，和“地富反坏”并列的右派不敢填，终于在自我感觉里认为是最轻的罪名中，随手拈了一个。我填的是“小资产阶级”。记忆深处有个印象，在南京时，听红卫兵小将演讲，曾听到过工人是无产阶级，农民是小资产阶级的说法。

没想到随手捅了马蜂窝。在清一色的“贫农”中间，我是小资产阶级，这还了得。老师拿了我的表格，脸上立刻有些紧张，匆匆去找校领导，校领导回答得很干脆：“小资产阶级，当然不能是毛主席的红小兵。”第二天，发红小兵袖章，除了我，全班一片红，一人一个红箍套在胳膊上，得意洋洋神气活现。班上的一些女孩子老是偷眼看我，我心里好难过，几次想哭，都忍住了。

我从此有了个“小资产阶级”的绰号。大家都开始对我刮目相看，动不动就用这绰号折磨我。有一天，老师很认真地和我谈话，让我以后天天早点去，从井里拎几桶水，把学校的厕所冲一下。我一向是听老师话的好孩子，因此也不敢反驳，低着头不吭声。老师说：“你好好改造，说不定以后哪一天，也可以参加红小兵。”

我又开始逃学。在南京时我也逃过学，那是看见父母被押着游街以后。我觉得非常的自卑，所有人的目光都在说我是谁谁谁的儿子。当人们信口议论游街人的种种狼狈相时，我心里便像刀割似的。当时为了逃学，在牛棚的父母甚至由造反派陪同着报过警。我被送到农村的直接原因，就是因为我是独子，没人管教，流落街头很可能会变成一个坏孩子。

想不到在农村不过一年多一些，我又开始逃学了。我不想让外祖母知道，天天仍然上学时出门，放学时归来。大约过了一星期，我按时间回去，发现老师正在和外祖母坐在一起说话。外祖母见了我，劈头就是一通骂。老师说："算了，骂他也没用。喂，你还是去上学吧。"我不说话，无话可说。老师非常和蔼地看着我，似笑非笑的样子。外祖母怒气冲冲，在一边时不时地嘀咕几句。老师又说："老太太，不说他了，你外孙也不是那种不想读书的人。"那天老师在外婆家消磨了不少时间，说了许多话，临走，笑着说："不管怎么说，课总归要去上的。其实你也真是小孩子脾气，冲厕所就冲厕所，有什么了不起，不就是拎几桶水吗！"老师走了，外祖母没有再骂我，只是说："不管它，学照上，厕所就是不冲，屎又不是你一个人拉的，凭什么叫你去冲！"

第二天，我垂头丧气地去了学校，心里打定主意，天塌下来，坚决不冲厕所，想不到老师见了我，只是笑了笑。从此再也没有提起冲厕所的事。

我只在农村待了三年，三年时间，只是在当时觉得长一些。我的父母冲厕所可远不止三年。行行出状元，只要功夫深，铁棒磨成针。打扫厕所有许多窍门，我的父母很快就成了这方面的能手。"文化大革命"分成不同的阶段，在不同的历史阶段，各人的遭遇也不同。最可怕的是刚开始那阵子，铺天盖地的大字报，又是抄家，又是批斗，又是游街，稍微不老实一些就挨揍，有时再老实也挨揍。到了后来，造反派斗来斗去，"地富反坏右"便成了死老虎死虾子，打不打无所谓。很长一段时间内，我的父母除了天天冲冲厕所，每周写一次认罪书，悠闲自得没任何事可干。

那年头不评比文明厕所，否则我母亲很可能榜上有名。我母亲属于那种有洁癖的人，一天不打扫卫生就难受，让她打扫厕所，真是天造地设物尽其用。事隔多年，大家回首沧桑，嫌后来的厕所脏得不像话时，都怀念我母亲当年的活做得地道。

举一个小例子便能充分说明问题。那时候有一位姓孙的老工宣队员，是个极度负责的人，大家都叫他孙师傅。当时有句最时髦的口号，工人阶级领导一切。孙师傅每天照例要检查一下厕所，然后随手找一个“地富反坏右”训一通，有一天，他叫住了我父亲，怒气冲冲吓唬了一通，批评他打扫的厕所没有我母亲打扫的干净。

“这是态度问题，你懂不懂?”

我父亲连忙返工，不返工没事，一返工，却发现大便池里有个黄灿灿光溜溜带壳鸡蛋。

男女厕所反正是紧连着的，我父亲毫不客气，把鸡蛋用力一捅，鸡蛋晃悠悠到了女厕所那一头。隔不多久，造反派中的一位女干将急匆匆上厕所，无意中低头，发现自己的一泡骚尿正浇在那鸡蛋上，于是惊呼着跑出来，大声叫孙师傅，兴师动众地要找人问罪。剧团里刚吃过忆苦饭，大家控诉万恶的旧社会，流了不知多少眼泪。干什么事也得挑时间，这当口把鸡蛋往厕所里扔，问题的确太严重。顿时有人找了纸墨起草大字报，大标题用了醒目的美术字：“厕所里的鸡蛋!”是一个鲜红的惊叹号，开头两句写道：“解放前，我们穷人吃不饱，穿不暖，是决不会把鸡蛋往厕所里扔的！这是阶级斗争的新动向!”

我母亲成了第一怀疑对象。有理无理，先开批斗会，煞煞阶级敌人的嚣张气焰。幸好有孙师傅作证，他亲自检查了我母亲打扫过的厕所，十分干净，因此断定鸡蛋不可能是我母亲扔的。况且，作为所谓高薪阶层的我母亲，当时只拿十几块钱的生活费，上有老下有小，穷得根本吃不起鸡蛋。吃不起鸡蛋的人怎么舍得把鸡蛋往厕所里扔。批斗归批斗，认罪归认罪，我母亲死活不承认鸡蛋是她扔的。

革命委员会的委员们和工宣队的师傅们聚集一堂。黄灿灿光溜溜的鸡蛋被小心翼翼捞了上来。这是一个煮熟了的鸡蛋。先放在自来水下面冲，然后轻轻剥开已经四分五裂的蛋壳，众目睽睽虎视眈眈盯着它。孙师傅拿过一把用来削铅笔的小刀，像削水果似的，削去被污染的部分，放鼻子下闻了闻，又闻了闻，对旁边的人说："你们闻一闻，这鸡蛋到底坏没坏?"

"当然不可能是坏的，"造反派的女干将正怀着孕，气愤地说，"这是阶级敌人在对我们示威。"

孙师傅用铅笔刀削了一小块鸡蛋，放进嘴里，含了一会，嚼了几下，咽下肚去。"嗯，是没坏，来，大家尝一点。"

大家当场脸色发白。孙师傅又说："我们只有尝过了，才知道到底是不是坏的。这有什么关系，万恶的旧社会，我们什么没吃过?"在场的人愁眉苦脸地吃鸡蛋，女干将分到一块带着一角蛋黄的鸡蛋，咽下肚十秒钟，便跑到一边吐开了。

多少年来，我母亲一直庆幸，造反派们没有心血来潮，让她独自把那鸡蛋吃了。更值得庆幸的是，当革命委员会的委员们工宣队的师傅们十分严肃地品尝鸡蛋时，站在一旁发抖的母亲，竟然没有分尝一口的机会。多少年以后，鸡蛋事件早被大家所遗忘，一位当年如花似玉，而今徐娘半老的女演员才站出来，公开承认那鸡蛋是她扔的。女演员和自己的男朋友赌气，两人各属于敌对的造反组织，经过一场小两口之间的口角，冲动之下，女演员把男朋友孝敬她的鸡蛋扔进了厕所。有一点是女演员无论如何也不能明白的，她分明记得自己将鸡蛋通过那条男女共用的统一战线，通过那条曾经被一个下流男人放了面镜子窥视奇妙世界的壕沟，远远地扔到了男厕所的那一头。是什么作用力又使鸡蛋回到了女厕所呢？

5

我们时常为历史进步感到庆幸，但是也难免有今不如昔的感叹。人心不古的现象常常让我们悲哀。譬如公共厕所这面镜子，很轻易就折射出了历史的影子，同样很随便地就反映出社会的现状，《扬子晚报》的一篇报道引起了我的兴趣，我把它剪了下来，放在日记本里，准备有朝一日写文章时用。这篇报道的标题是《也曾独领风骚　未几容颜早逝》：

本报讯　厕所门口找不着男、女标志，晚上里面黑灯瞎火，装好的水箱不翼而飞……这些镜头眼下在盐城市区水冲式公厕并不鲜见。

去年创建卫生城市时，盐城市政府投资、集资 200 余万元，在市区内新建了 43 座水冲式厕所。这些厕所马赛克贴面，瓷砖衬里，配有全套冲洗设备，且造型别致。群众纷纷赞扬市政府为他们办了大好事。遗憾的是，这些厕所一投入使用，就遭到少数人的破坏。据不完全统计，到目前为止，已有44只水龙头，23个洗手池，55米自来水管道，72米电线，7只水表箱，5只水箱被盗。更有甚者，当时为了和现代化的厕所相配套，盐城市建委拨专款6000元，购置了全套铝质卫生标语、标牌，现已经荡然无存。有的厕所几次维修，几次被盗。市环卫处专门组织了10个人的水冲式厕所维修小组，已经重修补装设备3000多元，仍不能完全解决问题。一些公厕的自来水也成了被盗目标，如市二汽、市化纤厂附近的公厕每月水费高达1000元和2000元。

不管怎么说，有公共厕所是个进步。厕所使我们免遭了尿湿裤子的尴尬。然而我们对公共厕所的态度，实在不能令人满意。上面的那篇报道所说明的问题，显然不是只发生在中国的某一城市。关于厕所，《说文》的解释是："厕，清也，从广则声。"所谓"清"，是动词清洁的意思。《释名》的说明则是："厕，言人杂在上，非一也。或曰溷，言溷，浊也。或曰圊，至秽之处宜常修治，使洁清也。"公共厕所的关键，在于让人轻松清洁。古人早就看到了脏和清的辩证关系。让人干净的地方，弄不好就肮脏。难怪"厕"在古代还有猪圈的意思，《汉书·燕剌王旦传》有"厕中豕群出"。公共厕所太脏了就和猪圈差不多，太脏了，比猪圈还要不像话。猪不会随地吐痰，不会扔得到处都是香烟头，不会在厕所的墙壁上写下流字眼画春宫图。

不妨再从《百花洲》上那篇专谈厕所的报告文学上摘抄两段：

按国际惯例，厕所的臭气强度分六等：零度无臭；一度稍稍感觉恶臭存在；二度确认恶臭存在；三度极易感觉恶臭存在；四度恶臭明显存在；五度恶臭强烈存在。

前几年，一位记者公布了北京市环卫局对几十座普通公厕的抽样调查的结果：一至四月，臭气强度为三至四度；五至十月，臭气强度为四至五度。另一结果是，一至十月，氨含量是百万分之一点六至十九点一，硫化氢含量百万分之零点一四至九点三；其二者的平均含量分别比日本的极限含量高九倍和二百三十倍！

厕所自然应该是臭的。没有必要钻牛角尖要求太高。厕所不过是让人方便一下的地方。没必要过分讲究。然而不管怎么样，与人方便的地方，不应该变成与人为敌的场所。

我对公共厕所有非常深刻的感受。这种感受也得感谢那位老工宣队员孙师傅。从十二岁开始，我天天都要来回无数趟跑步，和离我们家五百米远的公共厕所打交道。

“你为什么要跑呢?”我的邻居常常忍不住问我，“屎拉裤子上了?”

我自己也不明白为什么。反正只要是去厕所，我就一定是跑着去。我的短跑成绩在高中在大学都名列前茅，也许上厕所对于我来说，是跑步拿名次的一种简便有效的锻炼。

我们家原来有个卫生间，卫生间里有抽水马桶。虽然我父亲是右派，虽然我母亲是臭名昭著黑线人物，可是我们家多年来，却一直享受高薪待遇特殊照顾，住在剧团那栋最漂亮的小洋房里。“文化大革命”中，工资被扣，只拿生活费，小洋房照住，但是只允许住一间，其他房间让出来，造反派堆乱七八糟的东西。到了我十二岁那一年，抽水马桶不识时务地坏了，堵了一池子污秽，自己又不会修，老老实实向工宣队孙师傅汇报，他跑来看了看，说：“坏了就坏了吧，修它干什么。就你们家有厕所是不是？修，还要专门有人给你们修，想得倒好！”第二天，他拎了一桶水泥，跑到我们家，三下五下，就把那好端端的抽水马桶砸了，污水淌了一地，水泥拌了拌，往管道里一塞，万事大吉。

“就你们是修正主义，以后和大家一样用公共厕所！”

于是就用公共厕所。人和人都一样，别人都用，自己心里也没什么难受。这一用就是好多年，一直用到搬家。“文化大革命”后期，我祖父千里迢迢从北京来看我们，不住在我们家，住在离我们家有两站路远的饭店里。老人家用惯了抽水马桶，离开了这样的设备就不行，他来了，我们天天赶到饭店里去看他，吃也在饭店一起吃，那时候南京的高档饭店价钱并不贵，我就曾经陪祖父住过好几天。

“好好的抽水马桶，为什么要砸掉呢？”祖父百思不解地问我。

我祖父不归造反派管，轰轰烈烈的“文化大革命”中，他属于那种为数不多与世隔绝逍遥法外所谓受保护的高级知识分子。有些事他当时不能明白，以后也永远没有明白过。多少年后，我已经念了大学，假期里去北京陪祖父聊天，提及父母在“文化大革命”中的种种遭遇，祖父神色黯然，说“文化大革命”最乱的时候，谁谁谁死了，谁谁谁死了，他以为久无音讯的我父亲也死了。“天天去打扫打扫厕所，也没什么，人吗，改造改造也好，可是为什么非要把抽水马桶砸掉？砸了抽水马桶又能怎么样呢?”祖父始终对抽水马桶被砸耿耿于怀。

我一直光顾的那个公共厕所毁于“文化大革命”后期的一场大火，关于这个厕所的故事甚至可以写一本书。它留给我太多的记忆，有滑稽的，有悲哀的，更有让人哭笑不得的。自从我父母先后停止打扫厕所之后，这个一度干净得无可挑剔，可以获得文明卫生模范称号的厕所，终于变得肮脏不堪，变得难以让人忍受。这是一个人们想象中能有多脏就有多脏，能有多可怕就有多可怕的厕所。地上永远是湿的，东一块西一块地放着红砖，到处是烟头，到处都是用完的香烟盒，到处都是痰，晴天去上厕所也得换上套鞋。老式的木结构，板壁上尿垢屎迹血渍下流字画，应有尽有。壕沟里苍蝇飞来飞去。五颜六色的手纸，用过的避孕套，死老鼠，生气勃勃蠕动着的蛆。屋顶漏雨，厕所的地势低，没人天天打扫，有人用无人管，很自然就堵起来，赶上一场暴雨，屎和尿一起往外溢。一位癌症晚期的中年人，在这悬梁自尽，舌头拖多长地挂了一夜。从此天黑了就没女人敢来上厕所，即使是白天，也常常是结着伙。厕所的灯泡总是被人恶作剧地偷走。

环卫所的工人每周来拖一次粪便。最初是一位老工人，要来总是趁天不亮之际，悄悄地就把粪便拖走了。老工人到岁数退休，顶替的是一位农村调上来的知青，年纪轻好斗气，干了没多久，就和住厕所附近的人家较上了劲。一个要求环卫工人应该像过去一样，天不亮就把粪便拖走，一个存心捣乱，要么不来，要来必是吃饭时间。于是就斗嘴，斗嘴不解决问题就动手。一动手大家都吃了亏，一方占着人多势众，四面八方都能出击，一方占着武器优良，是一把舀粪的长柄勺子，挥一下，想接近的人乖乖退出去几步远。

于是告状告到环卫所。环卫所管事的说，不管有理无理，你们那么多人，殴打了我们的职工，哼，还有脸来告状。告状的人连连诉说年轻的环卫工人的不是，环卫所管事的又说，算了吧，一千条一万条，说到底，是看不起我们环卫工人。“文化大革命”搞了这么多年，真是白搞了。好吧，大家都做自我批评。

事情于是不了了之。这边让粪勺舞了一下的一个小伙子，发狠说要好好教训教训那位年轻的环卫工人。那环卫工人更狠，黄鹤一去不复返，任凭屎啊尿啊地漫出来，干脆再也不来了。天长日久，后果有些不堪收拾。于是再到环卫所去交涉。环卫所管事的亲自赶来看，看了以后，说：这厕所还像是人用的？这边管事的说：所以要你们派人来把粪便拖走。环卫所管事的往环卫所挂了一个电话，不一会来了五辆粪车，吭哧吭哧地把化粪池里的污秽全拖走了。这边管事的说：不能光把这池子里的拖完就算完事，这厕所还堵着呢，怎么办？

环卫所管事的说：我们只管化粪池里的粪便，厕所堵起来，是你们使用不当的结果，这我们管不了。

这边管事的于是紧急动员，找来了水管竹竿，又是捅，又是冲，又是表扬鼓励，终于把厕所折腾干净。

干净了一个月，一切又恢复原样。该堵的又堵了，又得穿套鞋，又得小心翼翼地从铺着的一块块红砖上走过去，留神别一脚踏空了，踩在溢出来的屎上面。又到了太不像话的地步，惨不忍睹，不得不紧急动员，又找来水管竹竿，又是捅，又是冲，又是表扬又是鼓励。

如此周而复始，一天天熬下去，一个月一个月地熬下去。

有一个挺可爱的女孩子来我们家做客。挺可爱的女孩子很能说话，从东到西，天南海北，说了一大堆。说着说着，她的脸红了，十分不好意思地说想方便一下。我的脸也顿时红了。这实在是一个让人感到尴尬的难题。几乎是从一开始，爱情的小夜曲就在我耳边奏响。如此可爱的一个女孩子，怎么能把她带进那惨不忍睹的厕所呢。然而活人不能让尿憋死，怎么说也不能再发生杨海龄的悲剧。我觉得自己是带着一种犯罪的心情，把挺可爱的女孩子送到厕所。我站在臭气熏天的厕所外面犹豫不决，心里一阵阵发毛，不知道该不该等她，也不知道她在那被誉为不是人呆的厕所里会有什么意外。隔了好半天，挺可爱的女孩子从厕所里胆战心惊地走出来，脸仍然通红，进厕所时是不好意思，出来时却是愤怒，结结巴巴说了一句：

“你们这厕所，也太……太那个了！”

爱情的小夜曲旋律刚刚奏响，故事便令人伤感地结束了。

6

厕所失火应该是一句笑话。

然而我上面说的那个厕所，确确实实被火烧毁。

厕所被焚是故事中的故事。

厕所被焚永远是个谜。

事过多年，没人能想明白究竟是怎么回事。大家只记得厕所被焚的前几天，厕所里飘溢着浓郁的汽油味道。天知道是谁把汽油倾倒在厕所里。事过多年，回忆起厕所被焚，有人怀疑当年那股呛人的气味，压根就不是汽油。也许只是煤油，也许是柴油，也许是用剩的油漆，也许是别的什么易燃物体，也许是堵塞的化粪池里，自发地制造了大量沼气。

正好是唐山大地震发生了没多久。地震的恐惧像一场噩梦，笼罩在南京人民心头，到处七嘴八舌闹地震，是地方就搭起了各式各样简易却依然大显神通的防震棚。商店里的食品抢购一空，甚至肥皂火柴等等日用品也不能幸免。人心惶惶，仿佛世界到了末日。有一个长得很白净的年轻诗人，拎着自己的一旅行包诗集，愁眉苦脸没头苍蝇似的四处乱窜。害怕自己从未印刷过的诗集被永远埋没的惊恐，像老鼠一样啃着年轻诗人稚嫩的心灵。十年以后，年轻诗人的头发已经全白了，突然时来运转，以“新浪漫派”诗人的桂冠饮誉文坛。

厕所是在半夜里起火的。噼里啪啦猛地燃烧起来，霎时间大呼小叫混乱不堪。那是一个真正的不眠之夜，年轻诗人站在我们家矮矮的防震棚里，一缕长发耷拉在额头上，正大段大段地向我朗诵他的不朽诗作。突如其来的混乱好像提醒人们地震就要开始，有人狂喊着奔回家抢救细软，有人奋不顾身地从楼上跳下来，大人找小孩，小孩找大人。一位夜班回来正洗着澡的年轻姑娘，赤身裸体冲上大街。

这是世界末日来临时的混乱。救火车总算赶到，警笛声声，一阵比一阵紧张恐怖。电源已经被切断了，一片黑暗中，火光冲天，到处都是人，谁都想带路，谁都乱指挥。救火车很快陷于防震棚的汪洋大海动弹不得。

“不，不——”惊慌失措的年轻诗人脸色在摇曳的烛光中突然变得庄严，死死按住我的肩膀，用近乎命令的口吻说，“让我把诗念完，让我念完。”

外面，有人发疯地还在叫：“地震了，地震了！”

没必要继续描写厕所燃烧时那股让人忍无可忍的恶臭。小说即将结束之际，没必要再倒胃口。《扬子晚报》今年 6 月 24 日有一篇让人发噱的报道：

上海 21 日电 26 岁的驾驶员王某，1 年前因将汽油倒入便槽被处以治安拘留 5 天。昨天，静安区人民法院正式受理蒋某诉王某，要求赔偿 19200 余元的案件。

去年 6 月 26 日中午，白茅岭驾驶员王某，在康定路某号的农场驻沪办保养车辆，将用过的汽油倒入男厕所便槽。半小时后，蒋某等三人进厕所解手，其中 1 人点燃香烟，使槽内的汽油猛地燃烧，结果，3 人的臀部及下肢均被烧伤，其中最严重的烧伤面积达 51%。事发后，鉴于王某的态度尚可，被公安局处以治安拘留 5 天。烧伤面积 15%的蒋某在诉状中称：在烧伤后，引起肝腹水，并造成消化道大出血。

无独有偶，隔了三天，在江苏美术出版社出版的《奇闻趣事》台历上，今年 6 月 27 日的背面也有一篇类似的小文章，标题是《蟑螂引起的灾难》：

以色列有个妇女，一天在家发现了一只特大蟑螂，她先用手拍、脚踩，继而扔入马桶，惟恐它不死，又倒上杀虫剂。这时，她的丈夫入盥洗室用厕，无意中将一枚燃着的烟蒂扔进了马桶，岂料引燃了杀虫剂，马桶中燃起了熊熊大火，将丈夫下体严重烧伤。家人立即打电话叫来了救护车，在抬往急诊部时，担架工人得知病人被烧原因，笑得前仰后合，致使担架倾翻，把这个严重烧伤的病人摔到地下，又意外地跌断了几根肋骨。

最后我还是有头有尾地谈谈杨海龄。今年的初夏，完全出于偶然的原因，我有幸去一个海边城市旅行。由于另一个偶然的原因，我在一条完全陌生的街道上，遇到了已在这落户的杨海龄。

我立刻想起了她在淮海路上尿湿裤子的情景。

杨海龄邀请我去她家做客。我们一边走，一边随便地说笑。在她家门口，我们遇到了正准备外出的她丈夫，于是热烈地敷衍。杨海龄的丈夫是一位豪爽的海边汉子，连声向我致歉，一定要我在他家等到他回来。“好好好，你们好好聊聊，难得有这样的机会。我一会儿就回来。”杨海龄介绍我的来历，说我就是那位和她一起考大学的那个人。她丈夫听了大笑，说：“你就是当年那位借裤子给小杨的小伙子?”

我怔了一怔，突然想明白了，忍不住笑起来。杨海龄也哈哈大笑。

“咱们待会好好喝几杯，一定等我。”杨海龄的丈夫笑嘿嘿而去。

我在杨海龄家待了一整天。这是个风景怡人的城市，站在杨海龄家的窗前，可以看见不远处蓝蓝的大海。海风一阵阵吹，树叶哗哗作响，我久久地伫立在窗前，心猿意马，一次又一次地走神。我仿佛置身于梦的感觉之中，看见海鸥正从大海上起飞，穿过窗外参天的大树，接二连三地从我面前掠过。

“你怎么选了这么一个神仙呆的地方?”

“大学毕业分配时，我想反正我不打算回南京，于是就到这里。”

“为什么不回南京?”

“为什么要回南京?”

我们不言而喻地对看了一眼，哈哈大笑起来。

1991 年 12 月

青春无价

第一章

1

来生的父亲来海峰怎么就去了台湾，一直是个谜。在我最初的印象中，来生的父亲一直是倪二，是我们那条街上那个踩三轮车的，黑黑的，矮矮的，常常蹲在路口和别人下棋，赢了输了都喜欢吵架。

踩三轮车的倪二是来生的继父，去台湾的那位来海峰才是来生的亲爹。大约在十年前，来生有一次突然出现在我的面前，脸色通红地告诉我，说他的生身父亲在台湾。我那时正在大学里念书，满脑子杂七搭八的怪念头，一时不明白他怎么又会有一位父亲在台湾。

“林林，我绝对不骗你，”来生那天穿着一身式样很怪的夹克衫，兴高采烈眉飞色舞，“我要骗你，你说我是什么都可以。”

刚开始来生也不相信自己会有个亲爹在台湾。来生出生在五十年代中期，而逃到台湾去的人，在我们这一代人的印象中，似乎都是1949年前的事。“说给你听都不相信，我那个爹，竟然是从共产党眼皮底下逃走的。你不是要写小说吗，我跟你说，我这爹的故事，你绝对可以写小说。”

我那时喜欢的全是外国的现代派小说，开口海明威，闭口福克纳，或者就是存在主义萨特加缪，对来生要说的故事并不太感兴趣。

“这绝对是个好小说，林林，我要是骗你，就是——”

来生属于那种长得很漂亮的小伙子，一双眼睛极大，常常一动不动瞪着，显得冷酷又有些忧郁。一位在台湾的父亲足以使他变得喋喋不休，三天两头跑来找我聊天。

我从来生那得到了许多明显矛盾的描述。“我这爹不是个一般二般的人，我告诉你，人家是搞谍报的，二十刚出头，就是少校处长了。”来生彻底摆脱了作为一个踩三轮的后代的自卑，眼睛一阵一阵发亮，“你真是不知道他那时候多威风，一出门，前呼后拥，卫兵一长串。那神气，你想都想不出来。”

“不就是电影上的国民党的军官吗!”

我这一句话立刻击中要害。来生关于父亲的描述，一半来自想象，一半来自电影。电影上的国民党军官自然是反面形象，来生顿时耷拉下脑袋，无可奈何叹了口气，好半天不吭声。

“国民党打不过共产党，那也没办法。”来生有时候显得豁达大度，“这完全是气数，北洋军阀厉害不厉害，可碰到老蒋，碰到蒋委员长，他就没办法了。蒋委员长呢，他碰到老毛，又没办法。这叫一物治一物。要说共产党真打不过国民党，你说我会混得像今天这副熊样。我不他妈也是高干子弟了?”

“你今天混得不是蛮好吗?”

“蛮好?你他妈也太小瞧我了，我那爹刚二十出头就是什么了，你说我如今这把年纪了，还不混个师长旅长干干。少校处长算什么，我那爹没几年就是上校团副，呢制衣服，这儿好几道杠，大盖帽……”

说来说去，仍然是电影上的形象。只是军衔不断上升，很快便到了少校参议。来生的用词也开始了戏剧性的变化，比如称解放军为共军，称淮海大战为徐蚌会战，动不动就把“党国”挂在嘴上。他开始非常认真地自学英语，每次到学校来找我，不是谈那位在台湾的爹，便是用《英语九百句》的对话，毫不相干地向我发问。

2

我和来生的妹妹倪美丽是中学同学。

倪美丽长得像她妈，一双大眼睛，眉毛又细又黑，从来不正眼看人。因为生得黑，有一个绰号叫“黑美丽”。学习成绩从来不曾好过，而且很有些天生的女流氓气。当时来生是我们学校大名鼎鼎的邪头，称王称霸说打谁就打谁，书包里永远放一把雪亮的菜刀，走路时耀武扬威，常常拳头揍到别人脸上，挨揍的都不知道怎么一回事。

倪美丽并不仗她哥哥的势。来生初三那年被送去劳教，倪美丽依然威风十足，男孩子一样骂人，一样抄家伙打架。她长得太漂亮，结实得像一头小母马，男孩子对她又喜欢又害怕。

像我这样的男孩子是不敢爱倪美丽的，我的好朋友谭伟发疯地爱上倪美丽。谭伟是干部子弟，是班上唯一讲普通话的男孩子。倪美丽仿佛一朵带刺的玫瑰，既有妖气更有邪气。谭伟和倪美丽的故事是一部很不错的通俗小说。

高中毕业，有一段时期，谭伟和倪美丽的关系似乎已经敲定。谭伟是独子，仗着老子的牌头，进了一家国营工厂当工人。倪美丽在下农村之列，户口是迁去了，人却老赖在城里。那阵子既没电视也没电影什么可看，谈恋爱最大的消遣就是逛马路。谭伟穿着他老子当年在部队时的旧呢子军装，三天两头下馆子。穿军装说普通话是干部子弟的重要特征，谭伟带着如花似玉又野性十足的倪美丽，从大街上招摇过市，说不出的神气和得意。

有一天，谭伟垂头丧气地跑来找我，把我拖到一个没人的地方，突然抱着头号啕大哭。他发现倪美丽瞒着他和别的男人约会，而且不是一位，甚至也不止两位。感到自己受了骗的谭伟委屈异常，他把她带到经常散步的那条街上，经过一场不大不小的争吵，倪美丽满嘴粗话扬长而去。

在未来的几年内，谭伟为倪美丽流过无数次眼泪。自从第一次成功地充当了调解人以后，我一次又一次不厌其烦扮演和平使者的角色。虽然谭伟在倪美丽身上花钱如流水，对我却吝啬得让人难以置信。事实上，为了满足倪美丽的贪得无厌，谭伟不止一次跟我借钱，十次中有九次借了不还。

倪美丽有一次对我说："你干吗一次次跑得屁颠颠的？我跟你说，谭伟这人，我喜欢他，就是看他老实，不喜欢他，也是因为他老实。你去跟他说，老娘这次是真不要他了，让他死了心吧！"

在失恋的折磨下，谭伟曾经尝试过自杀。他死皮赖脸缠着倪美丽，实在没办法了，便跑来用"你是我最好的朋友，不能见死不救"缠我。我的家和倪美丽家靠得很近，我和倪美丽的哥哥来生同在一家街道小厂上班，又是同一个车间同一个师傅。谭伟总是可以找出一大堆我必须为他出力的理由，他可怜兮兮地抹鼻子淌眼泪，赌咒发誓说狠话说大话，软硬兼施，逼得我一次次老老实实就范。

记得那一次在四川酒家还是我会的钞。按着谭伟的意思，我把师兄弟来生一起拖了去喝酒。四川菜辣得我们满头是汗，来生一个人足足喝了有半斤白酒，突然很冷静地问谭伟："你既然跟我们家美丽好了这么长时间，你有没有跟她睡过觉？"

冒冒失失的一句问话让我和谭伟大吃一惊。谭伟仿佛咬到自己舌头似的，猛地一阵哆嗦，眼睛里流出了惶恐，胆战心惊地看了我一眼，结结巴巴对来生说："没……没有。"

"真没有，假没有？"

谭伟大汗淋漓，脸红得有些不像话，喉咙里的咕噜声，低得只有他自己才能听见。

"你他妈大声一点。"来生喝了一声，害得邻桌的人都对我们看。

"没有。"

"没有！"来生有滋有味地顿了一顿，冷笑说，"你也太没鸟用了，我们家美丽起码跟五个男人上过床，你不是白跟她好了这么长时间？"

谭伟说："你瞎说！"

"我瞎说？"来生眼睛瞪得极大，立刻匪气十足，"你他妈说谁瞎说？"

谭伟咬牙切齿："你就是瞎说。"

"你敢再说我瞎说，老子把你牙都给拔掉。你说说看。"

"你把我牙拔了，我也还是说你瞎说。"谭伟也急了，眼睛通红地看着来生，大口大口喘气。

邻座的人都站起来看我们，我赶紧息事宁人，两头劝。来生扑哧一声笑了起来，说："你这种人，天生的乌龟王八蛋，我真不知道该怎么骂你。你还真以为你找的是一个黄花闺女？"

"这我不管，反正我爱美丽！"

“爱，爱有鸟用。”

从四川酒家出来，又到我家去坐了一会。谭伟说着说着，又要哭。来生见了嫌烦，说：“林林，我走了，你这什么鸟朋友。我见了就难受，喂，你送我走好不好？”

于是我送来生出去。在大门口，来生酒气冲天地说：“这种窝囊废，理他干什么。对了，怎么今天上馆子，是你掏钱？”

我把话岔了开来：“谭伟是真喜欢美丽。”

“真喜欢又怎么了，真也好，假也好，女人吗，都他妈一回事，不就是上面一张嘴，下面一张嘴，有什么了不起的？”来生一本正经地用手指比了比，冷笑着，走了。

谭伟和我同一年考上大学，大学一毕业便去了美国留学。他对倪美丽的痴情始终不渝，记得去飞机场送行时，谭伟眼泪汪汪地对我说，只要倪美丽一句话，他立刻就可以放弃去美国的机会。

谭伟的痴情实在有些不可思议。到他去美国前夕，倪美丽结婚离婚，离婚结婚已重复了两次。很显然他早就死了心，虽然常常流露出依依不舍的样子，我敢说他未必就是真心地还想娶倪美丽。

“无论何时何地，美丽只要说她需要我，我马上就回来。”

我们到达飞机场的时间太早了一些，谭伟便靠没完没了的抒情消磨时光。

“到了美国，又要忙着学外语，又要忙着别的，什么都是新鲜的，到那时候，你就想不到倪美丽了。”

“我时时刻刻都在想美丽。”

“你瞎说。”

“我要是瞎说，这架飞机，就让我坐的这架飞机，就从天上掉下来，好不好?”

谭伟坐的飞机终于升了天，说老实话，我和谭伟毕竟朋友一场，还真为他说过的不吉利话担了一阵心。一年以后，我才收到他从美国的来信。信很长，厚厚的一大叠，长得简直可以当作小说来读。信中附着一张金发女郎的照片。信的内容分成两部分，一部分大谈他在美国的艳遇，谈照片上的金发女郎如何对他紧追不舍；另一部分倾诉他对倪美丽的思念，情真意切缠绵悱恻。他声称只要倪美丽同意，便立刻飞回来接她去美国，他将毫不犹豫地和她结婚，然后在美国定居，生一大堆孩子。

在谭伟的信中，流露出一种被异国他乡的女孩子追求的得意。毫无疑问，他的艳遇，引起了中国留学生的普遍妒忌。得意的字句里面，谭伟却隐隐约约表达了自己的疑惑。漂亮的比他足足高出一个脑袋的金发女郎，究竟看中了他的什么呢。这是一位狂热地喜欢东方艺术的美国女孩子，难道他身上竟然有什么东西和东方艺术产生了瓜葛?“要是你不知道自己究竟是什么玩意迷住了一个对你来说完全是陌生的异国情调的女孩子，你一定感到很为难并且时时地要向自己提问这是究竟为什么?”尽管只在美国蹲了一年时间，谭伟的遣词造句变得非常欧化，所有的句子都很长，满纸因为所以到处是拐弯抹角的转折。

我不知道把这封信，还有那张漂亮的金发女郎的照片，送给倪美丽看，会产生什么样的戏剧效果。但是我可以肯定谭伟发自内心地希望我能这么做。那时候，来生已经开始和我一起学外语，我便把谭伟的信和照片给他看。来生显然有些震动，用英语恶狠狠地骂了一句娘，然后发出深深的感叹。当时我和来生一样，都做着非常强烈的出国梦。任何一封海外来函都足以使我们激动一番。我们在一个民主党办的夜校里学习口语，脑海里老想着有朝一日出了国，自己会是什么样子。

“找一个洋婆子，说不定真是个好办法，”当来生盯着那张照片出神的时候，我随口说道，“这样起码不用考托福。”

来生突然说了一句极度下流猥亵的话。这种下流猥亵的话对我来说已显得有些陌生。自从知道自己亲生父亲在台湾，来生一直发愤自学外语，事实上，他正变得越来越像有教养的文明人。我已经许多日子没有听过他说粗话，他自己似乎也觉得有些冒昧，情不自禁笑了起来。

“你看，谭伟还是忘不了你们家倪美丽。”

“我妹妹有什么好的，这家伙真少一窍。”

我注意到了来生不像过去那样讨厌谭伟，他盯着照片上的金发女郎，看了又看，隔了好半天才把照片还给我。“你说他混到了今天这一步，还会要我们家美丽？哼，还不是说说罢了。对了，你可以把这些东西给美丽看看，气气她。这丫头现在真是堕落得可以了，你去给她开开眼。”

几天以后，我在玄武湖门口碰到了倪美丽。我知道她经常在那帮她母亲卖冰棍。这些年来，她一直处于动荡的折腾中，结婚离婚，辞职或者被开除公职。做过各式各样的小买卖，要不就是在不同的单位当临时工。我在玄武湖门口碰到她时，她正孤零零的一个人，摊着一张纸在地上，等候过路的游客跟她玩扑克猜奖游戏。正是仲春时节，天气忽然变得暴热，倪美丽浓妆艳抹，穿着一条很短的皮裙子，两条腿十分放肆地岔开着，坐在一块石头上等人上钩。

“哎，来试试运气，免费猜奖了，”倪美丽对我大声吆喝，一看清楚是我，笑着骂到，“狗东西，怎么会是你？”

“你这是搞什么名堂？”

“怎么样，来试试运气？”

我笑着，仔细研究地上摊着的那张纸：

“就一个空门，别人要是手气好，老是碰到十元，你不赔死了？”我有些担心地问她。

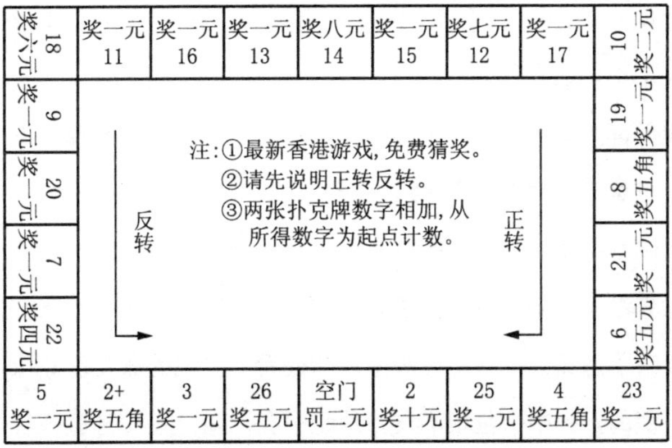

倪美丽对四处望望，见没人，笑着说：“你他妈好歹是我同学，老娘不蒙你，来，我给你二十块钱，你给我做媒子。”她从口袋里掏出二十块钱，想了想，又说：“对了，十块钱就行。喂，你随便摸两张牌。”

我当真鬼使神差蹲了下来，就手摸了两张牌。

“林林，我们家来生说是这一阵常和你在一起?”

我告诉她我们在一起上外语课。

倪美丽专心致志点着数字，点完了，冷笑说：“你这鸟手气，再来，再摸两张牌。来生现在搞得也不得了，傲得像他妈多有文化似的，不就是有个什么爹在台湾吗?”

在倪美丽点数字的时候，我无意之间看到了她皮裙子里的黑色贴身短裤。不一会，她给我的十块钱已让我输光了。我正想和她谈谭伟的事，几个游客在我们身边站定了，低下头来，看我们猜奖。这次正好是让我猜中了一个一元的奖，倪美丽故作大方地从口袋里摸出十块钱递给我，说：“你手气好，我没办法，到十块了，我付钱。跟你说我不会赖账……”

我无可奈何接过她的十块钱，不知道是否还应该继续猜下去。倪美丽大声对围观的人说：“哎，免费猜奖了，最新最时髦的香港游戏。你们看刚刚这位，活生生的就赢了我十块钱。不信你们问他。”

总算没人发傻问我是不是真赢了钱。我突然有些担心和害怕，万一警察来了怎么办。我回过头来往四处看，围观的那几位好像发现我是媒子似的，其中一位很不友好地瞪了我一眼。在我身边蹲着两位风度翩翩的男士，眼睛发了直地往倪美丽的裙子里看。倪美丽好像也知道是怎么一回事，两条腿劈得更开，笑得十分甜地对那两位男士说：“喂，来一次试试，输赢都不算，怎么样?”

两位男士扭扭捏捏一阵，硬着头皮摸了两张牌。“好，我输一块钱，不过这不能算，说好的这次输赢都不算，怎么样，就这样，来几次试试。这年头，赌的就是运气。对，开始！”

倪美丽两条腿不安分地一会夹紧，一会放开。不一会，风度翩翩的男士便输了十块钱。他们已经明白自己上了当，众目睽睽之下，又不得不付钱，嘴里叽哩咕嘟，怏怏地去了。

“唉，真没出息，穿得倒挺像人的，不就是十块钱吗，搞得那么不爽快，也不怕丢人。”倪美丽把十块钱慢吞吞放好，兴致勃勃地再次吆喝，“免费猜奖了，不花钱试试运气，哎——免费了。”

好不容易等人走尽。我看着浓妆艳抹邪气十足的倪美丽，轻声地告诉她谭伟的消息。倪美丽突然勃然大怒，愤怒的眼光像子弹似的向我射过来：

“滚你妈的那个谭伟！你给我死走，死走。对了，把老娘的钱还给我。”

3

来生家就住在我们院子门口的那一排破旧的平房里。从我记事起，来生的母亲一直是我们那一带倒马桶的人。记得小时候上学去，总是看见来生的母亲拎着一把竹刷子，像一张弓似的站在阴沟边，哐啷哐啷刷马桶。“文化大革命”中间，我们家的抽水马桶出了故障，被工宣队的师傅蛮不讲理地用水泥堵了起来，从此也不得不使用马桶，而那马桶就是来生母亲天天来拎去清洗的。

最初是拎，我们院好几家的马桶都由她负责。后来，有了一辆以废旧轴承为轮子的小车子，很危险地装上一大堆马桶，浩浩荡荡从街上拖过。多少年来，来生母亲给人的印象，似乎总是穿着同一件衣服，有些旧，洗得还算干净，虽然有补丁，却缝得熨熨帖帖。

作为我们那一带最贫穷潦倒的女人，没人知道来生母亲的出身。来生曾给我看过一张他父亲母亲结婚时拍的照片。我做梦也不敢相信，照片上年轻美丽披着洁白的婚纱带着些学生气的女孩子，竟然就是那位长年累月在我们院子门口的阴沟边倒马桶的女人。这位出生于名门的大家闺秀，怎么就一下子坠入到了社会的最低层，和来生的父亲来海峰怎么就逃到了台湾去一样，长期以来，一直是萦绕在我心头的一个谜。

来生母亲的显赫家庭在祖父那一辈开始破落。到了经商的来生外公当家做主的时候，除了大片的房产，家庭财产已经没什么再可以折腾倒卖。日本人来的那年，大片的房产有一半毁于战火。巨大的损失不得不使来生的外公重整旗鼓，他竟然押宝一样地和日本人做起了生意。沦陷时期是来生外公大发横财的日子。他买空卖空大做特做投机生意，并且在维持会里捞了个一官半职。正是因为有过这么一段当过汉奸的不光彩经历，来生的外公才决定把独生女儿嫁给一位正统的国民党军官。

婚礼在当时的励志社举办。轰轰烈烈的婚礼进行的同时，离南京不远的决定国民党命运的淮海大战刚刚拉开序幕。主持婚礼的是国民党军统头目郑介民，郑是大名鼎鼎的戴笠死后国民党特务中炙手可热的人物。欢乐的气氛并没能维持太久，新婚祝辞刚说到一半，来生的外公便中风倒在了礼堂里，从此再也没有醒过来。

来生外公的丧事不得不令人尴尬地在蜜月里操办。蜜月还没结束，年轻有为的来海峰又跟随郑介民去了徐州，并且就留在那里。淮海大战以国军全面失败而告终，他才重新回到已经人心惶惶的国民党的首都南京。可怜国民党大势已去，达官贵人纷纷为去台湾做准备。不过几个月工夫，解放军隔江对峙大军压境，来海峰再次和新婚的妻子挥泪告别，匆匆赶到上海，然后绕道浙江江西，去了湖南。

几年以后，来生母亲在一个陌生人的带领下，经过长途跋涉，来到湖南广西交界处的一个小县城。来海峰这时候表面上是小杂货铺的老板，真实身份却是湘桂地区反共建国参政委员会的主任。

这些年来，来海峰东逃西窜疲于奔命。刚刚得到天下的共产党，为了巩固新生的红色政权，对于已经变成土匪的国民党残余，采取了坚决无情的打击。在一九五一年的镇压反革命运动中，短短不到两个月的时间内，据当时全国二十八个省市自治区不完全的统计，各地共杀掉匪首和其他反动分子，总数至少在 30 万人以上。来海峰能够幸存下来真是了不得的造化。他潜伏在这个地处偏僻的小县城里，对国民党能否反攻大陆尚未最后死心。

来生母亲当了一年多的老板娘。在这个对她来说一切都是陌生的小县城里，她对丈夫的所作所为知道甚少。多少年以后，在儿子来生的追问下，她挖空脑筋，仍然想不明白自己的丈夫当年究竟做了些什么。事实上，在一年多的时间里，来海峰丢魂失魄根本就没有把她放在心上，他甚至没和她说过什么话。嫁给了这么一个不负责任的丈夫，是来生母亲一生中最大的不幸。

来海峰是在公安人员到达前几小时，狼狈出走的。出走前，他搂着她匆匆上了床。在短暂的夫妻生活中，来海峰永远是匆匆忙忙，即便在床上也是如此。他很快就完了事，而且没留下任何话就一走了之。几个小时以后，荷枪实弹的公安人员，突然神色紧张地猛冲进来，大声吆喝着不许动，然后翻箱倒柜全面搜查，终于在小阁楼上搜到了用来发报的电台一部，美式冲锋枪一捆，还有成箱的子弹和不知猴年马月印刷好的宣传品。

来海峰早就不知去向。

来生母亲因此被投进了监狱。

来生便出生在监狱里。来海峰从此是死是活没了消息。

隔了一年多，来生母亲被遣送回南京。

很长一段时间内，她靠变卖不多的家产过日子。她属于那种过分老实巴交的女人，为了养家糊口活下去，进过由从良妓女组成的绣衣厂，也给人家当过保姆，做过一个正在念大学的大学生的姘头。

大学生是她当保姆时男主人的长子，是一个相貌平常满脸酒刺的好色之徒。他是那种天生的爱和不同女人乱搞的浪荡子，先和自己年长的继母私通，在这种乱伦的行为被来生母亲撞破以后，如何迫使年轻美貌的女佣人就范，便成了惊恐不安的大学生当务之急的一桩事。他毫不犹豫地向来生母亲发起了凶猛进攻。

来生母亲最初的失贞，只是为了向大学生表明自己绝不会泄密。她很轻易地便成了大学生手心里的玩物。大学生为了掩盖自己的丑行，显然是和女主人密谋了一番，在他得手以后不久，很快便提供了一个让来生母亲大出洋相的机会。从来不进保姆房间的男主人，突然在一天夜里有目的地敲响了来生母亲的房门。被突然袭击吓得魂飞魄散的来生母亲赤条条地躺在被子里一动也不敢动。大学生一边系裤子，一边故作惶恐其实是十分潇洒地往外走。暴怒的男主人冲进房间，暴跳如雷骂不绝口，请这位竟敢勾引他儿子的骚货立刻卷铺盖滚蛋。来生母亲躲在被子下面瑟瑟发抖，咆哮着的男主人怒不可遏，上前一把揭开被子。

来生母亲没有脸再在这家待下去，虽然她年纪轻轻已丢尽了脸，再大的委屈也算不了什么。当她还是在学校里念书的时候，就因为自己父亲是汉奸抬不起头来。嫁给来海峰以后，好日子没过几天，又成了反动军官太太。男主人终于背过了身子，来生母亲慌慌张张地套上了衣服，连夜离去。

大约过了一个星期，大学生找上门来，为她送来了当时没敢索取的工钱。经过非常无力的抵抗，来生母亲又一次乖乖地就范。她和大学生的不正当关系断断续续拖了十几年。这十几年里，大学生毕业工作，结婚成家，被打成右派，越混越潦倒。最初是在来生母亲家幽会，和来生那位踩三轮的父亲结婚以后，便把偷情地点改在了城市另一头的一家小旅馆里。偶尔的幽会偷情，成了她和大学生漫长潦倒生涯中最寂寞的点缀。

那位大学生被打成右派后，在离来生家不远的街道小厂上班。“文化大革命”初期，来生第一次在无意中发现了母亲的秘密。他注意到脸上叫造反派打得变了形的大学生，非常沮丧地来到他们家，用几乎命令的口吻，强迫他母亲跟他一起走。来生远远地跟在后面盯梢，神色慌乱走向城市另一头小旅馆的偷情男女，丝毫也不曾察觉到他的存在。他们没完没了地走着，甚至都没有回头望过一眼。来生目睹着自己的母亲和那男人一道走进小旅馆，恬不知耻地搀起手来，一头扎进了楼下的小房间。

通过墙外的一根电线杆，来生毫不费力地爬到了围墙上。天正在黑下来，来生骑马似的小心翼翼伏在墙上，看见那个男人坐在床沿上像小孩子一样哭个不停，他的母亲木桩似地站在一边，很长时间不说一句话。这一年来生十三岁，伏在围墙上好奇地注视着房间里发生的一切。天越来越黑，他母亲拉亮了床头的一盏小台灯。哭哭啼啼的男人把他母亲推倒在铁床上，十分粗野地一件接一件剥她的衣裳。

4

来生那位踩三轮的父亲叫倪二。倪二的爹是来生外公家跑腿的，他从小和娘在农村过，等到爹快死了，便来到来生的外公家，顶替他爹的职务。

倪二到南京那年十六岁。来生母亲当时正在女子中学读书，抱着一个布书包，常常穿一身蓝颜色的旗袍，套着一件白颜色的羊毛开衫，倪二每次见了她眼睛都发直。

来生母亲中学刚毕业，嫁给了来海峰。

解放后头几年，除了一位老妈子，其他的仆人都辞了。倪二不愿意再回乡下，就进工厂当工人。先是在一家军工厂里抡大锤打铁，吃点苦流些汗无所谓，他受不了工厂里的纪律约束，于是干脆去踩三轮。踩三轮车是个自由职业。同倪二差不多的单身汉，都是一有了几个钱，都花在了嫖上头。那时候秦淮河边的娼妓还没有被新政府取缔，倪二的住处离秦淮河不远，心里想了无数次，终于没有去嫖过一次。

倪二有一次在街上无意中碰到了来生母亲。

“这不是大小姐吗?”他骑在三轮车上，有些兴奋地喊道，“真有些日子没见了，大小姐现如今怎么样了?”

来生母亲正抱儿子上街买东西，两人站大街上聊了几句，倪二结结巴巴，脸上一阵阵潮红，最后说：“好，大小姐，我送你回去。”

这以后，倪二得空就往来生母亲那里钻。来生母亲动不动就揩油坐他的车子，她当保姆时，回自己家，向来是倪二踩着三轮来接她。不久便发生了和大学生的纠葛，来生母亲不再当保姆，倪二因此去得更勤。

去多了，倪二的意思自然而然地流露出来。大学生是个三心二意的家伙，什么时候去见来生母亲，从来不曾有过一定。明知道大学生是玩弄自己，然而在想念这个忘恩负义的家伙的日子里，来生母亲不得不拿倪二解闷。

倪二太轻易地便得到了来生母亲。得来全不费工夫，太轻易了，结果倪二的心里老存着疙瘩。大学生的事情暴露以后，倪二像打贼似的把老婆痛打一顿。

从此倪二心里多了一层怀疑，他不知道倪美丽究竟是不是自己女儿。

来生的母亲也弄不清楚究竟谁是女儿的父亲。

倪二在文化大革命后期，因为流氓罪，判了三年徒刑。

那是在一个暑假里，有一天倪美丽的小学同学来找她玩，正好倪美丽看电影去了，家里只剩下倪二一个人。

倪美丽的同学叫毛毛，是个没父亲的小女孩，老实得有些过头，以至于在智力上有些小问题。听不见倪美丽的应答声，哇哇哇在外面叫个不停。

倪二突然凶神一样地从屋里冲出来，恶声恶气地说："谁哇啦哇啦乱叫，把我都吵醒了?"

毛毛吓了一跳，连声说："对不起，伯伯，是我，我是毛毛，我找你们家美丽，你们家美丽呢?"

"你找她干什么?"

"不干什么。"

"不干什么?"倪二见了女儿的同学，一向是瞪眼睛竖鼻子，毛毛平时见了就有些怕，然而倪二今天似乎存心要吓唬她，"你老实说，到底找她干什么?"

毛毛吓得脸通红，想掉头跑，又不敢跑。

倪二突然不怀好意地笑了，望着吓得不知所措的毛毛。毛毛和倪美丽同年，那一年刚十三岁，穿了一条花裙，上身是一件花点子方领衬衫。倪二笑着把目光转向毛毛的胸口。毛毛说："伯伯，美丽不在家，我走了。"

倪二又恢复了凶神面目，说："我正在睡午觉，你把我吵醒了，嗯，你说怎么办?"毛毛不知道怎么办。

倪二用心险恶地说："你把我吵醒了，到屋里陪我说会话，我就放你走。"

毛毛心里不愿意，又怕倪二不放她走，只好跟倪二进屋。进了屋，倪二便闩门，毛毛更怕，说："伯伯，你闩门干什么？"

倪二苦着脸，说："干什么，伯伯想做坏事。"上前一把抱住了毛毛，很严肃地问她，"跟伯伯说老实话，你多大了，发育了没有？"

毛毛人虽然小，知道这不是好话，顿时吓哭了。

倪二一不做二不休，像抱小孩那样把毛毛放在膝盖上，在毛毛浑身上下摸了一阵，又用劲捏毛毛已经发育的小奶子。门外传来了人走过时的脚步声，倪二赶紧捂住毛毛的嘴，脚步声渐渐远了，他又手忙脚乱流氓了一阵，然后把门重新打开，恶狠狠地威胁说："你滚吧，今天的事，你要是敢告诉别人，我用刀杀了你们全家！"

第二章

我和来生后来怎么就成为好朋友，这是当初无论如何也想象不到的。虽然我们两家挨得极近，小时候去上学，天天要路过他们家门口，虽然倪美丽和我是中学同班同学，而且是班上最漂亮的女孩子，但我从小就有一个强烈的印象，那就是这一家里没一个好人。来生的母亲曾挂着破鞋的牌子游过街，那是在“文化大革命”初期，我们这群孩子跟在后面看热闹，往她身上扔小石子，回家后，非常好奇地问大人：“什么是破鞋?”倪二要流氓的事更是在我们那一带传得沸沸扬扬。我们躲在一旁津津有味听大人们议论，见了毛毛，看着她傻里傻气地不顺眼，便旁敲侧击话里有话地刺她。至于来生和倪美丽兄妹，是我们那条街上大名鼎鼎的凶神恶煞，我们一起玩的那帮孩子，见了他们仿佛老鼠遇到猫，赶紧没命地躲开。倪美丽在初中时，就敢于在街上一路走，一路堂而皇之妖气十足地抽香烟。来生更是混世魔王，在中学里连续两次被送去劳教，第一次是因为打架，第二次仍然是因为打架。很长一段时间内，来生兄妹是我们那条街上小流氓的典型和样板。

我和来生熟悉起来，最初的原因只是我们成了师兄弟。尽管他比我大好几岁，然而因为两次劳教，他比我早进厂只有半年。我们那个小厂不到一百号人，常年生产一种卖不掉的玩具。来生经过两次劳教，人老实多了，很有些改邪归正的意思，我去报到以后，傻兮兮站在车间里的时候，他突然出现在我面前，十分友好地拍了拍我肩膀，说：“你不就是我们门口的那个什么人吗?”

我极勉强地笑了笑，一下子就想起了他是谁，中学时代的情景又出现在眼前。记得那是刚进中学，来生常常站在离校门口五十米的地方，虎视眈眈等我们走到面前，嘴里骂骂咧咧一大套，像训什么似的把我们挨个教训一顿，然后让我们老老实实从口袋里往外掏钱，孝敬他买烟抽。我不止一次亲眼目睹他杀气腾腾地和别人打架，有一次他用半截红砖劈人，劈头盖脸就是一记，一个比他高出半个脑袋的叫作大傻的人，当即倒地昏死过去，救护车送到医院抢救了半天，才算保住一条小命。

“喂，你还认识不认识我，”来生一定觉得我当时的样子有点好笑，笑着说，“你肯定认识，怎么一声不吭?”

我点点头。

就这样，我们成了非得天天碰头的师兄弟。这个厂不大，是非却不少，我们的师傅是个瘸子，是厂里有名的倔脾气，和与他年龄相仿的车间主任不知怎么较上了劲，老是对着干。城门失火，殃及池鱼，车间主任和我们师傅有矛盾，我和来生便跟着沾光倒霉，动不动就让我们穿小鞋。车间主任是个复员军人，第一次和我谈话，唾沫星满天飞，理直气壮一大套，说我师傅是个怎么怎么不太好的人，我呢，是一个品质很好的人，跟着师傅，只能学好，不能学坏。又说来生是劳教分子，他若有什么不好的地方，我必须义不容辞地向车间领导汇报。

作为我的师兄的来生，和当年在学生时代的凶神恶煞已完全不一样，那时候，我是个尚未发育的小男孩，来生站在我面前，足足比我高出一个头来。现在却发现他竟然比我矮了一截，而且满脸生气勃勃的青春痘也消失了。他显得很白净，一双十分明亮的大眼睛，多多少少带着几分狡黠，很难想象这么一位白面书生，几年以前会是臭名昭著的混世魔王。

来生在厂里似乎也总是让着别人。我们那个厂女人多，尤其是老女人多。来生嘻嘻哈哈和老女人们说笑，那些老女人有时候揭他的短，他也不恼。两次劳教对于他来说，算不上什么不光彩的经历，事实上只要有空，只要有人愿意听，他非常乐意吹嘘自己劳教时的传奇遭遇。

来生在厂里的唯一对头就是车间主任，车间主任老是挑他的疵。

“老子要是真来气了，把小脑袋的屎都给揍出来，”来生时不时在我和师傅的面前发火，“小脑袋也不打听打听，我是谁?”

小脑袋是车间主任的绰号，他似乎吃准来生不敢拿他怎么样，从来也不把来生的威胁放在心上。“他邪又怎么了，”车间主任说，“比他邪的都见过，他敢把我怎么样?”

来生于是干了件叫大家都哭笑不得的事。他采取了自己称之为自杀行动零号方案。在零号方案实施初期，来生春风满面，常常莫名其妙地暗暗得意。我和师傅奇怪了很长时间，才发现他竟然和车间主任的老婆勾搭上了。

车间主任的老婆叫马娟，生得人高马大，都叫她大洋马。大洋马是另一个车间的统计员，年龄要比来生足足大上十岁。没人知道他们怎么就勾搭上了，反正等我和师傅知道这事没几天，事情已在全厂惊天动地地传开了。大洋马谈不上漂亮，因为不在同一个车间，我对她几乎从来没有过一个完整的印象，只记得除了高大之外，皮肤很白，小眼睛，一张大得有些夸张的嘴。

高考恢复以后，我有幸考上了大学。刚开始车间主任存心刁难，有理无理就是不让我去报名，后来没办法阻止我报名，便拼命要我加班，故意不给我时间复习备考。我师傅站出来打抱不平，车间主任说："你徒弟能考大学，中国人都上大学了。"两人站在车间大门口，你一句我一句嚷开了。我师傅不善于言辞，吵不过他，回来气鼓鼓地对我说："你又没睡了他老婆，这狗日的。"

来生带着我一起偷偷去找大洋马。见了大洋马，大洋马斜着眼睛看了看我，仿佛根本不在乎我知道他们之间的事，把来生拉到一边，贴着耳朵说了好半天，一边说，一边很矫情地笑。来生板着脸听着，听了一会，说："少废话，叫小脑袋给他批几天假，听见没有?"

车间主任并没有给我批假，不过，却奇迹般地不怎么刁难我了。有一次竟然笑着对我说："你他妈走好了，老子不留你。"

我考上了大学，来生显得非常羡慕。也许他觉得有我这么一个师兄弟也很露脸。他和师傅以及车间里的一些同事，凑份子在饭店里办了两桌酒为我饯行。我说，既然是我上大学，自然应该由我拿钱出来请大家喝酒。来生说："你真要是心里高兴，骚得难受，买几斤糖请大家吃。这两桌酒，是我们大家的意思。你不要刚考上大学就搞得不得了，就他妈见外。"

那天车间主任和马娟也去了。我师傅坐在首席，来生十分兴奋，仿佛我的兄长一样张罗着，席间，只要有人请我喝酒，来生便自告奋勇站出来代劳。我师傅那天也喝了不少酒，我们师徒三人像一家人似的接受着大家的祝贺。我第一次看见师傅是出于真正高兴地和车间主任说话。

结果是来生喝醉了，他跑到角落里吐了一通，又跑回来继续喝。从饭店出来，我坚持要送来生回去。来生说："我没醉，不过是酒喝得太快，太猛，我没醉。"

"就算你没醉，我今天去你们家玩玩总可以吧。"

我扶着来生去他家，还没进门，就听见倪二骂骂咧咧用十分难听的话在骂什么人。我这是第一次到来生家，来生家的房子显得又阴又暗，刚进门，一股难闻的味道直往鼻子里钻。来生睡在一个十分肮脏的阁楼上，已经出嫁的倪美丽正好回来，看见我扶着她哥哥上楼梯，按捺不住好奇地说："喂，见了鬼，你怎么来了?"

倪二交替使用最肮脏的字眼在诅咒什么人。来生母亲很木然地坐在门口，用手工织着什么，她身边堆着一大堆花花绿绿的布，明摆着这是为哪家工厂加工的。这个家里的人好像已经习惯了倪二的脏话，谁都是无动于衷。我和来生在肮脏的小阁楼上坐了一会，倪二依然在下面骂不绝口，来生突然大发感叹，说："人一坐了监狱，怎么就成了这鸟样!"

这是我记忆中，来生第一次试图替倪二遮丑。事实上，来生和倪二的对立仇恨情结，早在他还是个孩子时就已经形成。我没见过比他们更敌对的父子。在十五岁的时候，经过无数次力量悬殊的无效反抗，来生和倪二终于第一次在交战中打成了平手。此后又经过连续几次你死我活的较量，倪二彻底放弃了动手的尝试。"你不要理他，我们家老头子有点病态，他就这毛病，嘴闲着难受。"来生一次次分散我试图听倪二究竟在骂什么的注意力，极力找一些毫不相干的话跟我聊天。到了最后，来生说："算了，林林，我们到你家去，在这吵死了，"说完不由分说地便拉着我从阁楼上下来。

我始终听见倪二叽哩咕嘟的骂声，却不知道他到底藏在什么地方，究竟为什么事发那么大的火。我们从很木然地坐在门口的来生母亲身边走过。我回过头，发现倪美丽正站在那，瞪着既漂亮更花哨的大眼睛，不怀好意地看着我："喂，谭伟那傻小子现在怎么样了？"

"干吗，想要林林给你带信，是不是？"来生也回过头，对他妹妹叫了一声，拉拉我，示意我快走，别理她。

到了我家以后，来生的高兴劲已无影无踪。我为他泡了一杯浓茶，他一口接一口喝着，不住地叹气。

"你怎么了？"我随口问道，以为他是喝醉了以后难受，"多喝些水，就好会好的。"

"林林，你给我说句实话，"他突然很自卑地看着我，"我要是也考大学，你说我能不能考上？"

我一怔，笑着说："谁要是真想考，就一定能考上。"

"你说这话就不够味了，"他变得十分不高兴，眼睛眯细了，对我足足看了有三分钟，才说，"你明知道我是考不上的，我他妈是粗人，你小子跟我来这一套，不说心里话是不是？"

我上了大学以后，来生经常来找我聊天，有时候到我家，有时候去学校。在大学里，我从来就不是好学生，动不动就缺课逃学。来生的变化要比我的预料快得多。我时不时地开玩笑，问他和大洋马的关系怎么样了，他总是一口咬定早断了，要不然，便是和我算旧账，说当年和大洋马有一手，完全是为了帮我开后门考大学，所谓卖身投靠事出有因。我说你们早在我考大学这件事之前，就勾搭上了，这又怎么解释。

事实上来生和大洋马之间的关系，断断续续天知道维持了多长时间。不久来生便有了位正式的女朋友，长得小小巧巧玲珑可爱，小鸟依人地跟着他。刚开始那阵，来生动不动就把女朋友带来见我。他很乐意让别人知道有我这么一位念大学的朋友，嘴里文绉绉的词也突然多了起来。他的女朋友姓马，大家都叫她小马，小马比来生要小好几岁，像小孩子一样好哄好骗。来生常常当着我的面捉弄那位显然是非常爱他的女孩子，他总是故意当着别人面挑她的错，故意让她大出洋相。有一次，小马正娇滴滴说什么的时候，来生突然对我冒出一句很唐突的话，让我不要相信她，大声说她身上正来月经，而女人在这些日子里，神经多少有点不正常。小马顿时脸色通红，羞得不知如何是好。

来生和小马好了没多久就闹翻了。起因是和大洋马的关系被小马无意中发现。他仍然理直气壮不肯认错。小马独自一人来学校找我，把我拉到学校操场的东面，一边诉说，一边像受害者一样痛哭。我感到非常的尴尬，操场上不少人边打球，边看我们的热闹，我傻里傻气地站在那，劝也不是，不劝也不是。

在来生和小马闹翻之后的很长一段日子里，我不曾见到过来生。他好像突然消失了，即使是到他家去也找不到他。直到有一天，他又像幽灵似的出现在我面前，筋疲力尽憔悴得像个鬼。

“你怎么了？”

“我怎么了?”

他没头没脑地怔了半天，一连抽了几支烟，不当一回事地和我大谈大洋马。

我把小马来找过我这事告诉他，但是他无动于衷，根本不感兴趣，继续说大洋马怎么样怎么样。他好像已经彻底忘记了小马这个人。从他的话里，很容易就可以听出来，他刚和大洋马鬼混了一段时间。他一会毫无顾忌地说着，一会又大唱起高调来，完全不考虑我是不是有兴趣，想到哪说到哪，狠狠吹捧了一阵大洋马以后，又赶紧一再声明他并不是真喜欢大洋马，而是大洋马发疯一样地缠着他。女人傻起来是没有底的。他不无得意地宣布，人并不是想怎么样就能怎么样，他曾经不止一次尝试过摆脱大洋马的纠缠，然而所有的尝试结果都落了空。

“和一个比你大十岁的妇人睡觉，这到底有什么意思?”我听他语无伦次地说了一阵，忍不住问道。

“问题根本就不在于睡觉，如果是睡觉，和什么样的女人还不都是一样，问题在于——”

“在于什么?”

“在于，唉，在于什么，我也说不清，你他妈怎么这么讲话?”

“问题在于你根本不想跟大洋马断。”

据我所知，来生一直到被开除厂籍以后，才真正和大洋马断掉。他是那种艳福不浅的男人，继小马之后，除了和徐娘半老的大洋马继续勾搭之外，又成为来生正式的女朋友的有小李和小包。每一位和他发生过关系的女人，临了都和我混得很熟悉。那位叫作小包的女孩子，甚至和来生都领了结婚证书。小包是一个皮肤极白的女人，非常的有心机，自从来生和他台湾的父亲通信以后，很长一段时间内，小包老做着跟来生去台湾当太太的美梦。有一次，来生一本正经地问我，在他交往的女人中，谁对他最真心。

“大洋马。”我笑着说。

来生也笑了，他吃不准我这话是否出于真心。隔了一会，他又兴致勃勃地让我猜一猜他最喜欢谁。我几乎没动任何脑筋，脱口就说还是大洋马。

“哼，你真以为我最喜欢那老女人?”我没想到他会立刻不高兴，脸上的笑突然没了，阴沉沉地带着几分歹毒，“林林，你知道我什么时候就想和大洋马睡觉？我告诉你，她男人和我作对的时候。你知道我们第一次是怎么一回事吗？我也不瞒你了，真他妈恶心，真的，有时候，我一点情绪都没有。但是，我告诉你，我突然想到了小脑袋，只要一想到小脑袋，情绪就来了。”

来生脸上洋溢出来的歹毒表情，仿佛使我又回到了中学时代，他又成了那位站在校门口勒索弱小同学钱财的混世魔王。然而我很快回到了现实中，我相信他说的并不全是真话。他总是习惯把自己形容得特别坏。我说：“你别把自己想得那么坏，我敢肯定你是真心喜欢大洋马。你喜欢她，就这么回事。”

“你说我真喜欢她?”来生的表情猛地放松，无可奈何苦笑起来。

来生的性格因为来海峰的出现，才发生了根本的戏剧性变化。

来海峰的消息几乎是从天上掉下来的。来生母亲的一个中学同学，当年也像她一样，嫁了一位国军军官，那官的职位当时还没有来海峰大。这同学跟着丈夫一起去了台湾，吃辛吃苦一去就是几十年，终于捞了个机会回大陆看望老母亲。她和来生母亲是好朋友，从老母亲那知道了来生母亲的消息，独自珠光宝气地来看望老同学。

从台湾来的人，看上去都是很有钱的样子。来生母亲吃了一惊，一时想不起站在面前的是谁。她在自己阴暗潮湿的房间里接待了老同学。实在是太突然了，看着比实际年龄看上去要年轻许多的女友，她心口咚咚直跳，做梦也不敢相信来海峰还活着。

“活着，当然活着，”她的老同学知道大陆的日子要穷一些，却没想到自己当年的好朋友会混得如此潦倒，心里一阵难过，眼泪直往下落，“小娜，你怎么混得这么惨？”小娜是来生母亲的小名，老同学深深地同情女友的遭遇，一个劲埋怨来海峰不应该自顾自一个人跑到台湾，把来生母亲孤伶伶留在大陆。

“我也不知道他去了台湾，”往事如烟，在女友唠唠叨叨说话之际，来生母亲依稀想起了湖南广西交界处的那个县城，想起了陌生的小县城中的那个小杂货铺，想起来海峰当时从来不过问杂货铺的生意，总是神出鬼没地在阁楼上干着什么见不得人的事，想起他常常半夜三更才爬上床睡觉，临睡前，又常常迫不及待而且非常潦草地尽那夫妻之间的义务，等到她从迷迷糊糊的梦境中清醒过来，被撩拨得刚有了些欲望，来海峰早已死猪一般呼呼大睡。“他怎么有本事跑到台湾去的？这么多年来，我一直以为他早死了。”

“唉呀，弄不清的，我知道他的消息，也是前几年的事。跟你说，男人都没意思，他也是早娶了人了，孩子都出息了。你知道，他早就不在军界混了，和我们家老张一样，现在谁都是想在商界里有些发展。”

“他现在好不好呢?”

“当然好了，他现在好像也很有钱了，他太太，噢，我是说台湾的那一位，听说也很会做生意的，现在可真是很有钱。”

老同学珠光宝气地走了，来生母亲有些麻木，麻木了一阵，便想哭。一日夫妻百日恩，时过境迁，虽然来海峰已经娶了人，但是她还是觉得自己这些年来没有为他守住贞节，有些对不住来海峰。到晚上，她爬上了阁楼，看着儿子，滴滴答答地掉起了眼泪。

来生第一次看见他妈这种模样，很吃惊地问她怎么了。来生母亲说，没有怎么，只是想痛痛快快流一阵眼泪。来生说：“你这人真莫名其妙，有话也不肯说，那好，你就痛痛快快流吧，流够了，再说。”来生母亲果真痛痛快快地流了一阵眼泪，擦湿了一块极脏的手帕，叹了一口气，对儿子说：“来生，你那亲爹，他竟然没有死。”来生说：“我说怎么了，好好的怎么又想起我的亲爹来了，就算他没死吧，又怎么了?”

“他是你亲爹!”

“是我亲爹，又怎么了?”

“他现在在台湾。”

“在台湾，在台湾又怎么了?”来生怔了一怔，瞪大了眼睛问他妈，“你不是说他死了，说他是被枪毙了吗，怎么又会跑到台湾去呢?”

来生母亲也不知道来海峰怎么去的台湾。来海峰似乎根本不可能去台湾，然而他的确又去了台湾。她的心情突然变得出奇的好，从旧箱子底下找出了她当年和来海峰在一起时的照片，用发抖的手轻轻抹去灰尘，指着照片上的来海峰，喃喃地说："来生，你看他，他就是这种样子，他那时候多帅，你看他多神气。"

来生曾向我绘声绘色地描述过刚听见来海峰消息时的心情。当知道自己的亲生父亲还活着，他最初的心情是愤怒而不是激动。多少年来，他一直相信来海峰作为潜伏下来的国民党特务，已经罪有应得被共产党枪毙。他恨自己有这么一个父亲，从倪二第一次骂他是拖油瓶时，他就恨透了来海峰。"我比真正的共产党还恨他，真的不骗你，多少年来，我只要一想到他，就抬不起头来。"来生承认因为有这样一位父亲，他的心灵深处永远感到一种自卑，"就是他，你说我和我妈受了多少罪！你想想，我妈也是有钱人家的小姐，就因为嫁了他，活生生地替人家倒了一辈子马桶。妈的，到现在还得在马路上卖冰棍，你说这不都是因为他吗？"

然而来生对父亲的仇恨很快就消失得无影无踪。事实上，等到他来学校向我报告来海峰的消息时，他对父亲的热爱和崇拜已经迅速膨胀开来。很难用笔墨形容他当时的精神面貌。他显得很通情达理，显得宽宏大量，好像对什么都不太在乎，不仅原谅了来海峰抛弃他们母子，给他造成的多年来的精神上的压抑，而且原谅他到台湾以后，竟然重新娶妻生子。

"这种事也没必要太顶真是不是，我妈不是也嫁了人吗？这用你们写小说的话来说，是历史造成的悲剧，林林你说是不是？再说，像我父亲这样子，就是讨个把小老婆也算不了什么，当然他不可能这么做的。"

来海峰重新出现的重要意义，就在于给来生提供了一个崭新的做人希望。他的心灵深处从此充满了一种不愿再做普通人的骚动。生当人杰，死亦鬼雄，不能留芳百世，干脆遗臭万年。他把来海峰当年的照片重新翻拍，放在随身带的皮夹子里，动不动就把照片拿出来仔细揣摩欣赏。自从有了来海峰的消息以后，来生每次来找我时，永恒不变的主题，便是大谈新发现的有关他父亲的消息。所有的最新消息实际上都是旧消息。来生母亲的女友回台湾后，只来过简短的一封信，这封绕道美国的短信中，甚至都没提到来海峰三个字。

设法打听来海峰的消息变成了来生生活中的头等大事。他开始正而八经拜我为师，从最简单的ABCD学起，绝对认真地学习外语。文绉绉的词汇源源不断从他嘴里冒出来。他买了一个带短波的收音机，天天晚上收听美国之音，收听台湾对大陆的广播。

寻找父亲时期的来生变得有些神经兮兮。除了发愤学外语，他开始对自己采取近乎有些法西斯的野蛮训练。天天早上天不亮便起来跑步，即使是在大冬天，也坚持每天洗一个冷水澡。他的外语水平进步很快，快得学了没多少时间，我便再也没办法当他的老师。

在来生的诱惑下，我也开始长时间的旷课，在晴朗的天气里，和他一起骑车出去旅行。先是去郊区，不知疲倦地东奔西窜，以后越跑越远，每天都要骑车一百多公里。我们以南京为中心，一会上海，一会杭州，一会徐州，一会又去了安徽黄山，搞得像是专业骑车运动员。那次去黄山是我和来生的最后一次骑车旅行。我们爬上了光明顶，站在海拔最高处，请别人替我们照了一张合影。照完相，来生说：“林林，我有你这样一位朋友，足矣。”

我为他一本正经的腔调感到好笑，他却很严肃地对我说："你别笑了，我们兄弟一场，就此别过，从此各奔东西，你走你的阳关道，我走我的独木桥。"他像以往已经习惯的那样，拍了拍我的肩膀，依依不舍地看着我，有许多话想说又不愿说的样子。

"你搞什么名堂?"我实在没办法不笑。

"我们永别了，从此你我如果还能相见，你见到的，将是一个完全不同的我，完全不同!"他做了个意味深长的手势，到了黄山脚下，当真要和我分手了。

"我说你真他妈是混蛋，这么远的路，让我一个人骑回去!"

他向我深深地鞠了一躬，充满了歉意，直起身子的时候，我看见他眼圈都红了。我迟疑着还想说什么，他已跨上了自行车，拼命向远处骑去。

等我再一次见到来生的时候，他果真变成了一个和过去完全不同的人。时间过去了已经一年多，我大学毕业，分配在一家出版社工作。有一天他突然出现在我面前，我被他剃的大光头惊呆了。

我们从黄山分手之后大概一个月的时候，我收到一张他从武汉寄来的明信片，字写得龙飞凤舞竖鼻子瞪眼睛：

林林：此信到你手里，我早不知又到了哪里。大丈夫不能马革裹尸还，也应该痛痛快快闯荡一番才是。前途茫茫，兄弟我却不在乎。我去何地，暂时不便告诉你，你也是不知道为好。此时给你写信，好像又回到了黄山脚下分手的时候。永别了，林林。有一天我会让你大吃一惊的。永别了，真的永别了。我很想你。

你的兄弟来生。

明信片上没有写明日期，而且字开始写得太大了，临了不够写，字虎头蛇尾越写越小，到处拐弯抹角。收到明信片的那天正好下大雨，负责收发信件的同学不小心将一叠信落在了地上。其中便有来生给我的那张明信片，当我接到湿漉漉字迹因为受了潮正在变模糊的明信片时，心里有说不出的一种滋味。

自从有了来海峰的消息，来生不止一次扬言，要不惜一切代价，找到自己的父亲。我知道他不止一次给母亲在台湾的那位女友去信，也知道他母亲的那位女友除了第一封回信之外，就再也没有来过只字片言。来生关于父亲的消息来源，无一例外都出自他母亲的回忆。这位吃了一辈子苦的女人，在儿子面前用不同的色彩描述了来海峰。来海峰从一开始出现就是一位神话中的人物。

来生坚信只要能找到母亲的那位女友，一定可以打听到父亲的确切下落。母亲的那位女友迟迟不回信，唯一正确的解释，就是大陆的邮检部门，扣押了来往的有关信件。来生因此常常向我流露出公然的一种敌对情绪，这还不算什么，事实上他隐隐约约早就向我露出一点信息，这信息便是不惜采取任何手段，只要一息尚存，坚决不放弃寻找父亲的希望。“虽然我没见过他的面，但是，我在做梦的时候，已经无数次地和他说过话了，他就是我梦中的那个模样，你信不信?”来生在寻找父亲的信念上，显得非常执著。“没有什么理由可以阻挡我寻找自己的亲爸爸，没有任何理由。”

来生开始孩子气十足地研究地图。他锻炼身体和学习外语，用他的话来说，都是为了便于越境。在我们一起骑车出去旅游的时候，他曾经向我流露过这层意思，说最好的办法是先去缅甸，然后从缅甸再去泰国，到了泰国，去台湾便易如反掌。记得我当时曾和他开玩笑，说这是叛国投敌。

“叛国，谁说我是叛国，我问你台湾是不是中国，是不是，你说呀?”

“你去投靠国民党，这还不是叛国?”

“不对，你这话就不对，就一个中国，台湾是中国的一部分，是我们自己身上的肉，我是去找我自己的父亲，你凭什么不让我去? 老子一来火，我马上就去，你信不信。林林我告诉你，你说我叛国，这话有严重问题。我要是跑到美帝国主义那去，跑到苏联去，你说我叛国，这账我认。要说我去台湾，是叛国，这话就不对。我跟你说，你这话绝对不对。”

来生无论是在边境上被边防战士抓到的时候，还是转送到当地公安局，他都是用对我说过的这番话，理直气壮地对人家大叫大嚷。边防战士把他当作了想偷渡到香港去的逃犯，结结实实地揍了他一顿，随他说什么也不相信。来生从口袋里掏出他父亲的照片，掏出那母亲女友在台湾的地址，口干舌燥完全徒劳地向边防战士作解释。“我只是随便看看，我在这一带已经转了好几天了，不瞒你说，我要过去，我早就过去了。可是我知道，我知道过去也没用，过去了，也会让香港警方送回来。你们凭什么把我抓起来?”

来生是到了云南境内，才突然改变主意去广东的。他身上带的钱早就用得差不多。在国内旅行的艰难，足以使他明白自己即使到了缅甸，也不可能再有本事去泰国。在路上赚些钱远比他原来的设想要困难得多。他似乎一下子明白了许多道理，寻找父亲的信念大大地打了折扣。也许母亲的女友根本就是瞎说八道，也许真正的来海峰早在几十年前就死了，也许来海峰本来就不想认他。来生放弃了越过边境去缅甸的最初打算，临时改道去了广东。他觉得自己干吗不到香港去碰碰运气。

去香港碰运气的念头是在云南境内一家小旅馆里产生的。在臭气烘烘的小旅馆里，来生结识了一位常在中缅边境跑生意的贩子。贩子关于边境来往的种种描述，彻底动摇了他继续向前的信念。“找爸爸，这是小孩子的事，你都这么大了，还找你的爸爸干什么?”贩子作为一个过来人，和他大大地谈了一番做人的道理，“这世界上除了靠你自己，你别指望靠什么，什么人也别靠。就是你爸爸发了大财，当了他妈的什么皇帝，你也别去找他。”

“我那爸爸他不是一个普通人。”

“谁的爸爸都不是普通人，”贩子说。

来生毫不犹豫地退了去云南边境的票。他的一部自行车已经卖了，为了去广东，他不得不随手再偷了一辆七成新的永久车。一路上，他全靠随身带的照相机替人照相谋生。老式的海鸥相机里永远只有一卷早已拍完的废胶卷。全靠了连哄带骗的办法，来生害得老实巴交的乡下人站在相机面前，心惊肉跳地浪费了许多天真表情。这一段纯属欺骗的行为后来引起了来生的深深内疚。

有些事事后想想实在太滑稽。来生把我和他一起骑车去黄山的胶卷送到照相馆去洗印，然后把一张张小照片贴在大硬纸板上，挂在自行车前头当招牌，用极低廉的价钱害得老百姓上当。他变得像个流浪艺人，蓬头垢面，艺术家气质十足，刚开始骗人还脸红，很快胆子越来越大，有时候还甚至搭架子挑肥拣瘦，给谁照，或者不给谁照。

骑车孤身旅行使来生在沿途大开眼界。在一个庙会上，他从地摊上买了一本算命的相书。白天骑车游荡，欣赏名胜风景，替乡下人假拍照赚钱，晚上住在肮脏的小旅馆里，便颠来倒去的研究那本相书。油印的纸质极为恶劣的小册子错误百出，已经入了迷的来生在昏黄的灯下毫无倦意。进入广东境内以后，来生放弃了装腔作势的假拍照，一本正经地开始以替人算命为新的谋生手段。

一段时间内，就像刚开始觉得挣钱太难一样，来生发现挣钱想不到竟会那么容易。世界上居然会有那么多心甘情愿乐意上当的人。同样是欺骗，他觉得算命高尚许多，起码可以说上几句好话让对方高兴高兴。人们诚惶诚恐地听他胡说八道，把自己的未来都寄托在他即将说出口的那几句话上。

“要是你完全是瞎说，你便真有些对不住那些找你算命的人。”来生后来和我谈起自己的这段经历时，很有些职业算命人的口吻，“算命这事，向来是不可不信，不可全信。不相信你伸出手来，我给你看一看。”

来生在广东境内到处乱窜，他变得像掐了头的苍蝇，一会向南，一会向北，去什么地方都没一定。总的来说，他是沿着海岸线前进，高兴时多赶些路，不高兴了，在小旅馆里一睡就是好几天。那一阵子，他像一个快活的鸟儿一样自由自在。

来生因为试图越境被判处一年徒刑，缓期一年执行。

来生剃着大光头来找我时，正处于缓刑期间。

他的官司实在吃得有些莫名其妙。

几个月的流浪生涯，对于来生来说，足以使他明白这么去寻找父亲，纯粹是一种不切实际的荒唐行为。在旅途中，他结识了许多在江湖上闯荡的各路英雄，这些见多识广的各路英雄纷纷告诉他，就算他有本事跑到香港去，用不了几天，也会被香港警方完璧归赵送回来。香港并不欢迎他这样的偷渡客。

来生在边境线上转悠了好几天。一切正如那些懂行情的人所说，真要是想越境往香港跑，这并没什么困难。虽然有边防战士站岗，但是只要把地形摸熟了，抽空子猛跑过去，不能说轻而易举，也可以说有很多成功的机会。

站在边境线这一边，很轻易地便可以看见对面的情形。正是因为太近了，来生不敢相信，那边看上去和这边没什么太不同的地方，却是一个另外的世界，一个他从小接受的教育里，所谓最肮脏的资本主义殖民地的香港。电影里纸醉金迷流氓横行的香港，突然在他脑子里浮现，他仿佛看见赤裸裸的香港妓女，站在透明的玻璃橱窗里，媚态十足地对他做着鬼脸。

有一天，来生甚至越过了边防战士的哨所。他已经在极短的时间内，熟悉了当地的地形。虽然他形迹可疑，然而并没有什么人出来干涉他的行动。他竟然在路上拦了一位下岗的边防战士，硬拉着人家聊天，十分主动地为那位满口山东口音的战士看手相。“你将来说不定就能去当一位将军，不过，你必须首先考上大学，”来生从边防战士手中拿着的一本复习资料，吃准了面前是一位胸怀大志的人，“不过，能不能进大学，这对你来说，就要有一番磨难了。”

山东籍的边防战士半信半疑，很友好地劝他不要在这附近转悠。

“这又有什么呢，我又不想跑到香港去。再说，就算我过去了，还不是一样给送回来。”

山东籍的战士说：“那是，你跑过去了，也没用。”

鬼迷心窍的来生变得有些神经质，他知道自己除了掉头回家，别无他路可走，可是事情都到了这一步，就这么轻易宣告失败，实在有那么点不甘心。终于他又一次试图绕过边防哨所。然而这一次他的运气再也不像上一次那么好，边防战士远远地大声叫他站住。他头脑一阵发热，身不由己地就往前冲。边防战士追了过来，来生这时已经无法控制自己，往前跑了几步，突然害怕当真会向他开枪，便向一旁的小树丛奔跑。从一开始，他就知道自己不可能逃脱，即使当他撒开腿跑了，他仍然知道自己正在做一种无意义的挣扎，当他脑子中刚出现还是往回跑，向边防战士认错，说明自己并不想越境的念头时，不知从哪冒出来的那么多边防战士，在汪汪的狗叫声中，把他团团地围住了。

第三章

1

我没办法想象来海峰最终不出现，会有什么样的结局。来生寻找父亲的故事，也许最美好最理想的结局，就是永远也不要找到什么父亲。寻找本身是一个最美好的故事。希望往往就在人们身边，因为近，就足以把人们欺骗。被希望所欺骗，并没有什么不好的。人们活在欺骗中，正如人们活在希望中一样。

处于缓刑期间的来生一点也没有失去他的魅力。他近乎赌气地剃着发亮的大光头，出现在什么地方都特别的显眼。虽然被厂方登报除了名，然而他丝毫没有感到失业的恐慌。他很快使那位叫作小包的姑娘，对他像崇拜电影大明星一样的入了迷。他的传奇经历给他增添了新的信心，社会是一所真正的名牌大学，在这所大学里闯荡了一番，来生变得比从国外刚回来的留学生更神气十足。

他常常兴致非常好地带着那位漂亮的小包，出其不意出现在我的单位。出版社的同事眼睛盯着花枝招展的小包看，老是忍不住问我，这位气度不凡的光头究竟有什么来头。来生在我办公室文绉绉的谈吐，常让我们的室主任目瞪口呆。我编的一本名人演讲的小册子上，收有一篇蒋介石在庐山的《告抗战全体将士书》，来生拿起校样，怪声怪气念了两段，突然十分严肃地说："蒋委员长的稿子，你们如今也敢用了？嗯，不错嘛，蒋委员长这篇文章是不错嘛!"

来生还在继续寻找父亲，然而已不像先前那么起劲。野蛮的法西斯似的体魄训练早停止了，自修外语也变得三天打渔两天晒网，忘的远要比记住的多。他一会干这，一会干那，干什么全没一定。失业使他比过去更自由自在，他活得像一个游手好闲的花花公子。忽然突发奇想，做起生意来，在街上摆了个书摊，卖了几个月的书，又兴致勃勃要做服装生意。

剃着大光头的来生那段时期内真是神气十足。他穿着合身的西装，脚上是一双名牌皮鞋，给人的整个印象，就是一位发了横财的老板。那是一个大家都想做生意，大家都想发财的年代。他红光满面，已经有了些发胖的趋向。他总是匆匆忙忙地出现在我的办公室，拔出一包洋烟，挨个地往我同事的桌上扔，然后抽完了一支烟，想起了什么大事似的匆匆离去。

“你是不是发了什么横财?”有一次我忍不住问他，“要是没发财，你真是吃饱了撑得难受，干吗动不动就到我们那摆阔?”

“林林，这你就不懂了，只有在你们那种知识分子成堆的穷地方，我才摆得起阔。”

我知道来生平时并不抽烟。到了后来，我才明白洋烟全是小包买了孝敬他的，他觉得一个人独自把一包烟全抽了，实在没意思。并不是什么人都能做生意都能发财，我听过来生讲过无数个发财的大计划小计划，吹得口水四溅天花乱坠，却没一个有成功的迹象。关于父亲的主题已经被他淡化，他常常很潇洒地冒出一句：“我真要是干出点成绩，也让我那位在台湾的爹，知道我们也不是一般二般的人，你说是不是?”

2

来海峰几乎是突然从天上掉下来的。

那一天，就像当初刚有来海峰的消息一样，来生神采奕奕冲进我的办公室。

“老头子来信了，老头子真的来信了。”

过分的高兴使来生有些忘乎所以，他拎着自己的领带，莫名其妙地使劲往前拉，脸憋得通红。好像怕我不相信似的，他从口袋里摸出了那封航空信。

“他怎么样，是不是打算把你接到台湾去?”我笑着和他打趣。

来生瞪了我一眼，继续神采奕奕。办公室里的同事纷纷向他问这问那，他侃侃而谈，好像刚从台湾回来。“台湾的日子好过，真他妈好过，他们是绝对的有钱。这也怪，蒋委员长打仗打不过共产党，可赚钱还行，喂，林林，你说是不是?”

“算了吧!”我在大学里好歹学过历史，看过台湾的一些资料，有些看不惯来生的这种得意，“蒋委员长早就死了，而且，蒋委员长在台湾的时候，他们的日子比我们还穷，比我们还难过。”

来生一本正经地看着我，好像是我的领导在和我说话：“有这事?真有这事?”

“当然有这事。”

“好，就算有这事，人家现在怎么样?”来生很潇洒地用手指点着我，让我立刻回答，“那你说，你快说，说呀?”

“说什么?”

“人家台湾现在的日子过得怎么样？怎么，不吭声了？不要这样吗，现在应该实事求是，日子过得好，那就是好，口袋里有钱，那就是有钱。要承认差别，小伙子，不服气是不行的。”

“你搞得不得了，”我笑起来，“你搞得好像已经是台湾人了。不错，今天是台湾人有钱，说不定明天就是我们有钱呢。”

“那是，那是，国军自然不是共军的对手。我说不过你，说不过你，好了吧。”来生宽宏大量地摆摆手，又对我的同事大谈台湾怎么样怎么样。

我真奇怪他怎么一下子会有那么多关于台湾的知识。他大谈美元和台币的比价，谈台湾一个教授能享有的工资收入，以及看一场电影究竟该多少钱。他的唾沫星溅出去多远，竟然理直气壮地当场给我的同事上起关于台湾的地理课，什么平均气温和年降水量，什么山地面积和高速公路环岛公路，什么日月潭和蛟龙瀑布乌来瀑布，挨得着挨不着的事他都喋喋不休。我不想再听来生海阔天空地吹牛，来海峰的突然来信，足以使他神经失常好一阵子。我不想再欣赏他的神经病，一把接过他手上那封不知被他读了多少遍，也不知让多少人读过的台湾来信，心不在焉地读起来。

3

在我的印象中，来海峰最初始终是银幕上的形象。早在我还是个小孩子的时候，我就从战争片上熟悉了国民党反动派。既然来海峰像来生描述的那样，是赫赫有名的军统特务，我老是把他想象成电影上的那副腔调，歪戴着大盖帽，腰里别着一支手枪，獐头鼠目，最终一定没有好下场。来海峰自然不是我所想象的那种模样。事实上他虽然没有来生随身揣着的那张照片上那么神气，然而仍然看得出他年轻时算得上是美男子。抗战期间，正在读大学的来海峰，凭着一腔热血，参加了抗日救亡运动，他报名参了军，七混八混，也不知怎么的，就混到了军统系统去了。好不容易去了台湾，做了一阵反共救国的梦，不得不离开军界自谋生路。

几十年以后重回大陆的来海峰，给人的初步印象，是成了腰缠万贯的大富翁。他住在南京最高档的金陵饭店，穿着很挺括的长袖衬衫，抽着美国香烟，进出都是豪华的出租车。八月酷暑骄阳似火，南京城变成了一个大火炉，一个个热得喘不过气来。到南京的第二天，来海峰驱车去前妻家拜访。

初次见面的场面颇有些滑稽。首先见到的是倪美丽，一身短打，衣服穿得已经不能再少，猜不透来海峰是来干什么的，绕了半天，笑着说：“你就是我哥的那个干国民党的爹？”

在倪美丽母女各自忙着找件衣服披上的时候，来海峰不得不把衬衫的扣子全部解开。简陋而且肮脏的住处，显然让早有心理准备的来海峰大吃一惊。正巧来生这天不在，倪二十分尴尬地站在一边，不知道该对自己当年的男主人说些什么。倒是来海峰笑着打开了僵局，对倪二说，大家几十年不见，都老得不认识了，又问他这些年来过得怎么样。倪二除了呵呵傻笑，找不出什么话可以说，傻笑了一阵，一本正经地说：“你从台湾来的？”

来海峰几乎是逃到豪华的皇冠出租车上去的。在有空调的地方待惯了，他有一种置身于火炉子里的感觉。“想不到南京会这么热，我实在有些受不了了，真太热了，这样吧，晚上到我饭店去，那儿凉快，大家一起吃顿便饭。”他的脸色变得很难看，一副痛苦的样子，人仿佛立刻就要晕过去，“一定叫上来生，这孩子怎么样了，晚上叫他一定要来。我们好好谈谈。”

匆忙中，来海峰连事先准备好的礼物，都忘了拿出来。他送给倪美丽母女一人一根金项链，送给来生和倪二一人一块黄澄澄的镀金手表。那天晚上，倪美丽母女为穿什么衣服煞费苦心，倪美丽替母亲化了几次妆，临了，都抹了重来，最后还是以一个聊胜于无的淡妆为结束。母女俩第一次遇到这样的大事，心里咚咚直跳，一点数都没有。金陵饭店门口本走过无数回，也不知里面怎么回事，就怕衣服穿得不好，看门的人不让进去。

赶到金陵饭店，倪美丽母女的衣服几乎已经被汗湿透。天实在太热，来海峰太不应该选这样的日子来大陆。来生和倪二骑自行车早就到了，站在饭店大门口，一边用手指刮汗，一边伸长了脖子等她们。出了点小差错，总算在大花瓶那碰了头，来生说：“你们怎么搞的，跟你们说在花瓶这，花瓶这，你们跑那去干什么?”

倪美丽大声说：“你嚷什么，那里凉快，鸟天热死了!”

“你们凉快，我们找死了，”来生拿他妹妹向来没办法，“好了好了，快走吧，我们赶快进去。”

进了大厅，走到乘电梯的地方。倪美丽放肆地说：“我操，真他妈凉快。”

一起等乘电梯的还有几位黄头发蓝眼睛的外国人。来生苦笑着瞪了倪美丽一眼。倪美丽伸了伸舌头，笑着说：“没鸟事，外国人又不懂。”

黄头发蓝眼睛的外国人十分友好地对倪美丽笑了笑。其中一位往电梯里走的时候，对倪美丽挤了挤眼睛。“怎么样，”倪美丽得意地说，“我说洋鬼子不懂我的话吧，喂，我们去几楼？”电梯像脱了弦的箭，直往上蹿。

来生的母亲在第一道菜端上来的时候，开始打喷嚏，紧接着便有失体统地流起清水鼻涕。空调开得太足了，被汗湿透的衣服，这会潮乎乎地粘在身上，很有些寒冷。尽管事前横考虑竖考虑，结果还是忘了带手帕，幸好倪美丽发现桌上的餐巾可以替代。狼狈不堪的来生母亲出尽洋相，气得眼泪直往下掉，把一个好好的吃饭情绪全给破坏了。

那是一顿非常丰盛的晚餐，除了倪美丽，大家都没怎么吃。来生碍着母亲和倪二的面，一肚子话不知如何说。一顿饭吃得大家都没声音实在尴尬，来海峰轻轻咳了一下，说：“小娜，我知道这些年，你们的日子不怎么好过。事到如今，唉，这些话都不说了，反正大家过得都不容易。我在那边呢，也是凑合着活。”

小娜是来生母亲多少年前的名字。一时间，大家都瞪大了眼睛，不知道来海峰在叫谁。来生母亲有一些麻木，呆呆地看着来海峰，说不出话。

来海峰又说：“我后来呢，也娶了太太，生了两个儿子。去年呢，太太过世了。两个儿子，一个在美国念书，还有一个大学刚毕业，刚做工作。”

倪美丽脖子上挂着刚送给她的那根金项链，一头一脸的高兴，老气横秋地插嘴说："这真好，你的两个儿子，可都比我们有出息。"

来生瞪了妹妹一眼，要她少插嘴。倪美丽嘴嘟起来："本来嘛。"

父子的初次见面显得太匆忙，几乎就没有来生插嘴的机会，在来海峰和别人说话的时候，来生目不转睛地盯着他。来海峰平静得仿佛是陌生人，时不时地说几句话，好像完全只是出于礼貌。除了刚见面时的一声惊奇之外，来海峰对自己从未见过面的儿子没表现出任何激动，他十分平静地问儿子多大了，现在正在做什么事。

"刚刚你说你不做什么，这是什么意思?"丰盛的菜肴一道道端上来，来海峰为了打破沉闷的气氛，又突然想起了儿子先前说过的话，"我没弄清楚，你现在到底在做什么?"

来生母亲说："唉，这么大年纪了，本来好好的有个工作，也丢了。说结婚也就要结婚了，他还是一天到晚疯颠颠的，满肚子自作主张。"

来生说："我正在学做生意。"

来海峰很高兴地说："学做生意好哇，我也是一把年纪，才开始学做生意的。想做什么生意?"

"他能做生意，中国人都发财了。"倪美丽又插了一句嘴。

4

来海峰在台湾开的一家公司，名称是"东方文化事业有限公司"。

如果不是为了做文化生意，来海峰也不会在后来的日子里，竟然一趟趟有失身份地奔走于台湾、大陆之间。不管怎么说，他第一次回大陆，让来生感到非常的失望。父子间好像根本就没什么话可以说，大家很客气地待在一起，想亲近也亲近不起来。好不容易等到了一天下雨，来海峰对儿子说，趁天气凉快，陪我去看看你爷爷和你外公的坟。

多少年来，来生就不知道他爷爷和外公的坟在什么地方，连他母亲也弄不清楚，反正是在城南的一片小山上。雇了一辆带空调的车子，碰运气一样地出了中华门。

小汽车在城外徒劳地奔走。时过境迁，一切都完全变了样子。到处都是房子，有的山坡已被削平修了公路，建了成片的厂房。幸存的山坡上挤着铺天盖地的坟墓，一个紧挨一个，斑斑驳驳的墓碑上的字都模糊不清。来海峰从小汽车里出来，走了几步，看着眼前的那一片混乱，便知道这一趟注定白跑。

“变了，全变了，”来海峰感叹说，“我小时候放了学，常在这一带玩，这一带荒凉得很，天还没黑，好像就有鬼跑出来了。”

来生也想起了自己的童年。这是来生第一次有这么长的机会和来海峰待在一起。这情景仿佛是在梦中。

“你爷爷的坟，那时候是建在一个拐角位置的，你看，大约就是这么一个地方。”来海峰站在离小汽车不远的地方，用手指着不远处对儿子说。

“爷爷长得什么样子?”

来海峰皱起眉头想了一会，说：“个子不太高。”

又过了一会，来海峰补充说：“反正不像我，也不像你。”

5

我第一次见到来海峰是在他第三次回来的时候。那是一个气候怡人的秋天，来海峰听来生说有我这么一位在出版社工作的朋友，指名道姓要见我。

“叫他来，我们一起吃顿饭。”来海峰对儿子说，“你的朋友说不定可以成为我的朋友。”

来生把他父亲的意思告诉我以后，我按捺不住好奇心，恨不得立刻见上来海峰。我想象他准会在金陵饭店请我好好吃一顿。金陵饭店的美味佳肴在来生的渲染下，已经让我不知淌了多少次口水。住得起金陵饭店的阔佬，自然不会在乎花这几个钱。

然而来海峰却提议去夫子庙吃小吃。这也太有情可原了，一个人在海外待了那么多年，想重新品尝一下家乡风味的小吃，本来也在情理之中。当我们从金陵饭店出来，一起驱车去夫子庙的途中，来生突然伏在我耳朵根，问我身上有没有带钱。我怔了怔，告诉他这个月的工资都在我口袋里揣着呢。

一同去的还有打扮得花枝招展的小包，从出租车里出来，来海峰和小包说着什么，来生又伏在我耳朵根，一路走，一路叫我把口袋里的钱都借给他。

“今天我来请客，”来生压低了嗓子说，“你放心，这钱我一定还，反正今天只是小吃，花不了许多钱，我来请。”

我趁来海峰不注意时，把身上的钱如数塞给来生。来生俨然也成了台湾来的阔佬，堂而皇之把我们领进永和园的雅座，用一种南腔北调反正是属于有钱人的口吻招呼服务员。“我父亲刚从台湾回来，想吃点家乡的小吃，大鱼大肉我们不在乎，早吃腻了，我们只要最好的小吃。”来生这时候已经留起了小分头，抹了极亮的头油，西装革履，很帅的样子，和他在一起，我显得又潦倒又落拓。“爸爸，你想吃什么?”来生很亲热地问来海峰。

服务员小姐白了我一眼，不冷不热看着来海峰，例行公事地说：“我们这地方，台湾同胞经常来的，先生您要什么?”

来海峰正一门心思和小包说笑，侧过头来，没听清地问道：“小姐，你说什么?”服务员小姐被他一本正经的神情逗笑了，说了没几句，一边格格格笑，一边连忙用手去捂嘴。在我的印象中，来海峰远比他的实际年龄年轻得多，虽然已经两鬓斑白，但是仍然是那种见了漂亮女人眼睛就发亮的男人。

“来先生，您看上去一点也不老，”开始上菜了，在动筷子以前，我笑着对来海峰说，“您现在这样子，看上去还是非常有魅力。”

“不行，老了，”来海峰显然很满意我的恭维。

小包浓妆艳抹坐在我对面，她的脖子上挂着来海峰送的一根极细做工极考究的项链，小心翼翼地吃着。我注意到来海峰的目光老是盯着她看。各式各样的小吃一道道送了上来，服务员小姐一一作介绍。来海峰总是做出没听懂的样子，饶有兴致地和她们逗乐。

我们似乎都受到了感染，不约而同地加入了和服务员小姐调笑的行列。

不一会，桌子上就堆满了。来海峰好像什么也不想吃。他没胃口，别人也很难放开来大快朵颐。很显然这些菜不对他的情绪，他懒洋洋看着眼前的大碗小碗，说这所谓正宗的南京菜，远没有台湾的南京菜好。“这么快，都端上来了，不跟吃食堂差不多了，食堂，我说是食堂对不对？是不是这么说的？”他挑剔地咂了咂嘴，拿起桌上的牙签剔牙，忽然想起来地说，“哎，你们吃，你们尽管吃。”

“来先生，台湾也有南京菜？”我随口问了一声。

来海峰对我的问话根本不愿意回答。初次见面不过一个多小时，我已经发现来海峰有一种对人居高临下爱理不理的坏毛病。和他说话时，他常常装作没听见，懒得回答他不感兴趣的话题。甚至他的剔牙动作，也有一种看不起人的暗示，我注意到他的牙缝里根本就没什么东西值得剔除。“哎，你们吃，你们尽管吃，”好像我们是一群来蹭饭吃的苦孩子，他此行的目的只是等我们吃完了付账，“在你们这，这是不是就算好的了？”

来生见来海峰根本不吃，觉得很没面子。他偷眼看了看我，苦笑笑，反过来劝他台湾来的爹好歹吃一点。“爸爸，今天是我们请你吃，”来生的脸上显出一种我从未见过的尴尬表情，“这蒸饺味道还不错。”

来海峰用筷子夹起一个蒸饺，皱着眉头吃了，没作任何评价。

“爸爸，我这个朋友，平时还写些小说。”为了使不太热闹的场面活跃起来，来生不得不找话说。

来海峰看着我，点点头，算是知道了。

话题不知怎么到了来海峰去台湾后生的两个儿子身上。来海峰故作谦虚，把这两个儿子打是疼骂是爱地夸了一通，言下之意有些怪来生没有像我一样念大学。“在台湾，年轻人嘛，不念大学怎么行，年轻人不念大学，是找不到事情做的。在我的公司里，留学回来的，就有好几位。”来海峰似乎有些嫌大陆的这个儿子没出息，虽然没有正面数落他，但是一听就听出来话是冲着来生去的。和来生的强烈的要寻找父亲的情绪相比，来海峰在我面前表现出来的对这个儿子的态度，冷淡得难以让人接受。

来生在我的眼皮底下丢足了面子。他一辈子从没像现在这么窝囊过。在我的记忆中，他的身上充满了大无畏的造反精神。他愤世嫉俗，敢做敢当轰轰烈烈，天塌下来也无所谓。一度使他趾高气昂的父亲，很快便压得他抬不起头来。“我爸爸觉得有我这么个儿子，脸面上不好看，”在后来的谈话中，来生有一次非常沮丧地对我抱怨，“我和他正好反过来，我有了他，觉得自己有这么一位爹，露脸得很；而他呢，有了我这么个没出息的儿子，却觉得丢脸。”来海峰的出现使来生整个地变了一个人，他变得深沉，变得喜欢分析和谈道理，变得完全失去了做人的自信。

总算到了最后结账的时候，我看着满桌子几乎没动过的菜肴和点心，深感一种浪费的罪过。服务员小姐送账单上来，来生抢着接过来，一看，吓了一大跳，脱口说：“这么多?”

我歪过头去凑热闹，一看那数目是四百九十几块。“这好像也太贵了一些吧，再算一算，有没有算错，”我提醒服务员小姐，“别都把我们当台湾同胞宰了，你这收费标准肯定有问题。”

“我们可是中国人，”小包插嘴说，“没那么多钱被你们宰!”

服务员小姐白了小包一眼，说：“台湾同胞也是中国人，请你说话注意一点，我们这就是这个收费标准。”

来生绝望地看了我一眼，低声问我身上还有没有钱。

来海峰懒洋洋地从西装口袋里摸出一个鼓鼓囊囊的皮夹子，抽出一叠兑换券，往桌上轻轻一放，双手抱起来，一句话不说地看着我们大家。

6

来海峰从来没提过让来生去台湾这个词。“他大概怕我去了台湾，会和我那两个异母兄弟争夺财产，”自从来海峰正式出现以后，来生时常把我当作倾诉对象，发泄他心中的不满，“其实我们半辈子都穷过来了，钱吗，还不就是身外之物，又有什么了不起的？林林，你信不信我这句话：我真不希望我这亲老子有钱！”

充满了一种失落感的来生常常到我宿舍里发牢骚。我们那时候已经开始在偷偷地为来海峰干活。我们把南京一批很有前途的青年画家的画，廉价收集起来，然后交给定期来大陆的来海峰，带到港台市场上去卖。刚开始我们的事业很成功，穷困潦倒的青年画家们纷纷巴结我和来生，请我们上馆子，白送画给我们，心甘情愿地接受我们的剥削。我和来生各自印了“东方文化事业有限公司”的名片，俨然成为大陆办事处的工作人员。

来海峰一再表示他做青年画家的生意赔了大钱。“不是什么人都会成为高更，成为毕加索，”他一趟趟飞到大陆来，拿上一大摞我们事先替他收集好的画，匆匆再飞回去，“不过，我也是一把年纪了，我似乎还有义务为年轻人做点事，也许哪一天，真有谁会变成高更毕加索呢!”

我们按照来海峰的胃口向青年画家们索画。大陆的青年画家实在太多，无论好画家坏画家都是多如牛毛，根本用不着我们去找，守株待兔等在家里，自然有画得极好的画家涎着脸自投罗网。我们不费吹灰之力便可以收集到想要的任何风格的任何画。南京一批年轻有为的青年画家们在我们的引诱下，开始一步步堕落并且误入歧途。很长一段时期内，我和来生用不高的价格，甚至可以左右南京的一班画家们的画风。我们一会要那种纯抽象的所谓现代派风格的画，一会又要逼真的仿古赝品。

我们使题着古典诗词的春宫画似的人体画风靡南京。作为东方艺术的瑰丽花朵，新春宫画显然给来海峰带来了极好的经济效益。有一次在飞机场，来海峰卷着一大捆新春宫画，刚刚通过检查，正等着去香港的飞机起飞。在候机大厅，来海峰指着装画的那只大包，对前去送行的我和来生说：“这画只能拿到香港去卖，香港这地方，只要不是垃圾，总是可以卖掉的。”

这丝毫不意味着来海峰在艺术上有多好的修养。在绘画的审美上，他属于那种比较保守古板的趣味。他最喜欢的画是齐白石的，无论是真齐白石，或者是那种一眼就能看出的假齐白石，他都喜欢。作为一个生意人，他身上仍然有一种干军统特务时的精明。只要能赚钱，他并不排除自己所不喜欢的东西。兴趣是兴趣，生意是生意，只有傻瓜才会把这两者完全统一起来。

“国内批评界对新春宫画评价很高，”我一连报了几个评论家的名字，说谁怎么说，谁又怎么说，“新春宫画反应了中国几千年文明所扭曲的人性。”

“狗屁，”在飞机着陆的轰鸣声中，来海峰铿锵有力连声说，“都是狗屁。把屁股画多大的，奶子画多大的，腿画多大的，什么都大，大得肉都快挤出来了，这就是扭曲的人性?”

新春宫画虽然不像来海峰说的那么下流，但是的的确确有那么些下流。正像小包愤怒时谴责的那样，这些画上的女人，除了胖得肉都快从纸上挤出来，那些以小为特征的特征，一样饱含着下流肮脏的暗示。小巧如樱桃的嘴，细细长长的眉，小小的两点乳头，小女孩的性器官。“这是流氓画的流氓画，看上去有什么美的，恶心死了。”小包对我和来生如获至宝似的收集这些画充满敌意，她那时候已和来生办过结婚手续，总觉得来生这么做，也是一种对她的不忠实。

小包和来生的最终分手，和那些风格淫猥的新春宫画不无关系。新春宫画上小鼻子小眼睛又丰满得有些过分的女人，不仅引起了小包的强烈妒忌，而且的确造成了来生对女人的兴趣转移。自从有一天取着洋名字的玛娃抱着一叠她的画找过我们以后，来生便充满了占有这个白白胖胖的姑娘的欲念。玛娃长得像个吹足了气的洋娃娃，虽然她的画和新春宫画毫无相似，但是用来生的话说，她整个就是一个新春宫画中的人物。

我和来生一直怀疑玛娃给那些画新春宫画的画家朋友们当过模特儿。事实证明我们的怀疑很有道理。年青一代的画家们远比我们想象的浪漫得多，当玛娃和我们熟悉以后，她毫无羞涩之心地告诉我们，她起码和十个有才华的青年人交过朋友。交过朋友在玛娃的词汇中，和睡觉和同居没什么本质区别。当来生试图和她开一些接近轻薄的玩笑时，她常常毫不含糊，直截了当地让来生下不了台："你们别给我来这套，不要以为我找你们卖卖画，你们就有空子钻，跟你们实说了，让我上床并不难，可你们得靠男人的魅力。就你们这样，画商不像画商，掮客不像掮客，还是别做梦最好。"

玛娃的画学的是八大山人，画得几乎可以乱真。她是一位女中丈夫，豪爽得让人刚生出一些邪念，又忙不迭地缩回去。只要口袋里有钱，玛娃的嘴上叼着的必定是进口洋烟。卖画的钱刚到手，她便把我们拖到馆子里大肆挥霍。她的父亲是位能当官又能画画的画家，玛娃的身上既有干部子弟的怪癖，又更兼有些艺术家的气质。她动不动就和人打赌，而且为了打赌不止一次让男人占了便宜。

有一次我们都喝了些酒，为中国和古巴女排的一场比赛争得不可开交。玛娃说："好了，别烦了，姓来的，我们干脆赌一赌怎么样？"

于是决定按照玛娃的建议，打一个非常荒唐的赌。这样的赌也只有玛娃这样的女画家才想得出，那就是，输的一方，给赢的一方当模特儿。那场球一直打到最后一局才见分晓，结果是来生赌胜了。我们得意忘形地大笑。玛娃说："有什么好笑的，我真把衣服脱了，你也不会画。"

我和来生还是笑。

"笑，笑，当心把牙笑掉了。喂，没你的事，你他妈滚蛋。"玛娃冲我嚷着，然后再对来生嚷，"有本事把笔拿出来，我脱就脱，有什么了不起的。"

我和来生又哈哈一阵大笑。

玛娃像男人一样恶狠狠地骂了一声娘，扬长而去。几天以后，玛娃送给来生一张她对着镜子画的裸体自画像。完全是新春宫画的风格，夸张的大和夸张的小，画得淋漓尽致。虽然是变了形，然而脸部特征一眼就可以看出是玛娃无疑。除此之外，玛娃又送给我们一张她所画的我和来生的合影。那是瘦骨嶙峋的两个光屁股的男人，猴头猴脑地站在画面上，东张西望，我们的面部表情显得十分滑稽，更滑稽的是我和来生一人生着一个小男孩的小玩意，小得仿佛是刚出娘胎没几天，尿急似的翘在那，好像一条僵硬了的快要上山的蚕宝宝。

7

我和来生很快在南京的画坛上声名狼藉。随着大陆和台湾的交往增多，越来越多的有事业心和真才实学的台湾画商来大陆淘金。我们不久就成了众矢之的。青年画家们突然醒悟过来，在过去的日子里，“东方文化事业有限公司”已经狠狠地坑了他们。幸好来生当年是有名的拚命三郎，打架斗殴曾是他的老本行。当那帮所谓上了当的艺术家们约好了时间，打算要摆场子好好地教训教训我们，结果却被来生揍得落花流水狼狈逃窜。

我们再也不敢打着“东方文化事业有限公司”的牌子在外面招摇。一切都已经明摆着，我们正在厚着脸皮替来海峰受过。来海峰照样理直气壮地大陆台湾飞来飞去，文化生意越做越红火。我们所以仍然勉为其难地为来海峰张罗，唯一目的就是希望来海峰说的让我和来生去日本的话能够兑现。

来海峰早就说过要把在日本的分公司交给来生。为此，来生除了拼命学英语之外，还拉着我和他一起上夜校学日文。我在出版社混得十分潦倒，我们的一个领导没学历，他妒忌社里每一个有文凭的人。一段时间内，跟来生一起去日本是我生活的目标。出国热刺激着每一个想大干一番事业的年轻人。为了达到去日本留学的理想，我们今天的一切所作所为，招摇撞骗做文化掮客，都有些忍辱负重的意思。

长期以来，去日本一直是我们悬在嘴边的一块肥肉。对于来生来说，寻找中的来海峰和现实中的来海峰根本不是一个人。他早就对来海峰失望到了顶点。除了去日本之外，来海峰这个父亲对来生已经失去意义。就像当年把他抛弃了不闻不问一样，来生早就做好了有朝一日干出了成就，一脚把他老子踢开的准备。天知道来海峰在日本的分公司是怎么回事。随着时间的消逝，被生活调教得越来越现实的来生，对去日本当分公司的老板已经兴趣不大。他和我一样，只希望不管三七二十一，去了日本再说，打工也好，当苦力也好，我们相信完全能够靠自己的努力，在异国他乡的日本闯天下。

来海峰在来生的心目中，彻底失去了最初的魅力。一切都成了互相利用，我们希望通过他出国，他却希望靠我们在国内替他拉生意。因为来生是他的儿子，因此我们实际得到的酬劳非常有限。好在我们手头有了一些美钞，在国内将就着活着，敢进出专供外国人和港台同胞消费的外汇商店，难免神气十足昂首挺胸，有一种人上人的得意。

来生坚信他的台湾父亲已经发了大财。当年轻的画家们再也不把画廉价卖给我们以后，来海峰的经营方式发生了重大转变。继续大笔地赚钱似乎已不是他的方针，他开始以扬名为自己的目的。一个以来海峰的名字命名的奖学金，在一座师范学校设立起来。他开始结交那些名气不大不小，然而位居于领导岗位的中老年画家，慷慨解囊为这些中老年画家们出画册。

来海峰摇身一变成了红极一时的文化绅士。不止一所大学慕名聘请他为特邀教授。他来大陆，再也不像过去那样自己掏钱住昂贵的金陵饭店，而是大受欢迎地轮流在各个大学作客。设立以他名字命名的奖学金的那所师范学校的校长庄严宣布，无论什么时候，他都将是学校最受欢迎的客人，学校新竣工的那座宾馆，将永远可以当作他免费居住的家。他的各种小文章，开始登载在大学校报的显要位置上，他甚至堂而皇之地站在大学的讲台上，大谈东方文化的过去和未来。

我和来生去日本的事变得越来越遥远。连续多少年一直处于失业状态的来生终于失望到了极点。来海峰每次来大陆，都像注射了吗啡似的刺激来生兴奋一阵，然后再陷入到更深的失望中去。

来海峰突然心血来潮地提出将来要回大陆定居，并宣布如可能便在大陆重找一位终身伴侣。他声称在台湾有不少女人看中他的身份和地位，但是他更中意的，却是那些在大陆吃过苦经受过锻炼的普通女子。“台湾的日子太好过了，因为日子好过，女人一个个都太娇气，而娇气的女人，是不能够娶了当老婆的。”在一次宴会上，喝了几杯酒，来海峰变得有些放肆，向在座的各位大胆暴露了他的活思想。

很自然就有人出来热心张罗这种事。来海峰年纪一大把了，心还像年轻人一样年轻一样活泼。在过去，他曾经分别带过两位不同的女秘书来大陆。我和来生在一开始就对他和女秘书之间的关系存有疑义。虽然不住一个房间，但是来海峰甚至当着我和来生的面，都敢动手动脚，说一些似是而非模棱两可的潇洒话。两位女秘书的举动也十分可疑，先来的那位年纪大的，还和我们说上几句话，表示一下对我和来生的工作的关心；而那年轻的，整个就是到大陆来的旅游观光客，我们一到来海峰那里，她便气冲冲地去睡觉。

年纪一大把的来海峰在大陆充分展现了他的魅力。一连介绍了多少位，来海峰都不中意，吃了顿饭，然后再婉言谢绝。机会太多了，来海峰自己也挑剔得有些眼花缭乱。很显然他自己都打不定主意，究竟应该找一位什么样的女人才好。一位年轻漂亮的女演员，十分向往嫁给这位年纪足以当父亲的来海峰，大学里一位极度古板的女教授，也很乐意为来海峰放弃坚持多年的独身主义。

“我早过了当花花公子的年龄了，”来海峰有一次开诚布公地对他那位脸部表情很有些尴尬的儿子来生说，“年轻的时候，谁做梦都想当个唐璜，可到了我这个岁数，又是前列腺有毛病的人，我必须慎重慎重再慎重。”

事实上，来海峰的表现一点都谈不上慎重。他突然看中了他所居住的大学招待所的一位临时工。这位负责清洁卫生的年轻女工来自安徽农村，她是来海峰在大陆遇到的第一位主动回绝他的女人。对一个农村出来的女孩子来说，嫁给一位头发都白了的老头子，实在是比天天打扫厕所还丢人。然而来海峰却仿佛一下子陷入了情网，不管对方是否已经回绝了他，仍然像初恋的男孩子一样大献殷勤。

来海峰又捐了笔钱给以他的名字命名的奖学金的基金会。台湾来的大富豪爱上了女清洁工，成了一个不大不小的笑话，在学校里到处流传。鉴于来海峰对学校做出的杰出贡献，身兼校办公室副主任的学校宾馆馆长，决定不顾流言飞语拉一回皮条成人好事。他果断地把女清洁工的工作性质进行调整。

安徽来的临时工转眼成了正式的服务员。一种彼此心照不宣的默契，正在悄悄起着作用。有意无意地，来海峰看中的那位年轻姑娘，总是被安排在来海峰住的那个楼层工作。夜深人静时，来海峰常常为了一点屁大的事，把正在值班但是已经睡着的姑娘叫到自己房间，找出话题来乱说一气。他诚惶诚恐地向姑娘表示歉意，到了第二天的深更半夜，又故伎重演，死皮赖脸地把姑娘叫到自己房间。

8

来海峰和安徽姑娘的事最终没有结局。好像是为了赌气，他就跟吃了败仗似的，怏怏地回到了台湾，很长一段时间没有再到大陆来。再来时，他仿佛重新鼓足了气，又神采奕奕带着那位曾经来过大陆、年纪大的女秘书，像往日一样招摇。他和女秘书形影不离，根本不在乎别人会怎么议论他们。我当时有个感觉，就是这位看上去仍然有几分温柔的女秘书，也许会成为来生的后妈。女秘书对来生的确也非常好，事实上，她对来生的关心，远远胜过来海峰。

来海峰每次回大陆都会给来生带来新的失望。在来海峰回台湾的日子里，来生总是对他亲老子，寄予一种带着几分奢侈的希望。在我已经完全放弃去日本的念头以后，来生依然把去日本当作他继续存在下去的最后一根稻草。当来海峰带着女秘书又一次出现在大陆时，在来海峰面前过多地碰钉子的来生，不得不厚着脸面，卑躬屈膝地向女秘书求情，让她从侧面督促一下来海峰，尽快实现他对来生的许诺。

然而女秘书很快就被来海峰打发回台湾。事情的发展出乎大家的预料，来海峰突然闪电似的和玛娃订了婚。

来海峰这次来大陆，仅仅是为了参加以自己名字命名的奖学金颁奖仪式。他计划很快就回台湾。颁奖仪式的隆重，甚至连来海峰自己也吓了一跳。所有的报纸都在头版刊登了消息，各界名流应邀出席。来海峰在新闻界大出风头，电视跟踪采访而且做了专题报道。广播电台特邀他为嘉宾，进直播室接受热心听众电话提问。

玛娃拨通给来海峰的电话，完全是偶然的偶然。电台节目开始时，她洗了澡出来，头发湿漉漉地便往床上跳。作为习惯的一部分，她随手打开了收音机，听见播音员正热情洋溢地介绍着来海峰。

起先玛娃只是想证实一下，来海峰是不是就是来生的父亲。当电话接通以后，玛娃忽然改变了主意。“来先生既然能拿出这么多钱来，操办一个华而不实的奖学金，那么能不能赞助一位有才华的女画家，在台湾以及世界各地举办画展呢?”玛娃在电话里直截了当地问道，“最好请来先生直说。”

“那当然可以了，”来海峰在直播室里有些亢奋，“不过首先要这位画家确实有才。我设立奖学金的目的，也就是为了爱护人才嘛。多少年来，我一直在促进东方文化事业的繁荣和发展，对于有才华的年轻人，我来某人，还是乐意赞助的。”

电台的主持人几次试图打断他们的对话。半个小时的“今晚嘉宾”节目，一大半的时间都被同样处于亢奋的玛娃占据。他们的谈话出人意外的投机，当节目的时间快结束时，玛娃兴冲冲地说：“来先生，你别当我是开玩笑，我说的可是真话!”

来海峰笑着说："当然，而且我说的也是真话！"

来海峰回到住处，匆匆洗了澡，打电话把女秘书叫到自己房里，正准备上床之际，玛娃抱着她的一大叠画，用力并且非常放肆地敲响了房门。

恼怒的来海峰想不明白谁竟会在这种时候不识相地跑来打扰他，他执拗着不打算开门。然而玛娃强有力的敲门声，足以把整个大楼的人都惊醒过来。女秘书慌忙整理了一下衣衫，轻轻把门打开。敲得已经有些不耐烦的玛娃大大咧咧走进房间，把那一大叠画往床上一扔。

也许是玛娃的画深深地吸引住了来海峰，他随手翻了两张画，立刻睡意全无。电话里意犹未尽的对话又没完没了地继续下去。来海峰很快打发哈欠连天的女秘书回自己房间睡觉，他却像年轻人一样精神旺盛地和玛娃说笑。这一说一笑便到了天亮。来海峰对玛娃的画赞不绝口，但是对画是否真能像她所设想的那样大获成功，表示出几分忧虑。

玛娃似乎也不真心指望来海峰拿出钱来赞助她办画展。她只是有些心血来潮，希望别人为她的画说上几句动听的好话。"来先生真觉得我的画不错，我也就心满意足了。"

来海峰说："笑话，笑话，我当然觉得这画不错。这画真的是很不错。"

分手时，玛娃和来海峰仿佛已成了相识多年的老朋友。玛娃说："想不到你那位女秘书年纪这么大了，你为什么不找一位年轻一些的呢?"来海峰笑着说："年轻漂亮的女秘书怕我，我也怕她们。"

玛娃说："干吗要怕她们呢？她们怕你，说明你还有魅力，男人要让女人怕才是好男人。你怕她们，就说明你不行了。”

“我是不行了，”来海峰很潇洒地说，“老了，人老了。”

来海峰为他和玛娃的订婚，办了一桌昂贵但又不是很张扬的酒席。吃完了这桌酒，玛娃便堂而皇之地住进了原来是属于女秘书的房间。来海峰开始筹备正式结婚的有关文件。万事俱备，甚至连东风都不欠缺，玛娃整日梳妆打扮，依旧胖得像个吹足气的洋娃娃，一本正经地等着做新娘子的日子到来。

9

我最初听到来生说他把来海峰扼死的消息时，第一个反应便是绝不可能。虽然来生对来海峰的仇恨与日俱增，虽然来生性格中有恶魔的一面，然而亲手杀掉自己的生身父亲，这毕竟不是随随便便的事情。我所以相信，是因为来生神色恐怖地给我看了他手上的伤口，他那肿起来的半边脸，以及他裤子上沾着的滴滴血渍。

自从放弃了去日本留学和淘金的念头以后，事实上我很少关心来海峰的行踪，我和来生也不像过去那样成天孪生兄弟一样泡在一起。我不想再和来海峰发生什么联系。甚至来海峰要和玛娃结婚的新闻，我也是来生跑来告诉我他杀了来海峰以后才知道。共同臭骂来海峰已是我和来生之间的重要话题。和来海峰这样的人打交道，我和来生得出的共同结论就是，当年共产党能打败国民党，真正是不容易。来海峰尽管不像电影银幕上的反派人物那么夸张的坏，可也实在不是东西。

当来海峰成为文化绅士在大陆招摇时，来生在南京却混得臭名昭著难以立足。当年打着东方文化事业有限公司的招牌，用廉价收进的一些画，其中有些经过装裱卖了好价钱，害得所有卖画给我们的青年画家都觉得自己吃了大亏。除此之外，还有一部分画在收进时就没付钱，当时说好卖出去以后再结账。这些画后来成了勒在来生脖子上的绳索，有那么几位画家整天盯在来生后面，一会说要上法院告他，一会说要雇人收拾他。他们一致要求来生把画还给他们，还不出画就乖乖赔钱。来生在他们的追逼下焦头烂额。

这些画早就不知下落。来海峰对于那些看不中的画，向来弃之如垃圾。来生一直盼着自己往日本一走了之，然而去日本的希望越来越渺茫，父子之间的隔阂越来越大。来海峰见了他没什么话可说，甚至从台湾来大陆也懒得通知他一声。“他要不是我爹，林林，你知道我的脾气的，你说我饶得了他？”来生有一阵屡屡向我表示他的这种弑父情结，“在他眼里，老子狗都不如。”来生气汹汹跑去找来海峰，是因为来海峰要和玛娃结婚的消息传到了他耳朵里。“老头子能花大笔的票子讨小老婆，搞什么奖学金，他为什么不能拿出些钱来，让我出国。”来生当时肯定是非常愤怒，出于对来海峰的畏惧，他在去之前，先在一家个体户的小餐馆里喝了半斤白酒。

“我让他把那些画，把那些已经没有了的画拿出来，他不能老是让我替他背黑锅，画没有了，就是应该赔。”来生到了来海峰那里，刚向来海峰说明来意，来海峰立刻沉下脸来，说来生不应该拿一件早就可以忘掉的事来麻烦他。气势汹汹的来生在来海峰面前，永远有一种抬不起头的感觉，他积压着满腔怒火，咬牙切齿地忍受着来海峰的训斥。“老头子一点不觉得他把人家的画扔了，有什么不对的地方，他只觉得我是借机在敲他的竹杠。”也许是为了在玛娃面前显示他的威严，来海峰暴跳如雷，大骂儿子忘恩负义。

“没出息的东西，有本事自己去闯，除了算计你老子，你还能干什么?”

“我算计你什么了?”来生张口结舌地反驳道，“你有什么，你什么让我算计了？现在是你害得我没办法混下去。”

“你活该。”

“我是活该!”

在父子俩的声音高起来的时候，玛娃不当一回事地走进浴室。“有什么好吵的，父亲和儿子难道还想打一架不成?”进去哗哗放了一会水，她又跑出来，头上已套好塑料浴帽，不耐烦地对来海峰说，“你拿点钱出来，赔给那帮画画的就是了。你弄丢的那些画里面，说不定还有我的画呢。”

来海峰在玛娃肥胖的屁股上拍了几下，把她哄进了浴室。来生怒目而视，眼睛里都快冒出火来，看着他那位越来越熟悉，也越来越陌生的父亲。他不明白他父亲为什么要喜欢玛娃，也不明白玛娃为什么喜欢来海峰。

“你可以走了吧!”来海峰向儿子发出了严厉的逐客令。

来生似乎没听见他的话。

“今天我是一分钱也不会给你的!”来海峰继续说。

来生好像突然明白，自从来海峰这个人正式出现以后，这个在他心目中崇拜的偶像，对他从来就没有表现过任何父亲的温存。来海峰心目中压根就没他这么个儿子。他压根就看不起他。

玛娃在浴室里突然大声叫来海峰。来海峰转身向浴室走去。来生猛站起来，拦住他不让走：“在你眼里，我连狗都不如，我连一条狗都赶不上。”玛娃在浴室里叫得更急，来生对来海峰大声叫道，同时转过脸来，对浴室大喝一声，“你他妈别叫了，母狗!”

来海峰随手给来生一记耳光，又响又脆，就像在电影上常见的那样。来生立刻一个漂亮的直拳，把来海峰打得离开了地面，像一个移动着的大枕头似的，在空中飘了一会，嘭的一声，四脚朝天地摔在床上。被打晕了方向的来海峰在床上喘了一口气，捞起床头柜上的刚泡了水的茶杯，朝来生迎面打去。紧接着又抢过热水瓶，举起来，心狠手辣地向来生劈过去。

来生迎着热水瓶冲了上去，一把卡住来海峰的脖子，用足了力气拼命扼。玛娃在浴室里仍然嗲劲十足，有一声无一声地招呼来海峰。来生脑子里一片空白，无数个念头像小虫子一样乱飞，两只手仿佛抽了筋一样，越扼越紧，来海峰眼睛向上一翻，很容易地就断了气。

玛娃正躺在浴缸里充分享受，身上的太多的肉，使得放满了水的浴缸都变小了。一不做二不休的来生一脚踹开了浴室的门。她惊心动魄坐起来，两手忙不迭地托住自己的两只大奶子。来生原打算连玛娃一起掐死，然而就在最后的一瞬间，在玛娃顽强的讨饶声中，他改变了主意。杀一个来海峰已经足够了，他干吗不放掉命运和他差不多的玛娃。连声的讨饶对来生来说好像是一种最好的邀请，他毫不犹豫地跳进浴缸，脑子里想象着他的亲爹如何和这位胖姑娘做爱的镜头，迫不及待又是非常持久、粗野又非常感伤地扑在玛娃身上。

10

来生又一次失踪了，这一次也许是永远。

很长时间内，我对来生叙述的故事深信不移。我常常在假想应该如何回答警察的盘问。知情不报的罪名使我狠狠地操了一阵心。直到两年以后，来海峰又一次做了父亲，带着玛娃和千金重新出现在大陆，我才明白来生弑父的故事纯粹子虚乌有。

来生在现实中找到了他的父亲。

来生也许永远只能在想象中杀死他的父亲。

为了证实来海峰的确活着，我特地去拜访了来海峰夫妇。来海峰的头发又白了许多，玛娃却还像过去一样胖得像个洋娃娃。他们新添的那位小千金看上去非常可爱。

我很快便告辞了，很显然，我不是一位受欢迎的客人。我们谁也没提到来生。我没说，他们也懒得问。

来生又一次失踪了，这一次也许是永远。

1992年5月30日

烛光舞会

1

袁树森问了许多人，都说不知道就在这附近的星星夜总会在什么地方。当他向人打听的时候，不相干的人都偷偷地注意着他。一个老太太很严肃地走到他面前，皱起眉头听了一会，毫无表情地摇摇头。

“你敢肯定就在这条街上?”老太太近乎生气地问道。

袁树森不得不怀疑是不是徐蓓弄错了地方。在电话里，徐蓓用不容置疑的口吻告诉了他一条街名。“就在那条街上，你问谁都会知道的。”挂电话前，徐蓓大声嚷着，让他先到那里等着，她说她可能会迟一些才到达。

这条街并不长，袁树森很快就走到尽头。终于有一个人告诉他，说星星夜总会就在菜场的另一头。说话人指了指乱哄哄的集市，十分鄙视地说，你到那里去一问，自然就知道了。说话人的语气和徐蓓如出一辙，袁树森顿时觉得自己很愚蠢。寻找对于袁树森来说，向来是件为难的事，而他缺少的似乎是这种灵气。自从记事以来，袁树森就发现自己一直在寻找着什么，一直寻找不到。

重新穿过拥挤的人群，迎着扑面而来的臭烘烘的菜市场气味，袁树森又一次产生了上当的感觉。有谁愿意把夜总会建在这么一个糟糕的环境里呢?男男女女都在卖菜或者买菜，东张西望的袁树森连连碰壁，大家都懒得回答他的提问。一个小贩以为他是想买西红柿，热情地为自己做着广告，然而一旦明白他的真实用心以后，恶狠狠地瞪了他一眼：“什么星星月亮的，不买西红柿，你给我走人，快走，别耽误我做生意。”

袁树森终于在一家国营菜场的原址上，找到了星星夜总会。是一个小得不能再小的门面，看上去只是一家刚经过装潢的餐厅。实在是太普通了，难怪会没什么人知道它的存在。袁树森看了看表，发现自己比徐蓓指定到达的时间迟了十分钟。他缓缓地走过去，心里并不担心，因为他知道按惯例徐蓓还不会到。

但是徐蓓已经到了，她正站在一个太阳晒不到的地方，用手绢擦着汗，一边不停地在鼻子前扇着。袁树森不明白徐蓓为什么约自己在这鬼地方碰头，刚想开口问她，徐蓓傲气十足地说：“你怎么到现在才来，别问为什么，我待会再告诉你！”她对袁树森做了个手势，让他跟着她一起走向星星夜总会。他们走到那个丝毫谈不上起眼的门面边上，不约而同地往里面看。整块的茶色玻璃遮住了内部的一切，隐隐约约只能看见一个小小的门厅，有沙发和茶几，隐隐约约还能看见跷在那的一个活人的两条腿。铁栅栏门放下了一半，显然现在还不是营业时间。

在国营菜场因为经营不下去，即将倒闭而不得不把菜场出租给娱乐业的时候，由郊区农民和菜贩子大显身手的自由市场，却焕发出了蓬勃的生机，除了扑鼻而来的气味，袁树森发现他和徐蓓现在正置身于一个巨大的煮沸了的铁锅里，各式各样的声音在这条不大的小街上回荡着，讨价还价的声音，大人的呼唤小孩的哭喊，人们无意中碰撞引起的争执，一位山东汉子因为管理人员罚他款，正气呼呼地扬言要打人。袁树森看了徐蓓一眼，希望她立刻就能解释他们为什么要来这里。

徐蓓冒冒失失地敲起门来，一个农民工模样的人将厚厚的玻璃门隙开了一道缝，脸上毫无表情地问着："干什么？"

"对不起，"徐蓓带着些歉意说，"你们这什么时候开门？"

对方不作任何回答，就又把门关上了。徐蓓有一些恼火，继续敲门，厚厚的玻璃敲上去，几乎没有反应。敲了一会，那农民工模样的人又走了出来，板着脸说："要来晚上再来，敲什么敲，玻璃敲坏了，你赔？"

"那当然赔，喂，你别凶好不好，我找你们经理，叫你们经理出来。"

这时候，一个衣着很时髦的女士正从他们身边走过，在进玻璃门时，她回过头来，问谁找经理。她面带笑意看着徐蓓，又眉目传情迅速扫了袁树森一眼。这样的眼神只有电影上才会有，也许就是从电影上学来的。袁树森不知所措地耸了耸肩膀，等他想陪一个笑脸时，她的目光又回到了徐蓓脸上。徐蓓告诉她不找经理也行，她来这，不过是想打听一下，有一个叫野狼嚎的大学生，是不是就在他们这自杀的。那女士涂得血红的嘴唇哆嗦了一下，极有戒意地说："什么野狼嚎，对不起，我不知道。"

"是一个大学生，是一个学机械的大学生。"

"对不起，我不想回答你的问题。顺便问一下，你是什么人？"那女士彬彬有礼地问着。

2

袁树森和徐蓓的姐姐徐蕾是小学的同班同学，他们当年虽然是同桌，但是男孩子和女孩子之间根本不说话。袁树森念小学时，总是穿他外祖母做的布鞋，那布鞋的式样很土气，班上许多男孩子都讥笑他是乡下人。和徐蕾坐在一起上课，他有意无意地要把自己的鞋子藏起来。一直到小学毕业，他都觉得徐蕾是鄙视自己的。有一天，徐蕾的一块橡皮掉在了桌肚下面，她弯下腰去捡，好半天都没有抬起头来。袁树森完全是出于本能地想把脚往上缩，可是他也知道自己的布鞋将无处躲藏。他知道这刻徐蕾正盯着那双该死的布鞋看，这种想法让他感到绝望。他偷偷地扭过头，发现徐蕾果然目不转睛，正在欣赏他脚上那双脚趾都快挤出来的布鞋。

多少年以后，袁树森将这件事情说给徐蓓听，徐蓓听了，觉得太可笑。她所以觉得可笑，是因为她觉得这事不值得笑。可笑的是袁树森会把这样的事耿耿于怀。成为袁树森的恋人后，徐蓓发现他穿衣服并不是很讲究，可是对于穿什么样的鞋子，却始终没必要地过分挑剔。他的皮鞋永远要擦得锃亮，老是情不自禁地抬起一只脚来，在裤子上蹭来蹭去。最让人哭笑不得的是，他在买皮鞋的时候，竟然比那些最婆婆妈妈的女人还不厌其烦，他可以隔着玻璃窗，一遍又一遍地研究那皮鞋的式样，拿出来再放进去地反复试穿。

袁树森比徐蓓大了整整十岁，整整的十岁，让袁树森常常觉得自己比徐蓓大了一辈。有些事，真说给徐蓓听，她也不会明白。小学毕业以后，他和徐蕾又进了同一所中学，不过已不在一个班。徐蕾是班上的化学课代表，正巧他也是，因此不止一次在化学教研室里碰面。有一次一个进去，一个刚好出来，都是走得急了些，砰的一声撞在一起，两个人手上捧着的本子撒了一地。大家也不作声，蹲下来捡本子，捡自己班上同学的本子。捡到后来，忍不住都笑起来。袁树森突然发现徐蕾的胸口已高高地鼓了起来，当徐蕾站起来扭身要走的时候，他的眼睛死死盯在她的发育良好的乳房上。

班上所有的女孩子都发育了，袁树森直到这时候，才突然注意到这一惊人的自然现象。他突然明白自己再也不是小孩子，而是像模像样的大孩子。男孩子和女孩子依然不讲话，袁树森从内心深处觉得自己班上没有一个女孩子是可爱的。换句话说，自己班上的女孩子，没有一个看上去有在邻班上课的徐蕾那么顺眼。下课期间，他的眼睛总是有意无意地寻找着徐蕾，因为徐蕾的关系，袁树森开始和她班上的男同学交朋友。就这样，一直到中学毕业，除了眼睛之间互相看来看去，他们连话都没说过一句。

一本书上将类似袁树森这样的行为，称之为典型的初恋。等到袁树森明白初恋的书面含义，他已经进入大学。他这代人，都是工作了几年，等到高考制度恢复了以后，才重新有机会读书。他读的是历史系，先读本科，然后是硕士研究生，接下来又读博士。他周围的人先后都结了婚，唯有他好像是由于读书耽误了。在博士快毕业的时候，有一天，他同宿舍的人告诉他，有个女人来找过他。在袁树森的生活里，女人是个陌生的词汇，同宿舍的人神秘兮兮地描述着，袁树森似信非信，根本就没往心上去。

去找袁树森的就是徐蕾，一个只有在梦中才会出现的形象，一下子活生生地就站在他面前，他自然不仅仅是吃惊。现实中的徐蕾和梦幻中的徐蕾已变成两个人，现实中的这一个，不仅已经结婚，还有了一个五岁的儿子，而梦幻中的那一个，却永远是刚刚发育的女中学生。徐蕾这一次找他的目的也完全是现实性的，几乎没有任何过渡，她便直截了当地挑明有一件事想麻烦他。

“这事你要是能帮忙，就帮忙，要是不能，也就算了。”徐蕾做出非常随便的样子，好像她和他之间这么多年的空白，根本就不存在。她是为徐蓓的事情来找他的。她的妹妹徐蓓报考中文系，分数已经够了，担心在录取时被别人开后门挤掉，所以就想到了来找袁树森。“你知道我是怎么知道你在这学校里的？”徐蕾说明了自己目的以后，与尚未反应过来的袁树森聊起了天。她告诉他，她是通过一个叫金为民的男生，知道他如今已成了人物了。徐蕾开玩笑的口吻引起了袁树森的伤感，这么多年，除了偶尔在梦中，他似乎已忘了她，那个叫金为民的男生，他自然更记不清。可正是这位已留不下任何印象的金为民，成了连接他们的纽带。

“你妹妹叫什么名字？”无主题地聊了一会，袁树森问。

徐蕾从桌上拿起一支圆珠笔，犹豫了一下，在一张白纸上刷刷地写下了徐蓓的一系列自然情况，性别，年龄，准考证号码，总分和各门分数。写完了以后，将纸条递给袁树森。

3

徐蓓去晚报实习的第一天，一位负责接待的副总编就谆谆教导她，要想当一个好记者，首先要会钻。新闻记者的职业敏感，就是你应该觉得到处都有空子可以钻。“你总是在无意中发现了什么，然后再有意识地去搜寻。在大学里读了四年，一旦走到社会上，你将发现，结果你什么也没学到，”副总编让徐蓓先跟在一位叫汪洋的主任记者后面跑跑腿，“很快你就会发现自己究竟是不是块当记者的料。”

徐蓓开始跟在汪洋后面跑，汪老师长汪老师短地叫个不歇。汪洋让她叫得不好意思，说：“你别这么一口一个老师，叫我什么都可以，千万别叫老师。我们这，叫老师是骂人的话。”有一个女学生给报社打来电话，说星星夜总会有个唱歌的大学生自杀了，这个大学生唱的歌，同学们都很爱听，现在他自杀了，而且究竟是为什么，也没有个明确的说法，女学生说着说着，自己在电话里先哭了起来。她希望报社能派记者去了解一下，一个唱歌唱得这么好的人，不能这样无缘无故地死了就算。

电话是录了音的，汪洋让徐蓓重新听了一遍，笑着问她有什么感想。“这里面可能有个有趣的故事，也可能什么也没有，我们玩一次这个怎么样？我告诉你，小徐，凡是什么夜总会的地方，都黑，你怕不怕？”徐蓓流露出不在乎的神情，汪洋又说：“好，有种。我告诉你，这年头，人家更怕的是我们老记。”

女学生的电话是匿名的，徐蓓接受了任务以后，开始尝试着给各大学的学生会挂电话。前前后后挂了一上午，终于弄清楚机械学院有一个叫野狼嚎的大学生半个月前，在星星夜总会自杀了，自杀的原因，好像是因为突然发现自己的女友一直在当暗娼。徐蓓把自己了解的情况向汪洋做了汇报，汪洋说：“怎么样，我就知道有戏。”他手头一篇稿子刚写到一半，于是让徐蓓首先找到那家星星夜总会。

徐蓓带着袁树森冒冒失失找到了星星夜总会，充分地表明了她毫无采访经验。她并不知道自己应该怎么做。由于她没有正式的记者证件，星星夜总会的人根本不让她进去。她和袁树森在臭气熏天的环境中徘徊了半天，只好怏怏而去。那天晚上是个星期六，事先说好了在外面吃大排档，结果烧好的菜端上来以后，徐蓓一点胃口也没有。袁树森对比自己小了整整十岁的女朋友一向很迁就，问她是不是来点别的什么菜。

“我不想吃，”徐蓓气鼓鼓地说，“我到现在好像还能闻到那什么夜总会门口的臭味。夜总会办在这么糟糕的地方，这首先就不对头。”

汪洋花了一星期写完了手头的稿子，他好像突然想到似的，很严肃地问徐蓓星星夜总会找到了没有。徐蓓吞吞吐吐地向他汇报，汪洋听到一半，笑着说今天晚上就去探个究竟。“那经理竟敢不出来见你?这好办，你看着今晚我怎么收拾那当经理的。”汪洋感到很好笑，徐蓓到底是嫩了些，难怪人家不把她放在眼里。

到晚上，徐蓓坐在汪洋的摩托车后面，来到了星星夜总会。汪洋锁了车，气势汹汹地便往里面闯。一个保镖模样的人迅速替他们开门，汪洋大大咧咧地走进门厅，往沙发上一坐，手上的摩托车安全帽啪的一声放在茶几上，像找老熟人一样地问老板在不在。夜总会显然还没有开始营业，一位公关小姐闻声出来，笑着问找经理有什么事。汪洋从口袋里摸出一张名片递过去，公关小姐也迅速掏出了一张交换：“欢迎大记者到我们这来，我们这对记者同志，价格绝对优惠。”公关小姐把汪洋当作是来蹭跳舞的，不冷不热地说着。

汪洋突然严肃起来：“把你们老板，不，把你们总经理叫出来，怎么样?”公关小姐看了看汪洋的表情，说：“这么严肃干什么?”汪洋瞪着眼睛说：“没事我们也不会来，快些把你们总经理叫出来。”公关小姐笑起来："真是不得了，不就是记者吗，公安和税务的人来，也没你们这么横，到底有什么事，先和我说不行？我告诉你，我们老板，我们总经理还没来上班。"汪洋掏出小本子，记下几句什么话，公关小姐笑得更厉害："怎么，就我说的这话，你们也想捅到报纸上去？"

4

袁树森给学生上的课是民国史。这门课大家似乎都没什么兴趣，如今热门的话题是做生意赚钱，炒股票玩期货去卡拉 OK。一位被大家誉为校款的学生的抽屉被撬，竟然让小偷轻而易举地卷走了一万块钱，那学生只是说譬如花了一万块钱的学费，口气大得让所有的穷教师提到时就忿忿不平。徐蓓毕业分配在即，袁树森虽然是博士毕业的年轻教师，可是提到结婚买些什么，难免锦囊羞涩，买了这样便缺那样。那位财大气粗被偷了一万现金的校款，曾经堂而皇之地问过袁树森，是不是想炒股票。"袁老师，你要是想玩玩，我连手续费都不收你的，"他递了根万宝路香烟给袁树森，口气大得仿佛他是老师，"真的，要是赔，就算我的好了。"

袁树森没有玩股票，他手上就那么几个钱，勉勉强强结个婚都不够。能赚点钱当然是好事，他不能免俗地注意着报纸上的股市行情。股票上涨的时候，他有些后悔没听学生的话，要不然已经稍稍地赚了一把，等到股票跌了，又由衷地庆幸自己没有被套住。玩股票使得大学里到处都谈论股票行情，刚开始只是个别学生身上挂着 BP 机，可是不久，有不少教师也偷偷地别上了。在报股票信息的时候，教室里BP机的声音响成了一片，没有BP机的同学便赶快拨弄随身携带的半导体收音机。

天知道袁树森怎么就和徐蓓恋爱上了。这事从一开始就很荒唐，徐蓓的分数进入袁树森所在的这所大学，根本就用不着他去打招呼。他留校当教师和徐蓓进中文系当学生几乎是同一时间，徐蕾带着徐蓓第一次赶到他住的宿舍向他表示谢意的时候，他为自己事实上没帮什么忙感到歉意。“以后有什么事，你直接找我好了，”他对穿着一身牛仔服的徐蓓说：“我有个朋友就在你们中文系当总支副书记。”然后，他又对徐蕾说：“你放心好了，只要能考进这学校，就不会再有什么事了。进校门有些难，人进来了，混个文凭，比什么都容易。”徐蕾说：“有你在这，我当然放心，反正我把妹妹交给你。”

袁树森在徐蓓进校一学期以后，遇上那位中文系的副总支书记，问起徐蓓的表现，得到的答复是像徐蓓这样，读书就算是认真的，“和我们读书时完全两回事，现如今这班人，干的事，真说出来，吓死你！”这人和袁树森读书期间，曾一起在校学生会干过，关系一直不错。袁树森说：“不要吓唬人好不好，我毕竟是学历史的，稀奇古怪的事，知道不少，不至于听说个什么就晕过去。”

“我们中文系前面有块小草地，天天下午你看那草地上，一对一对的，谁还高兴好好地给你读书。说好了别一进学校就谈恋爱，可是你知道现在这些学生奉行的是什么，是别不谈恋爱。我告诉你，你说的那个徐蓓，时髦得很，听说有好几个男孩子追她。”

到徐蓓快毕业之际，袁树森和她的关系已经等于公开。袁树森的同班同学大都娶妻嫁人，老同学聚到一起，都说要为还是光棍的袁树森找个人，一听说居然找了一个比他小十岁的小姑娘，都笑着骂他不老实。中文系的那位副总支书记因为正职升了官，自己也有机会扶了正。他知道了他的事以后，一本正经地对袁树森说："你小子不是东西，要不是看在老弟兄的面子上，我非告你拐骗少女不可。"袁树森说："我反正跳到了黄河里，怎么说也说不清楚，你说我拐骗，我也只好承认自己拐骗了。"

5

徐蓓跟在汪洋后面采访，一开始，并没有感受记者这一职业的崇高。恰恰相反，汪洋的一些做法，让她感到很不崇高。当他们告诉别人自己是记者的时候，别人不仅不欢迎他们，反而冷言冷语地表示挖苦。"当记者首先要皮厚。"这是汪洋受到挫折时，告诉徐蓓的一句名言，徐蓓很快就意识到这至理名言绝对有道理。汪洋常常要向徐蓓证明一般人是害怕记者的，可事实却证明到处碰壁的是他们当记者的。

那天在星星夜总会，为了证实自己的能耐，汪洋一定要见总经理。公关小姐冷嘲热讽了他好几句，便让他们去一间小房间里等。"我不知道我们老板今天来不来，如果你们真要等，只好委屈你们在这等了，我们老板的事，说不清楚。"公关小姐自己似乎也觉得一口一个总经理太拗口，索性改口称老板，她看看手表，借口有些事要去忙，掉头走了。小房间里摊着乱七八糟的东西，墙角边放着一架极其简陋的屏风，屏风旁边的墙上，钉着一排钉子，挂着一套套女人换下来的衣服。很显然，此地是工作人员换衣服的地方。一直到舞厅的音乐已经响起来，徐蓓发现他们还被撂在简陋的小房间里无人过问。汪洋觉得有些丢脸，出去说了一阵大话狠话，根本就没人理他。徐蓓见时间不早了，建议改天再来。汪洋想了想说："我们别在这呆等，还是去门厅那等，老板今天真要是不来，我们当然只好明天来了。不过他们的生意刚刚才开始，我告诉你老板肯定会来的。"于是两人又跑到了门厅，果然是生意刚刚开始红火，汪洋怒气冲冲走到卖票的那里，不耐烦地最后一次问道："你们老板究竟什么时候才肯亮相?"卖票的瞪了他一眼，说我们老板刚才还在这，这会恐怕正在里面洗澡呢。汪洋听了大怒，拉了徐蓓便往里闯，卖票的声音追在后面喊他们买票。汪洋说："我是记者，找你们总经理有事，买什么屁的票。"卖票的是一个人高马大的小伙子，冲过来，一把抓住汪洋的衣领，说，"你他妈嘴里干净点，我就知道卖票，你是记者又怎么了?"汪洋被他弄得没办法，只好认狠服软："我真的找你们老板有事……"

那卖票的回过头来，发现又有人来了，便放了汪洋。汪洋理了理胸前已被揪皱的衣服，对徐蓓说："走，我们找到他们老板再说，再和他们理论。"到了洗桑拿浴的地方，空荡荡见不到人，只有按摩室的门是开着的，一位小姐正在替一位穿着浴衣的女人按摩。汪洋一头冲了进去，问道："喂，你们老板在哪洗澡?"那位趴在那正享受着按摩的女人侧过头来，看着他们不说话。汪洋气势汹汹地又问了一句，徐蓓只记得那女人有些面熟，却想不起来在什么地方见过面，倒是那女人想起她是谁了，怔了一会，说："你又来了?"

汪洋不明白怎么回事地看了徐蓓一眼，徐蓓突然想起了这女人就是那天和袁树森在星星夜总会门口遇到的那个人。在没作自我介绍前，徐蓓绝对没有想到她就是星星夜总会的所谓总经理。谁能想到这家夜总会竟然是一位女老板呢？女老板示意按摩小姐别再干了，翻身坐起来，拉了拉胸前的睡衣领子，说："如果你们还是想打听那个小伙子的事，上次已经告诉你了，我不想回答这个问题。"

几分钟以后，这女人已经换好了衣服，她把徐蓓他们带到了经理室，一边谈话，一边让一位小姐为她吹头发。电吹风的声音使得说话很别扭，大家都必须大声说话。"事情很简单，来我这唱歌的，不是一个两个，他们唱歌，我付钱，在我这发生自杀这种事，只能说是我倒霉。该说的话，我都对派出所说过了，真不想重复这话题。对了，你们是哪家报纸？"

徐蓓和汪洋离开的时候，正是星星夜总会处于高潮之际。他们路过舞厅，只见里面的灯光极暗，男男女女搂抱在一起，正跳慢四步。汪洋很内行地问女老板，这里跳一个灯光全熄掉的贴面舞，通常是多少时间。女老板回答说是七分钟。汪洋脸上不怀好意地笑起来，离开星星夜总会，他开着摩托车，回过头来对徐蓓说："我告诉你，这种什么夜总会酒吧的，全是黑店。你想，跳个贴面，七分钟，干什么还不行。"汪洋没有再往下说，徐蓓毕竟还是个涉世不深的小姑娘。徐蓓也感觉到了汪洋的话中有不好的意思，不过她对跳七分钟的贴面舞究竟是怎么回事，一无所知，忍不住好奇地问汪洋："跳跳贴面，又怎么了？"

"七分钟，我每天早上去拿牛奶都不要七分钟。"汪洋一本正经地说。

6

徐蓓发现自己虽然已经去过两次星星夜总会，但是有关野狼嚎为什么自杀的原因，仍然所知甚少。汪洋喜欢把记者的本事夸大到一种理想的境地，在星星夜总会受到冷落以后，汪洋一再扬言要在报纸上曝下光，让星星夜总会因此臭名昭著。他写了一篇三百字的通讯，其中用模棱两可的语气，将星星夜总会阴损了几句。稿子送上去审查，副总编看了，压住了不让发表。“这汪洋也是的，就是喜欢写这种惹祸的稿子，上次写的那篇‘美食岛真黑’，豆腐干大的一块文章，结果人家带着刀子来报社找人，说是要抠了他的眼睛。要不是我打电话喊公安局派人来，还不知道闹成什么样子。”

副总编认为，关于野狼嚎为什么自杀的报道，真写出来，发表后会有一定反响。“一个好端端的大学生，不好好念书，却跑到什么夜总会去唱歌，其实就是把这事写出来，就很有意义。不要把精力放在什么旁门左道上。”他将徐蓓找去谈了一次话，徐蓓意识到副总编这是在暗示她怎么样工作，才可能真正成为报社的一员。很多学中文的人，最佳选择都是当记者，徐蓓所在的学校从去年开始，从中文系里像割肉似的，剜出去了一大块，新成立了新闻系。“你是刚毕业，不，应该说还没有最后毕业的大学生，这报道你来写是最合适的，因为你熟悉当代的大学生。不要去猜测什么黑社会背景，也不要去管人家的什么非法经营。我告诉你，现在的所谓娱乐业，该出来主张正义的，首先是公安局。你要想当一个好记者，真正要注意的，是那些容易引起社会反响的选题。”

徐蓓决定先从机械学院入手，正好她中学时的一位男同学在这所大学，她便直接去找他。通过他，又找到了野狼嚎的同班同学。野狼嚎在这所大学里的名声之大，远远地超过了徐蓓的想象，当大家知道徐蓓要报道野狼嚎的事迹以后，所有的人都乐于提供帮助。他们带她去参观了野狼嚎原来的宿舍，让她看野狼嚎生前和同学们的合影。让徐蓓感到吃惊的，是野狼嚎尽管取了一个如此可怕的艺名，却只是一个又瘦又小乡下人模样的男孩子。在照片上，野狼嚎所有的表情都是拘谨的。

“这人为什么要取这么一个耸人听闻的名字呢?”徐蓓不止一次发出这样的提问，可是没人能回答她的问题。人们知道的只是这个为自己取名叫野狼嚎的人，能唱出一种极其温柔的歌声来。没听过野狼嚎唱歌的人，最初的印象，都以为他是那种声嘶力竭的嚎叫派，然而聆听过他唱歌的人都说，他的歌声像春天的细雨一样缠绵。

没有人能对野狼嚎说出个究竟来，除了知道他会唱歌之外，他是个很不起眼的人。他的名声是由他的歌声和自杀行为本身造成的，人们除了谈论他的歌，谈论他的自杀，关于他的其他话题都没办法成立。在学校里，他没有男友，也没有女友，他似乎是一个天生的孤独者。人们记忆犹新的，是野狼嚎在学校举办的一次次演唱会，他一首接一首唱着，所有的人都沉浸在他那温柔的歌声里，疯狂了的大学生在演唱的过程中大声呼喊，把所有的激情都爆发了出来。一天的采访结束以后，徐蓓得到的唯一的印象，就是野狼嚎是一位深受大家喜爱的歌手。此外，还有一条对她写报道也许会有帮助的线索，这条线索暗示野狼嚎和离学校不远的小街拐角处的一个姑娘，可能有爱情故事。在一个风和日丽的春天里，有人亲眼看见他和那位姑娘，手挽手十分亲昵地从街上走过。

让徐蓓感到震惊的，这位住在小街拐角处的姑娘，甚至比野狼嚎更出名。姑娘曾经在校门口的小卖店当过售货员，因为她长得很漂亮，很多从她手上买过东西的大学生，都对她念念不忘。姑娘后来离开了小卖店，没有人知道她去了什么地方，人们有机会再见到她，不是在周末学校的舞厅里，便是暑假里来学校的游泳池游泳。自从有人见过她和野狼嚎挽着手从街上走过以后，不少人向野狼嚎打听姑娘的下落，但是他守口如瓶，不仅拒绝提供姑娘现在在哪工作的消息，而且否认自己和她有恋爱关系。

徐蓓凭直觉相信野狼嚎之死，和这带着几分神秘的姑娘有关。也许她就是那个传说中的暗娼，徐蓓十分冲动地让她的中学同学拉着一位知道姑娘住处的大学生，去找她。这么做很冒昧，不过为了写好关于野狼嚎的报道，她也顾不上许多。顿时有三个男生自告奋勇乐意带她去。他们以最快的速度来到了姑娘的住处，那姑娘正好休息在家，为他们的突然造访感到很意外。徐蓓发现她并不像大学生们描述的那么漂亮，也许女人眼里的漂亮和男人的不完全一样，她的衣着近乎华贵，和她所居住的破房子相比，显得很不协调。当徐蓓向她说明自己的来意时，姑娘沉默了一会，十分沮丧地说："该说的，我已经都和派出所的人说了，有必要再和你们说一遍吗?"

徐蓓在姑娘那里，也谈不上太碰钉子。姑娘居住的房子实在太破了，她因此也不邀请徐蓓去房间里坐。他们站在路边有一句无一句地说着，徐蓓问什么，姑娘便随口答着什么。由于姑娘的眼神，滴溜溜地总是在那几位男大学生的身上扫来扫去，好像有什么话不便让他们听见似的，结果几位陪徐蓓去的人只好率先告辞。马路上现在只剩下了徐蓓和那姑娘两个人，姑娘说："我回去搬张凳子出来，我们坐下来谈怎么样?"不一会，姑娘搬了一张长椅子出来，和徐蓓沿街坐着，看着来往的行人，半天没有话。这时候，还没到下班的高峰时刻，街上的人还不算多。

"我想了解的，是你们之间到底是不是有过那种亲密的关系?"徐蓓从口袋里摸出了一个小本子，做出了要记录的样子，"你和野狼嚎……这人叫什么的，我老是记不住，就记住了这野狼嚎三个字。"

姑娘说："别说你，就是我，也只知道他叫野狼嚎，我们大家都是这么叫的，他喜欢别人这么叫他。我告诉你，你用不到记录，我不会告诉你什么的。你们爱怎么想就怎么想，这我不管，我反正背后已让人糟蹋够了，你想怎么写我，就怎么写我好了，我不会和你打官司。死猪不怕开水烫，我反正是不在乎了，不过，亏好你是今天来，要是明天再来，你就见不到我了，明天我就要去厦门。"

徐蓓和那姑娘坐在马路边上，不得要领地谈了半个小时。下班的时间快到了，马路上的人渐渐多起来。

7

袁树森一直觉得自己和徐蓓的恋爱关系，中间缺少必要的过渡。

刚开始好像只是在做游戏，大家都觉得不太可能，两种不可能碰到一起，于是就变成了可能。徐蓓总是让他有意无意地想到读中学时的徐蕾，尽管从一开始，他就意识到她们姐妹两个不是一回事。徐蓓虽然是妹妹，而且小了十岁，却好像比姐姐更成熟。徐蕾每次和袁树森说话，多少有些掩饰，有些不好意思，她和袁树森在一起，似乎永远也摆脱不了读书时不说话的记忆。她和他在一起的话题，自然而然地只能是围绕着徐蓓转。

徐蓓和中学时代就有意思的男朋友分手以后，紧接着又和中文系的一个男生好上了，这些本来和袁树森不应该搭界的事情，由于徐蕾热心过度的干涉，结果统统都和他有了瓜葛。他不得不接受徐蕾交给他的类似间谍的工作，去中文系侧面打听那位男生的背景材料。这事很快就露了馅，徐蓓怒气冲冲地跑去找袁树森，问他究竟有什么权力过问她的事。“我告诉你，现在我已经和我们系的另一位男生好上了，你信不信，你赶快去告诉我姐吧，就凭着这情报，绝对可以去我姐那里邀功领赏。”

袁树森在第二天就发现徐蓓对他说了百分之百的真话，吃过晚饭，袁树森穿过校园去找个人，他看见徐蓓果然是和另一位男孩子在学校的草地上散步。见到袁树森以后，徐蓓不仅没有躲避，反而有意把那位男孩子介绍给他。恋爱对于现在的大学生来说，已没有任何羞涩可言。三个月过去了，徐蓓又和那男孩子分了手，她一个人在操场上散步时再次遇到袁树森，主动把分手的事告诉了他。“这事一开始就没戏，”徐蓓用一种让袁树森震惊的口吻，轻描淡写地说着，“也许我们都没当真。”

这话事实上一直留在了袁树森的心上。当他们成为一对恋人后，他有意无意地又会想起这句话。是徐蓓主动向他提出了结婚的话题，她开玩笑地说着："你现在可是大龄青年了，喂，难道你就不急着和我结婚?"他们的关系是在一个秋天的黄昏里定下来的，那一阵，她和他来往密切。虽然他们的年龄相差了整整十岁，但是他们有许多谈得来的话题。徐蓓滔滔不绝地和他讲着中文系的事情，无论说什么似乎都很有趣，有时候是徐蓓一个人来，有时候还带着她的女同学。袁树森发现这些日子里自己显得特别年轻，他的谈吐诙谐而且充满机智。他很轻易地就向徐蓓证实，他的博士头衔并不是像她挖苦的那样一文不值。他总是做出谦虚的样子，恰到好处地向徐蓓展现着他的才华。

那是袁树森一生中，第一次真正的恋爱季节。由于年龄的障碍，他的行为很有些像在勾引未成年少女。作为博士毕业的青年教师，袁树森在一开始就分到了一间朝南的单间，为了不让邻居有什么不好的联想，每次徐蓓来的时候，他总是故意把门打开。"你的邻居肯定把我当作了你的女朋友了，真的，我告诉你，他们每次看我的目光绝对不对头。"徐蓓有一次随口说着，她没当回事，可是当她注意到袁树森的脸色红得成了猪肝，自己的脸也红了起来。

那时候徐蓓已经是一个三年级的大学生，完全是出于好奇，她跨系选修了袁树森的民国史。有一阵子，她甚至打算将来也考历史系的研究生。中文系中自然不缺乏追求她的男生，可是徐蓓突然发现那些年龄和自己相仿的大学生们，实在有些浅薄。"我也许生来就喜欢成熟一点的男人。"当他们的关系确定下来以后，徐蓓一本正经地说着。

徐蓓告诉袁树森，根据弗洛伊德的观点，她可能属于那种具有恋父情结的女孩子。而且她所崇拜的民国史上的女强人，大都是嫁给一位比她们年龄大得多的男人。

在一个细雨连绵的日子里，已是黄昏时分，袁树森对自己说，这样的气候，徐蓓是不会来的。如果徐蓓竟然来了，说明她是爱自己的。结局是徐蓓还是来了，她敲了敲门，含笑着走了进来。袁树森感到自己的心咚咚直跳，他想既然徐蓓爱自己，自己今天再含糊，也太愚蠢。爱会使人盲目，也会使人忘乎所以的胆子大，他心不在焉地和徐蓓说着什么，突然很果断地走过去把门关了起来。徐蓓对他的慌乱似乎毫无察觉，她正随口说着什么，袁树森涨红了脸说："今天我能不能提一个很冒昧的问题，那就是，就是，我能不能吻你一下？"

这句话耗完了袁树森所有的勇气，他想做得潇洒一点，可是说完了，他再也不敢去正视徐蓓的目光。徐蓓会作出什么样的反应，好像并不重要。时间正在倒流，霎时间，袁树森仿佛又一次回到了读小学的年代，他觉得自己的脚上又一次穿上了那双让他自卑的布鞋，那双由外祖母一针一线缝出来、脚趾头都快挤出来的布鞋。

8

星星夜总会的女老板那天留给徐蓓一张名片，由此徐蓓知道这位女老板也姓徐，叫徐小桃。徐蓓将这张名片给袁树森看过以后，名片被袁树森扔在桌子上，沾了水，皱了起来。一天，袁树森读本科时的同学到他这来玩，无意中拿起了那张废弃在那的名片。"嗨，这人我认识，”大学毕业以后，分在省外贸局，几年前下海办公司，如今已成了腰缠几十万贯的大款。他看着那名片，哈哈笑起来，说，“这可是个好玩的地方，怎么，你去过？”

听了徐蓓最简单的介绍，袁树森的同学随手拿起带着的大哥大，按照名片上的号码，挂了个电话过去。一切都快得不能再快，徐蓓和袁树森面面相觑之际，电话不仅接通，那位同学已和星星夜总会的女老板热烈敷衍起来。他显然和这位女老板有一面之交，当即说好今天就去星星夜总会吃饭。袁树森说：“你到我这来，当然应该我做东，我们就在学校的小炒部，好歹对付一顿怎么样？”同学说：“算了，你不要客气了，小炒部怎么能吃，我做东，就这么定了。”

于是在街上拦了一辆出租。这一两年，街上的出租像蝗虫一样多起来，然而袁树森发现直到目前为止，他还是第一次坐出租。那同学一路大谈自己正在计划买车，侃了一大通名牌车后，又说如今坐出租如何地不划算：“不瞒你说，我每年扔在出租车上的钱，实在太多。一个月，往少里说，三千块钱是打不到底。”说话间，已经到了星星夜总会门口，同学付了钱，昂首挺胸地领着便往里闯。

因为是一个来花钱的主，徐蓓跟在袁树森后面，感受到了一种与前两次来时完全不同的气氛。女老板闻声赶了出来，笑容可掬，一看见徐蓓，亲热地喊着：“哟，大记者，又来了。”徐蓓顿时被她的热情弄得不好意思，袁树森的同学派头十足地说：“这是我老同学的女朋友，人家在报社实习，听说你不给人家面子？”女老板说：“怎么能这么讲，你的意思，好像是我已得罪了大记者了，我怎么敢？”两人聊了一会，女老板说：“上次说好有机会再到我这来的，你看一去就没影子了。”

袁树森奇怪自己的老同学，怎么只是和这位老板娘见了一面，就会如此熟悉。他听见他的老同学刻薄地说：“我是想来，可是严局长不在，我怕单独来，让你们宰。”女老板说：“这话就不好听了，你这样的大款，还会怕宰吗?”老同学说：“我要是不怕宰才怪呢!”女老板说：“好吧，今天我来请客，严局长的朋友，我怎么敢怠慢。”

女老板让他们先去洗桑拿浴，袁树森的肚子已经很饿了，不明白为什么要先洗澡。他看了看他的老同学，老同学却说：“也好，那就先洗澡，我就喜欢桑拿浴。你们这儿的桑拿浴怎么样，别弄些脏病给我们，害得我们回去不好交待。”女老板笑着说：“你们尽管放心，我这毛巾都是一次性的，我说没事就没事。”于是袁树森就和徐蓓分开来洗澡，他因为有老同学陪着，也不管三七二十一了，到哪里都跟着走就行。徐蓓感到不知所措，她无望地喊了袁树森一声，苦笑着向他求援。袁树森耸了耸肩膀，不由自主，走进了男浴室。

从浴室出来，服务员问他们需要不需要按摩。袁树森赶紧摇头，他的同学建议说：“我吹个头，你歇着也是歇着，享受享受按摩也好。”袁树森心里惦记着徐蓓，坚决拒绝。这时候，徐蓓也从女浴室里出来了，袁树森便说他们在走道上等着，他的同学想去吹什么头都可以。老同学于是走进了美发厅，袁树森招呼徐蓓过来，两人一起在走道上的一张椅子上坐下。袁树森关心地问徐蓓感觉怎么样，徐蓓脸蒸得红红的，说：“不怎么样，热死了。”袁树森说：“当然热，不要说你了，我也是第一次。”说了这话，袁树森感到自己很土，幸好徐蓓也不是那种要面子图虚荣的女子，她从来没有在物质上对袁树森提过什么要求。

徐蓓和袁树森坐在走道上，一位服务员很恭敬地给他们送了两杯茶来。袁树森不知道这茶是不是要收钱的，犹豫了一会，看徐蓓已经不管三七二十一地先喝了，自己也端起杯了。徐蓓说：“想不到外面看着那么一个小门面，里面竟然有这么多花样，就跟迷宫似的。你知道我刚才走到哪里去了，我差一点又去了经理室。”两人随口说着，喝着茶，喝了一气，袁树森说：“真是活丑，不瞒你说，我都快饿死了。”

好不容易等老同学吹了头出来，这头一吹，人更是精神了许多。于是便正式去吃饭，坐下来，老同学让袁树森点菜。袁树森一看菜谱，贵得让人心颤，连连退让。老同学又让徐蓓点，徐蓓大大咧咧地接过菜谱，随口就报了几个菜。袁树森怕宰得太厉害，笑着在一旁连声说够了够了。老同学说：“袁树森你现在怎么这种样子，怕我带的钱不够。告诉你，我这信用卡就好几张，反正是请你一顿，吃也是吃了，不吃也是吃了，别想不开。”袁树森摇着头说：“这人是不一样，你看混阔了，口气就是不一样。”老同学说：“有什么不一样的，不瞒你说，吃吃喝喝也是免不了的，你知道我每年光是洗桑拿浴就要花多少钱，骗你不是人，今年我已经用了快一万了。”

袁树森想不吃惊，也只好吃惊。多少年来，钱他不是一点不想，但是毕竟人在读书，不是太往心里去。眼见着徐蓓就要毕业，说结婚就要结婚，钱那玩意开始像小虫子一样咬起他的心来。徐蓓比他年轻了十岁，娶这么年轻的一个女孩子，袁树森觉得自己没钱，很有些对不起她。老同学绝对不是存心在他面前摆阔，有钱的人财大气粗，怎么做，囊中羞涩的人都会有一种别扭的感觉。老同学说："人吗，总是有得失，说老实话，袁树森你也知道，当年我的成绩也是不差的，这些年，学问两个字，可是一点也没有了，商海里一滚，你想不俗气也都俗气了。还是你好，肚子里学问厚实了，比什么都管用。"徐蓓说："光有学问有什么用，袁树森，干脆你也下海算了。"袁树森知道徐蓓说的不是心里话，不过仍然感到说不出的别扭。凭心而论，徐蓓真有些傻，她干吗要找他这样的书呆子，何苦要跟着他一起受穷呢。

吃饭时，还有人在伴唱，是一个嗲声嗲气的男人在唱。这样的场面，袁树森在电视上见过。除此之外，便是从那些装潢考究的餐厅边上走过，透过没有完全遮住玻璃窗的窗帘往里偷看时看到过。大多数情况都是女人在唱，像这种雇着男歌手在那里唱，袁树森还是第一次见识。而且那男的唱得实在不好，老同学听了一会，不屑一顾地说："这种水平也来卖，可能我都比他唱得好一些。"吃到一半，女老板笑容可掬地来了。老同学说："徐老板，一起喝一杯。"女老板也不含糊。找了个空杯子，斟上满满一杯白酒，笑着说："严局长的朋友，我怎么敢不喝?"老同学说："这么说，这杯酒只能算是和严局长喝的，我们还得再来一杯。"

女老板十分豪气地又喝了一杯，对徐蓓说："这位小姐几次来采访，很抱歉了，我们实在太忙。你真想知道什么的话，我们重新约个时间好了。"老同学在一旁插话："什么忙，你架子太大了。"女老板赔罪说："真是忙，要有架子，我们也不敢对记者小姐，不是吗？”

9

徐蓓果然和女老板约了时间，就野狼嚎的故事，进行了正式的采访。袁树森又从徐蓓那里，得到了一些关于野狼嚎的拐了弯的消息。徐蓓很喜欢复述她所知道的东西，她似乎对自己要报道的文章充满信心。对于徐蓓，袁树森总觉得她有几分孩子气，既然她如此兴致勃勃，他只好由她去说，即使是重复了，也做出有耐心的样子听着。野狼嚎的故事并不复杂，他通过住在小街拐角处的姑娘的介绍，在新开张的星星夜总会唱歌。刚开始，野狼嚎在爱情和金钱两方面都得到了丰收。姑娘在郊区有一个小套住房，野狼嚎偷偷地和那姑娘同居着，每个星期中有这么一天，待工作结束以后，野狼嚎将骑车带着姑娘去郊区的小巢中欢度节日。

这个小套房子据说是那个姑娘在另一家酒吧当服务员时，一位台湾的远亲送给她的。这位远亲的年龄大得让人放心，在大陆有些不大不小的投资。当初花钱借姑娘的名义买下这么一个小套，只是为了不再住大酒店。说好了远亲不在大陆时，这房子归姑娘住，远亲来大陆了，姑娘再为他烧烧饭什么的。野狼嚎对姑娘的说法深信不疑，可是有一天，他无意中发现了姑娘和远亲之间的暧昧关系。不仅如此，他还同时知道了姑娘过去许多不检点的事。

袁树森觉得野狼嚎为这事自杀太不值了。作为一个大学生，去什么夜总会卖唱，本来就大错特错。美丽的女孩子为了金钱献身，从来就是老掉牙的故事。更何况贞操这样的字眼如今已有了古典的意味，女孩子生来就是应该享受幸福的，尤其是漂亮的女孩子。随着结婚的日子越来越近，袁树森越来越感觉到没钱的日子难过。他虽然是博士生，而且已是年轻的副教授，年轻有为前程似锦，但是和别的男人相比，他所能为徐蓓创造的物质条件，却要相差许多。用不着去和那些有钱的大腕比较，就是和普通的工人以及农民比起来，他的新房摆设也显得寒酸。袁树森时时产生一种想法，这就是徐蓓不应该嫁给他，像徐蓓这样的女孩子，完全应该嫁一个有钱的上等人。产生这样的想法，不是因为他不爱她，恰恰是因为爱。爱中间包含要使你所爱的人幸福。也许袁树森和徐蓓中间并不缺乏精神方面的爱，因此他深深地感到物质生活的重要性。在大街上，当他看到那些衣着时髦的女孩子毫不犹豫地拦出租车；在豪华的酒店里，那些一看就是没什么文化的女人坐在那喝酒喝饮料，袁树森便为自己不能让徐蓓也享受这一切感到内疚。徐蓓并不看重这些，不看重并不意味着她不配，或者说不想。几天前，袁树森陪徐蓓去买一双鞋，回来时挤公共汽车，天热人多，车厢里臭烘烘的。徐蓓无意中说了一句，还是坐出租车舒服，他顿时觉得对不住徐蓓。一个起步价不过十一块钱，满大街都是这种叫夏利的出租车，可他们到目前为止，才坐过一回，而且还是花的别人的钱。

徐蓓拿到实习的第一笔钱，便嚷着要请袁树森上馆子。外面的馆子这年头越装潢越漂亮，他们心里没底，不敢贸然走进这些馆子里被宰，于是去了学校办的小炒部。小炒部专为穷教师和大学生设计的，袁树森和徐蓓恋爱关系刚定下来的时候，经常在这吃饭。这一年来，他们似乎都意识到要留些钱结婚，因此在小炒部坐下来以后，徐蓓感叹说："我们已经多少时间没来了！"袁树森说："我们以后有钱的话，每星期得来一次。"徐蓓笑了，说："我们真有钱了，也不会到这来。上回你那个同学不是说这儿的菜不能吃吗，有钱，就得上外面的好馆子。"袁树森顿时无话可说。

一顿饭远没有想象中吃得那样欢乐。服务员声音极大地聊着天，菜迟迟不上来，徐蓓点了一份被誉为小炒部名菜的鳝糊，也许是不新鲜的缘故，吃起来怎么也不是味。袁树森质问服务员，服务员说："对不起了，如今的黄鳝多少钱一斤，花这么几个钱能吃鳝糊，不错了。"袁树森生气地说，现在谈的不是便宜不便宜的问题，而是这黄鳝的味道不对。"味道不对，怎么不对了？"服务员火气更大，"难道这黄鳝让你吃出了鸡的味道来？"徐蓓气得和服务员吵了几句，服务员阴阳怪气地反驳着，袁树森一时怒起，端起盘子，便往厨房里走，哗的一下，将鳝糊全部倒在了泔水缸里。徐蓓和服务员看着他气冲冲地进去，又气冲冲地出来，都不知道他干了什么。徐蓓小声问他怎么回事，听说他把黄鳝全倒了，不高兴地说："你真是书呆子，留着还可以告诉他们领导，还可以和他们理论。"袁树森说："理论个屁，今天根本就不应该来。"他在徐蓓面前一向都是脾气好的，徐蓓看他有些失态，息事宁人，也不多说了。

两人便去逛商场，在家电柜台，袁树森像小学生一样做着简单的加法。徐蓓对买什么样的家电并不热衷，她看见他老是对便宜的家电有兴趣，插嘴说要买就买好的。袁树森说："我也想买好的，可是钱呢？"徐蓓说："你这人真滑稽，没钱不买就是了。"两个说着说着就争起来，徐蓓忍无可忍，突然发狠不再理他。袁树森没办法，只好放下架子哄她，她毕竟比他小了十岁。每当徐蓓真生气的时候，他自然而然地都要让她，让是袁树森表示爱的一种方式。徐蓓直到晚上睡觉时，才再一次理袁树森，虽然他们还没有正式结婚，可是早就偷偷地同居了。徐蓓刷了牙回来，对他说："你知道你这人现在怎么讨厌，你整天都在想钱，就好像掉在了钱窟窿里一样。"

10

野狼嚎是一个在深山里长大的孩子，进城市上大学使他第一次有机会见到火车。他扛着一个铺盖，手上拎着一把二胡去学校报到的时候，所有的人都把他当作了流浪的江湖艺人。负责接待报到的同学对了对名单，然后告诉他该去的房间号码。野狼嚎找到了他所居住的房间，拣角落里的一张空床，将自己的铺盖扔了过去。在这以后的一个月里，野狼嚎一共没和别人说过三句话。开学了，上英语课的时候，一位年轻的女教师指着野狼嚎，让他站起来用英语回答问题。野狼嚎脸上毫无表情地站在那里，好半天也没吭一声，最后全班哄笑起来，他仍然不动声色。

野狼嚎最初留给同学们的印象，是一个没见过任何世面的土包子。他太老实了，老实得大家都懒得捉弄他。成绩也始终很一般，他说的话老师不太懂，老师说的话他也不太懂。连续几个学期过去了，野狼嚎没有任何引人注目之处。终于在一次庆祝元旦的联欢会上，野狼嚎被大家推上台去拉了一段二胡。让人难以置信的，是台下一声不吭的野狼嚎一旦走上舞台，不仅没有丝毫的拘谨和慌张，恰恰相反，他的出色表演让所有的同学大吃一惊。

同学们正是通过这次元旦的联欢会，发现野狼嚎除了会拉二胡，而且有一副天生的好嗓子。事实上并没有人要求他唱，是野狼嚎自己在拉二胡的过程中，情不自禁地唱出了声。他唱的是山里人的歌，一会高亢入云，一会如春雨缠绵，结果联欢会结束以后，大家想不议论野狼嚎的歌声也不可能。在几个月以后的全校歌咏大会上，野狼嚎以绝对优势获得了一等奖。他的歌声征服了一批喜欢唱歌的大学生。歌咏会刚刚结束，喜欢唱歌的大学生们便自发地组织起来，他们为野狼嚎找来了录音机，找来了各式各样的流行歌曲磁带，老得已经破烂不堪的歌本，然后按照自己的口味为野狼嚎筹备演唱会。

野狼嚎成了明星一样的人物，他的功课和以往相比变得更糟糕，但是由于他的名声太大了，那些任课的老师不得不采取权宜之计，活生生的把学分送给他。得罪了一个大家心目中的偶像实在不值得，那个叫野狼嚎的人喜欢唱歌，就让他去唱好了。

当又瘦又小的野狼嚎在一个风和日丽的春天里，挽着那位被大家誉为校花的姑娘从街上走过的时候，一些同学开始感到愤怒。他们喜欢听野狼嚎表现孤独和绝望的歌声，可是他们不能忍受他太得意的样子。学校小卖店的姑娘曾经让很多大学生动过心，人们记得在为野狼嚎举办的演唱会上，那姑娘混在狂躁的听众中，和每一位邀请她的大学生跳着舞。

野狼嚎脸上的得意之色并没有持续太久。也许他根本就没有得意过，得意的感觉只是大学生们嫉妒时的产物。在野狼嚎自杀以后，人们回忆起当年他即使是挽着美丽的姑娘穿过校园时，他的脸上仍然全是忧郁。忧郁是野狼嚎神情中最重要的标志。在那些如痴如醉的演唱会上，野狼嚎发自于身心的孤独同样显而易见。歌声只能使他忘却那些能够忘记的东西，演唱会只是让他暂时逃避什么，他像落入陷阱的猎物一样孤立无援，他的自杀好像在一开始就已经注定。

11

徐蓓对星星夜总会的女老板徐小桃采访了许多次。从一开始的拒绝采访，到积极地乐意和徐蓓合作，女老板似乎意识到一篇在报纸上的报道，对提高自己夜总会的知名度大有好处。尽管对于记者没什么好印象，可是她对初出茅庐的徐蓓并不反感。徐蓓总的来说更像是一个稚气未脱的大学生，因为工作的关系，女老板徐小桃总是和那些油腔滑调的男人们打交道，要不就是和那些轻薄的卖笑女人斗嘴撒气。和徐蓓说说话，可以让她重温一下自己早已失去的纯真年代。

袁树森仍然在为结婚做着准备，有很多原因都迫使他必须立刻结婚。学校正在盖房子，而分配房子的一个很重要的条件，就是要有一张盖了钢印的结婚证明。满世界都在议论物价要涨，家具和电器都被预测要按很高的百分比涨价。如果袁树森不迅速把手中的钱换成商品的话，本来就觉得自己结不起婚的袁树森，只好看着琳琅满目的家具电器干着急。双方的大人都在为他们着急，他们已经像夫妻一样同居生活，老辈的人看不惯，一逮着机会，就让他们赶快合法化。

更重要的是徐蓓好像又一次怀了孕，一年前就出过这样的洋相，他们稀里糊涂地只顾一时痛快，等知道出事，都快两个月了。徐蓓正好赶上考试，手忙脚乱不知怎么办才好，最后只好向姐姐徐蕾求教。徐蕾再托人，在郊区找了一家小医院，徐蓓一考完，便用姐姐的名义住进去堕胎。

从一开始，徐蕾就不赞成袁树森和自己的妹妹谈恋爱。她曾经动过脑筋要为还是单身的袁树森介绍对象。她为袁树森选择的目标，也是一位因为上大学而耽误了婚姻的老姑娘。事情还没开始就很可笑地结束了，袁树森和那位老姑娘刚见了第一面，便有失礼貌地逃之夭夭，害得那老姑娘就此和徐蕾翻了脸。

等到徐蕾发现袁树森和自己妹妹的恋爱关系时，一切已经无可救药。她一本正经地找袁树森谈了一次话，让他知趣一些，立刻放弃对徐蓓不切实际的追求。“像你这样的年龄，你说我妹妹和你合适不合适？”徐蕾忿忿不平地对自己的小学同学说着，她的话让袁树森一阵阵脸红，恨不得当场在地上挖个洞钻进去。袁树森的窘态让人确信他不仅仅是个拐骗少女的人，同时更像是个受害者。徐蕾对袁树森进行了一系列指责以后，又把进攻的矛头指向自己的妹妹徐蓓。她警告袁树森别以为徐蓓年轻好欺负，他和徐蓓最终是谁捉弄谁还说不准。

袁树森在徐蕾面前始终是老实巴交的样子，他俯首帖耳聆听着教训，时不时地偷看徐蕾一眼，徐蕾自以为她已经把这两人的爱情扼杀在摇篮里的时候，徐蓓和袁树森在宿舍里早就屡尝禁果。结果证明袁树森和徐蓓之间谁也没捉弄谁，唯一受到捉弄的是徐蕾。谁叫徐蕾是徐蓓的姐姐呢，谁叫徐蕾把自己的妹妹介绍给袁树森的，她的干涉既然起不到任何作用，于是她只好乖乖地帮妹妹徐蓓想办法堕胎。堕了胎以后，徐蕾不得不好事做到底，硬着头皮向妹妹提供避孕药具。徐蓓和她要这些药具的时候，从来不知道羞羞答答，她大大咧咧地就开口了，害得徐蕾自己一阵阵脸红。

徐蕾有一段时候很害怕见到袁树森，反正她一想到袁树森就有一种说不出的尴尬。徐蓓曾向她提出过一个很荒唐的问题，那就是为什么自己的姐夫看上去和袁树森的个子差不多，却习惯于用小号的避孕套。徐蕾为妹妹这种赤裸裸的提问面红耳赤，她首先想到徐蓓也会用同样的口吻，和袁树森讨论同样的主题。“你小小的年纪，怎么这么无聊？”徐蕾只好这样对徐蓓说，“你再说这些混账的话，以后我就不管你。”

徐蓓说：“我白喊你姐姐啦，你不管我，谁管？”

徐蕾说：“我说不管，我真的不管。”

徐蓓说：“你不管好了，大不了我再去医院堕胎。”

徐蕾拿妹妹的威胁毫无办法，只好在心里对袁树森生闷气。听说徐蓓可能又一次怀孕，十分生气地对他们说：“你们这两个混蛋，结婚呀，你们现在不是可以结婚了吗？”

12

野狼嚎是在卫生间自缢身亡的，他用的是自己的裤带，和他同居的那个姑娘说，那天晚上他们曾进行激烈的争吵。野狼嚎用最下流的语言对姑娘狂轰滥炸，而且不止一次用拳头和拉二胡的弓对她实施暴力。姑娘默默忍受着这一切，因为她深深地爱着野狼嚎，觉得这样能使野狼嚎的心情好受一些。

就在前一天，野狼嚎和姑娘的远亲进行了一次公开的赤裸裸的谈话。远亲对野狼嚎未加任何指责之辞，他希望就像他能容忍第三者的存在一样，野狼嚎也必须对他能达成充分的谅解。两个男人染指同一个女人是一件让人苦恼的事情，虽然用金钱来弥补并不道德，但是在野狼嚎和姑娘之间如果缺少了金钱，也同样不会圆满。远亲承认自己的确在年龄上已处于劣势，并一再声明他想得更多的是在大陆上做生意。作为这座房子的投资者，考虑到他以往所花的那些钱，以及原有的旧关系，远亲认为他有权利分享一些野狼嚎和姑娘之间的爱情。他要的并不多，绝对不会过分，作为对野狼嚎的精神赔偿，他将把自己在大陆的股份，拿出一些来供姑娘和野狼嚎共同所有。

野狼嚎拿起桌上放着的塑料药瓶，那里面装着远亲用来防止心脏病发作的救心丸，用迅雷不及掩耳的速度，猛地塞进远亲的嘴里。顿时，远亲的嘴里仿佛塞了鸡蛋一样鼓起了一大块。在他痛苦呻吟着的时候，野狼嚎向他发动了猛烈的攻击。要不是姑娘冲过来阻拦，野狼嚎很可能用一张木制的小板凳，把远亲的脑袋砸开花。瘦小的野狼嚎那山里人特有的野性爆发了，小板凳被姑娘夺下来之后，他跑进厨房，抢了一把菜刀冲出来。

姑娘用力把野狼嚎推了一把，她的力气是那么大，以至于他一下子摔出去老远。与此同时，躺在地上的远亲陷入了窒息状态，两只脚在地上不住地胡乱抽动。姑娘连忙上前将远亲翻过身，让他的脸朝下，然后用拳猛捶他的背部，一直到他把嘴里的塑料药瓶吐出来为止。拎着菜刀的野狼嚎呆呆地站在一边，完全是孤立无援的样子。远亲发紫的脸色使他意识到自己也许已经杀了人，随着远亲缓过气来，咚地一下跪在野狼嚎面前向他求饶时，野狼嚎扭着头跑进卫生间，对着抽水马桶呕吐开了。

野狼嚎并不知道远亲是在什么时候离开的。他一直呆在卫生间里，像喝醉了酒似的一阵接着一阵呕吐。在呕吐的间歇中，野狼嚎就像小孩子一样捂着脸号啕大哭。外面变得很安静，姑娘把远亲送走了，等到她再一次回来的时候，野狼嚎还在卫生间里呕吐和痛哭。姑娘把外面的房间稍稍地收拾了一下，走进卫生间，板着脸问野狼嚎，需要不需要她陪着他一起痛哭。姑娘的话深深地刺伤了野狼嚎，他十分粗鲁地随手给姑娘一记耳光。姑娘被打蒙了，过了一会，说："打得好，你应该从这面再给我来一下。"

姑娘的话音刚落，野狼嚎左右开弓，一连扇了姑娘十几记耳光。姑娘流着眼泪说："好，打得好，我从出世到今天，还没人这么打过我呢。"

野狼嚎又疯狂地扇自己的耳光，扇了一阵，再用拳头捶自己的脑袋。姑娘说："你别折磨自己了，我知道你是什么意思，你好端端的一个大学生，和我在一起，实在是糟蹋了，不过你现在后悔还来得及。"

野狼嚎不说话，他瞪大了眼睛，好像认不出姑娘是谁一样。也许他是真后悔和她在一起，也许是他想起了自己和她在一起时，花的都是姑娘的钱，这一点太丢脸了，反正他的脸上洋溢出一种莫名其妙的光彩。好半天以后，他痛苦不堪地说："你说清楚，我花了你多少钱，说出来，我全还给你。"

姑娘冷笑说："总算你还知道我没花过你的钱，你明白了就好，明白了就别觉得委屈。你也没什么了不起的，我是不光彩，可是你呢，还不是一样在夜总会卖唱，而且还白吃白喝我的，而且我还让你白睡了。"姑娘说完，眼泪像断了线的珠子直往下落，伤心了一阵，姑娘又说："你说话呀，你干吗还不吭声，我不是说了，我们谁也别觉得委屈，你我都不是东西。我们的事说出去谁都会笑话，笑话就笑话好了，我反正不在乎了。你吃哪门子的醋，除了那老头，我还和好多人睡过觉呢，怎么样？"

野狼嚎一直憋到天黑了以后，才再一次开口。"今天我们把话说清楚，"野狼嚎开始用谈判的口吻和姑娘说话，他的话没有任何含蓄之处，很快就赤裸裸地说起粗话来。当他第一次用到婊子这个词的时候，还有些犹豫，很快就不当回事地连续用这个词来称呼姑娘。

"要是你觉得糟践我，心里能够快活一些，那你就尽情糟践好了。"姑娘一边哭，一边泣不成声地说，她突然扑倒在野狼嚎的怀里，让他狠狠地给她几下。就像最初接受姑娘的献身没有任何犹豫一样，野狼嚎响应了姑娘的号召，他捏紧了拳头，对着姑娘厚实的胸脯捶了几下。紧接着，他跌跌撞撞地跑进卧房，摘下挂在墙上的二胡，扯下了胡琴线，再次跑到阳台上，将姑娘的手和脚都捆了起来。他用拉二胡的弓当作鞭子，没头没脑地对姑娘一顿抽打。

这一夜，野狼嚎无数次鞭笞了姑娘，各种各样的下流话脱口而出。姑娘忍受着来自肉体和精神的双重痛苦，终于熬到了天亮。野狼嚎解开胡琴线，把姑娘扶到了卧室的床上，他脱去姑娘的衣服，正准备和姑娘做爱之际，姑娘一个鲤鱼打挺坐了起来，两条腿紧紧夹着，愤愤地说："今天这日子，你对我干什么都可以，你可以打我，你可以骂我，可就是干这个不行！"

黔驴技穷的野狼嚎站在床前手足无措。他看着姑娘一件接一件地慢慢将衣服穿好，然后坐在梳妆台前，精心地化起妆来。在化妆的时候，姑娘忍不住又一次地哭了，她一边哭，一边用粉扑往眼睛下面按。自始至终，姑娘没说一句话，她轻轻地抹着口红，打扮满意了，站起来，头也不回地出了大门。临出门前，野狼嚎讨饶说："求求你，你别走。"姑娘怔了怔，还是憋着一肚子气走了。几个小时以后，野狼嚎便在卫生间里自缢身亡。这一点姑娘始料未及，她知道会出些什么事，但就是没想到野狼嚎会自杀。

13

野狼嚎的死，最初只是在他的歌迷中引起了不小的震动，然而当徐蓓写的那篇关于他自杀的报道登出来以后，便在大学生中引起了广泛的反响。不仅熟悉野狼嚎的人给报社写信，甚至那些从来没听说过野狼嚎其人的学生，也打电话到报社发表自己的意见。野狼嚎之死的普遍意义在于，它揭示了当代大学生的处境问题。自从粉碎了"四人帮"以来，大学生已从天之骄子，逐渐贬值为社会中最最普通的一员。没人把大学生们当回事，大学生自己也不把自己当回事，野狼嚎的轻生无意中触及了大家的隐痛。

一位当过家教的大学生给报社写了封洋洋几千言的长信。在信中，大学生就自己包括同学们打工挣钱的现象，进行了长篇的评价。有的同学下海做生意，有的同学炒股票发了大财，也有的因为炒股票欠了一屁股债，钱像条疯狗似的追逐着莘莘学子的心，铜臭味已使得大学的校园没有任何纯洁可言。而像野狼嚎这样在夜总会卖唱，被一个金丝鸟一样的女人，当作小白脸养着，似乎更能说明今日社会的堕落。

徐蓓将大学生的这封长信带回去给袁树森看，他看过后发了一番感叹，他知道徐蓓因为写了这篇报道一炮而红，留报社当记者已成定局。如今记者的收入远远高于教师，过不了多久，徐蓓的钱就会拿得比他还多。一想到这些，袁树森心里便有些不是滋味。大学生觉得自己不值钱，这有什么稀奇，如今他们当教师的更不值钱。

十几年前袁树森刚上大学的时候，那时候高考刚恢复，挂着一块校徽在街上走过，神气得就像凯旋归来的大兵一样。十年寒窗苦，随着袁树森肚子里的学问越来越丰富，读书人却反而变得越来越不值钱。虽然袁树森头上有一堆灿烂的头衔，是硕士和博士，是这个协会和那个协会的理事甚至常务理事，是学科方面的骨干及最年轻的副教授，省政府第一批予以表扬的中青年专家，所有这些都不能改变他处于的没有钱没有理想住房的尴尬境界。还没有正式成为记者的徐蓓已经几次流露出这层意思，“你们学校怎么这么差劲，”她还没有从这所大学最后毕业，就不想承认自己和它的关系了，“难怪有些能耐的，要离开。老是这样，稍稍有点本事的不走才怪呢。”

袁树森酸溜溜地说自己就属于那种没有一点本事的人。两人因此针尖对麦芒，莫名其妙地争了一通。临了，徐蓓让步说：“我不和你吵了，你这人如今穷疯了，满脑子都在想钱。我又没嫌你没钱，是你自己嫌你没钱。你本来就是那种才华横溢的人才，没人敢小瞧你。”

袁树森无话可说，逢到吵架，任性的徐蓓肯让步就不错了。她这一阵颇有些春风得意，继那篇报道打响以后，电视台也有意为这件事做一次节目。节目的地点就选在星星夜总会，通过这一段时候的交道，徐蓓和夜总会的女老板已成了熟人。

女老板似乎也意识到讨论野狼嚎的死，未必就影响自己夜总会的生意，恰恰相反，这是一个千载难逢的替自己做广告的好机会。在雨后春笋般出现的夜总会里，要想使自己的夜总会有些小名气，不借助野狼嚎之死便显得有些愚蠢。她不惜请徐蓓吃了两次饭，两次都让徐蓓把袁树森带上，袁树森因此也和她熟悉起来，吃了人的饭嘴就软，袁树森跟着徐蓓口口声声喊着徐老板，一起帮着策划下一步的行动。

徐蓓潜藏着的能干让袁树森感到吃惊，这个比他整整小十岁，动辄就和他闹点小脾气的任性女孩，不仅具有了不得的外交才能，而且是个说一不二的实干家。可以预见，若干年以后，徐蓓将成为报社最能干的女记者之一，因为她刚刚开始从事这工作，便已经锋芒毕露呼风唤雨。她奔走各个高校的学生会之间，和各地的青年刊物取得了广泛的联系。纪念野狼嚎的活动才有一些眉目，电视台和广播电台，报社和杂志社，各新闻单位都虎视眈眈做好了报道的准备。一个本来只是在饭桌上，由袁树森随口说说的主意，经过女老板的首肯，经过徐蓓的奔走，在不长的时间以后，竟然变成了铁铸的事实。

14

在野狼嚎自杀后的一个半月，纪念活动在星星夜总会正式开幕。

这是一次没有任何官方色彩的纪念活动，完全按照大学生们的意愿进行。会场布置就仿佛是在进行野狼嚎生前举办的演唱会，在歌台的正中间，贴着一张学生们画的野狼嚎的遗像，这是一张漫画风格的画像，和真正的野狼嚎比起来，唯一能表现野狼嚎神态的地方，就是他紧闭着自己的双眼。紧闭双眼是野狼嚎唱歌时最常见的表情。

纪念活动按计划进行。当乱哄哄的人声静下来，徐蓓宣布纪念活动开始的时候，三个女大学生不约而同中了邪一样地放声大哭起来，哭得是这样突然和强烈，以至于所有在场的人，都受到了强烈的震动。很长时间内，人们不知所措，都回过头来，无可奈何地看着那几位号啕大哭的女学生。徐蓓也受到了感染，她鼻子一酸，眼泪立刻流了下来。

袁树森发现自己此时混在眼泪汪汪的大学生中，有些老夫聊发少年狂的荒唐。他毕竟是个过来人，来到这个会场，不过是一系列的偶然原因。他清楚地意识到自己的身份是老师，是这些疯疯癫癫的学生们的老师，自己虽然仍然年轻，但是和他们之间已有着显然不能逾越的代沟。他不知道现在的这些大学生脑子里，都在想些什么。幸好一个穿牛仔衫的小伙子出来打破僵局，他走到歌台上，抢过徐蓓手上话筒，瓮声瓮气地说："操，哭什么?"

大家都抬起头来看他，穿牛仔衫的小伙子是个冷面滑稽，他面无表情地说着："有什么好哭的，要哭，都给我死回家哭去。"他转过身，看着徐蓓，庄严地宣布她已被撤职，"算了，没你的事，还是我来当主持吧。"徐蓓就这么很轻易地被他撵了下去，台下的人因此破涕为笑。整个会场的气氛因为突然的夺权，立刻发生了戏剧性变化，小伙子打开了事先准备的录音机，让大家欣赏野狼嚎演唱会的录音。野狼嚎的歌声开始弥漫在会场上，委婉如诉如歌如泣，人们随着节拍击起手掌。还是那个穿牛仔衫的小伙子，怪声怪气地模仿着野狼嚎的声音，对着话筒猛地吼了一声，夜总会的工作人员连忙跑上来夺话筒，告诉他话筒这样会震坏的。

人们又一次投入到野狼嚎举办演唱会的氛围中。只有身临其境，袁树森和徐蓓才真正相信，野狼嚎生前是那样地受学生们喜爱。载歌载舞的学生们忘记了他们来这里的真实目的，跟着野狼嚎的歌声充分地放松他们自己，徐蓓来到了袁树森的面前，他们情不自禁地搂在一起，跳起了缓慢的四步舞。野狼嚎的歌声总是运用一种非常自由的节拍，有一点像慢拍子的摇滚，在这样自由轻松的节奏下面，随便跳什么舞都可以。人很多，大家只能在原地小范围地活动，即使这样，也仍然是你撞我一下，我推你一下。

虽然是在白天，夜总会里还是很暗。灯光摇曳，所有的排风扇都打开了，空气仍然污浊不堪。那么多人在流着汗，一大帮穷学生抽着劣质的香烟。许多对跳舞没有兴趣的学生，在一旁的座位上坐了下来，十分潇洒地要起了饮料。为了害怕这些学生事后不付钱，服务员小姐去请示了徐老板，得到的指示是先付款才能得到饮料。这里的啤酒价格比市场上贵了一倍，而且这价格还是夜总会的优惠价，学生们慷慨解囊照喝不误。袁树森和徐蓓跳累了，下去想歇一会，一个学生为他和徐蓓各要了一瓶啤酒，服务员小姐端来了之后，正准备往玻璃杯里倒，那个学生嚷着："别倒了，费那事干什么，就对着瓶口喝，吹喇叭。"

不止一个学生的BP机在这期间叫起来，接二连三地有学生忙着出去挂电话。袁树森已经熟悉这场面，可是他一想到如今的学生，有不少已是商人，或者都在为商人跑腿，总有一种说不出的别扭。相比之下，从未见过面的野狼嚎反而给他留下了一个极好印象。透过摇曳着的灯光，透过弥漫在空中的烟雾，袁树森看着挂在歌台中央的野狼嚎画像，心里好一阵凄凉。录音机里还在播放着野狼嚎昔日的歌声，舞场上人依然互相冲撞，靠边座位的小桌上堆满了空着的啤酒瓶。那个请他和徐蓓喝啤酒的学生，不由分说地就把徐蓓拖到了舞场上，丝毫不考虑节拍合适不合适，跳起了动作放肆的迪斯科。

这以后，不断地有人请徐蓓跳舞，结果她根本不可能歇下来喘口气。袁树森的目光久久地停顿在野狼嚎的画像上，他在想为什么这个深受学生爱戴的歌手，总是闭上眼睛，也许正是因为他不愿意看到眼前的一切。这时候，女老板突然来到了他面前，坐在徐蓓先前坐的位子上，笑容可掬地看着他，问他干吗不到舞场上去跳舞。袁树森胡乱做了个手势，女老板不明白是什么意思，周围的环境实在太吵嚷，她把耳朵侧过去，请袁树森把说过的话再说一遍。袁树森无话可说，随口敷衍了几句。这时候，徐蓓正好跳舞跳到他们身边，她笑着对袁树森说："喂，请人家徐老板跳个舞呀！"

袁树森有些不好意思，可是他发现一向大方善于公关的女老板，此时甚至比他更不好意思，便鼓起了勇气请她上场。刚开始，两人似乎都有些拘谨，袁树森只闻到对方身上浓烈的香水味，他的手轻轻地搂着她的腰，老是踩不到舞点上。她笑着说："没关系，我们瞎跳跳好了。"这一说，两人都放松了，配合得也好起来，腿也不再打架。

袁树森说："你的舞肯定跳得好，这是你的强项。"他说完了便后悔，怕对方会误会他的意思。但是对方一点也没有恼怒的表示，接着他的话说："你看我哪会跳，告诉你，我平时从不跳舞。"袁树森想开玩笑说："那今天自己太有面子了，"话到嘴边，没有说，他不是那种轻浮的男人，这种准调情的话，他说不来。

女老板仿佛也受了今天的气氛感染，她不仅变得年轻，而且一洗女强人的那种作派。她和袁树森之间的距离越来越近，高耸结实的胸脯不时地撞击在他搂着她腰的胳膊上。他们心不在焉地说着什么，她附在他耳朵边，带着几分羡慕地说："你的女朋友真年轻。"袁树森说："是年轻，太年轻了一些。"接下来有一段时间没说话，这种不说话的感觉更好，袁树森突然发现自己搂着的这位女老板，很有些像徐蓓的姐姐徐蕾。自然是在年龄上像，是那种成熟女人的共同处，袁树森情不自禁地又搂紧了一些，对方现在事实上已经和他紧紧地贴在一起。他的心头再次涌起了那种对徐蕾的潜在的欲望。有时候他反问自己，他之所以爱上徐蓓，也许只是因为不能爱她的姐姐徐蕾的缘故。

一闪而过的欲望转眼无影无踪，袁树森做贼心虚地用眼睛去找徐蓓，发现她在不远处，和那个穿牛仔衫的小伙子跳得正欢。他听见女老板附在他耳边轻声说："你这么年轻，又是博士，又是副教授，真了不起！"

15

突如其来的停电，造成一片混乱。女学生们尖声叫起来，调皮的小伙子却故意发出刺耳的怪叫。女老板从袁树森的搂抱中脱出身来，对吧台那边大喊赶快点蜡烛。不一会，蜡烛被点亮了，电工也被找了来寻找停电的原因。可能是有人乱拉了一下电线，也可能有人故意捣蛋，保险丝刚换上，蜡烛还没吹灭，所有的灯便又一次熄了。

在电工继续查找停电原因的时候，有人高喊用烛光进行舞会更有趣。几个小伙子跑到吧台那里，把存在那的所有的蜡烛全点上了，然后把点着的蜡烛通通分给别人。这还不够，有人竟然迅速跑到外面的街上，把小店里的蜡烛统统买了来。结果，当电源接通以后，大家一致认为不要用电来照明，因为烛光舞会更有一种浪漫的情调。

女老板担心燃烧着的蜡烛，会引燃地毯。可是那些兴致勃勃的年轻人，又怎么可能再听这劝告。一支支蜡烛被点在小桌子上，被插在空啤酒瓶上，有的人甚至用手拿着蜡烛跳舞。烛光的照耀有一种奇特的效果和气氛，那些手上拿着蜡烛翩翩起舞的年轻人，为了怕火苗烧着自己或者别人，一个个都变得文雅起来，动作就像是电影上的慢镜头。徐蓓让袁树森也举着一支蜡烛，然后偎在他怀里，窃笑着缓慢地踱着舞步。“这次我们两个可不能分开了，”徐蓓说，“一分开，我们就没机会再在一起跳舞。”

袁树森酸溜溜地说：“是呀，看中你的人太多。”

徐蓓得意地说：“不过这样的烛光舞会的确有趣，不是吗？”

舞会在女老板的一再要求下，不得不停止。关于野狼嚎的纪念活动，虎头蛇尾地就算结束。夜总会的生意到晚上才真正开始，正是由于这样的原因，女老板才会同意搞这么一次活动。野狼嚎的画像从歌台上取了下来。一不小心，那画像被从中间撕开了一个大口子。人们像散了戏一样往外走，不时地发出空啤酒瓶碰撞的声音。死去的野狼嚎就像他活着时那样，为浮躁的大学生提供了一次发泄的机会，发泄完了，一切也就结束。袁树森和徐蓓因为还要陪女老板敷衍几句，因此走在了最后。

外面正是太阳下山的时候，袁树森和徐蓓迎着夕阳走出来，才发现夜总会里的黑暗只是一个错觉。烛光舞会不过建立在这种错觉之上，换句话说，那种如痴如醉的疯狂场面，那种烛光摇曳的浪漫情调，仅仅是人造的假象。外面的集市又到了一天中人们采购的高峰，到处都是人，买菜和卖菜的，吵架的嚷声，腐烂的菜味，都混合在一起。一名慌不择路的窃贼在人群中像鱼一样乱钻，几个人徒劳地喊着"抓小偷"。现实的世界没有多少人们想象中的可爱，袁树森首先发现自己的肚子饿了，因为已经到了该吃晚饭的时刻，但是他们今晚的晚餐还没有下落，走出乱哄哄的集市，他们路过一条餐厅林立的美食街，许多位一看就是从农村雇来的打工妹，涂脂抹粉，穿着艳丽的既俗气又廉价的衣服，用轻浮的口音请他们进餐厅用餐。

"我们打的回去吧，"徐蓓也发现自己的心情正迅速变坏，"这样我们可以快些到家，吃什么无所谓，吃方便面和煮粥，都行。"她害怕袁树森舍不得打的，补充了一句，"打的的钱，我可以在报社报销。"

于是两个人站在马路中间拦出租车，一连来了几辆，都有客。来来往往的车辆正是最多的时候，好不容易有了一辆空车，一听说他们的路程，驾驶员竟然拒载。袁树森气得大骂，那驾驶员说你骂谁，袁树森说我就骂你，怎么样？驾驶员知道自己拒载，被管理部门知道会罚款，头伸出车窗还骂了一声，将车开走了。徐蓓第一次发现袁树森变得这么粗鲁，苦笑着说：“真是的，花钱打的还受气。”一个膀子上套着红袖章的老人走过来，叫他们别站在路中间，袁树森蛮不讲理地说：“我们就站这了，又怎么样？”

老人说：“你们怎么这么没文化？”

袁树森怒气冲冲：“对了，我们就是没文化。”

幸好这时候被徐蓓拦住了一辆出租车，要是他们如此站在马路中间，和老人继续斗嘴斗下去，一定会有很多人围观，最后一定会有人去把警察叫来。老人忿忿不平地对他们喊着：“别以为自己有几个臭钱，可以坐出租车，就有什么了不起！”袁树森坐在正缓慢行驶的出租车里，无话可说，结果只能对老头做个鬼脸。老人喋喋不休地还在说，说什么，袁树森和徐蓓已经听不见。车子开出去一截，袁树森突然感到一阵巨大的悲哀，尽管满街都是各种牌号各个出租公司的出租车，这只是他第二次有机会坐，第一次是蹭老同学的，这一次又是指望徐蓓可以报销，那老头却已经嫌他神气活现，难道他就真的不配坐出租车？

“下次，我们花自己的钱，打的。”他回过头，板着脸对徐蓓说。

关于饕餮的故事梗概

美食高手雅聚秦淮河畔

秦淮风光带的二期工程完成以后，在市政当局的过问下，为时一个月的金陵美食节，隆重拉开了帏幕。四方佳宾荟萃在秦淮河边，附近的宾馆酒店立刻爆满，各路食客不远万千里，纷纷慕名而来，大饱口福。一时间，吃成了最重要的主旋律，“民以食为天”，成了一句最嘹亮的口号。大大小小的餐馆，抓住这一历史机遇，一个比一个不择手段，一个比一个更敢折腾，都拿出自己看家绝活招揽顾客。为了吸引前来参加美食节的客人，打折优惠赠送礼品，通过当众抽奖，向中奖者送金耳环或金戒指，提供免费桑拿和按摩服务，安排幸运者去泰国旅游，凡是能想到的招，都用上了。报纸上，做着一块块豆腐干大小的广告，到处挂上写着大字的标语，有的是横幅，从街的这头一直扯到另一头，还有的是那种竖条的长飘带，用巨大的气球悬挂下来。是地方，就能看见红红绿绿的小彩旗，几乎所有的餐馆酒店门前，都站了两位花枝招展的迎宾小姐，服装自然是紧身且带些暴露的那种，让男人路过时，会忍不住多看两眼。

美食节期间，最引人注目的，还是秦淮风味的小吃。这玩意便宜，价廉物美，看上去有趣，吃起来热闹，最适合游客品尝。尤其是那些喜欢大惊小怪的外国人，像小学生似的恭恭敬敬坐在那，可怜也不会用筷子，一边吃，一边手忙脚乱地出洋相，吃得目瞪口呆，吃得别人在一旁看着，忍不住要笑。秦淮河边的各种民间风味小吃，说起来都有些来头，动不动就有几百年的历史，动不动就能引出某位历史名人的故事。所谓琳琅满目，甜咸荤素皆备，色味香形俱全，虽然不能和过去最辉煌的时候相比，总算也还差强人意，很像那么回事。毕竟是美食节，起码是比往日做得认真，是用了心的。如今这年头，只要是用了心的，事情就好办。南京是个有文化品味的地方，六朝金粉，秦淮风月，历史上曾经十分牛气。小小的吃，只是民间大文化中的一个组成部分，是历史躯干上的基本细胞。古人曾经说过，“善烹小鲜，可治大国”。吃可以成为一扇回首历史的窗户，由小能见大，由近可致远，还真不能说古代的哲人说得不对。

美食节期间，有一个项目是评比，和其他各种名目繁多的评比一样，要评比，就要凑个整数，就要凑个八或者十。通过评比，选出十大代表秦淮文化的名菜，另处，还选出十种深受群众欢迎的小吃。评比的办法有两个途径，一是来自民间的选举，通过散发选票，仿佛是电影的百花奖，按票数多少，决定名次。一是专家审定，这又有些像电影的金鸡奖，请出懂吃的行家里手出来当评委，现做现吃，当场举牌亮分。事实上，评委的名单很难安排，因为究竟什么是专家，既说不清楚，也闹不明白。专家不一定就是真正的饕餮之徒，饮食公司，税务局，旅游局，新闻界，方方面面都得照顾，各行各业都得安排，搞活动就要综合平衡，要摆平，摆平了才能搞定。像大学里的教授，民间的遗老，包括个别离退休干部，缺了谁都不合适，少了谁就可能引起麻烦。到了美食节快结束的时候，全国烹饪协会的一位姓管的副秘书长，突然心血来潮，要招集真正意义上的十大美食高手，由秦淮风光带管理部门出面，好好地吃一顿。

管理部门的人说：“吃一顿自然不成问题，问题是怎样才能算是好好地？”

管副秘书长笑着说：“凑十个真正都是会吃的高手，把他们都侍候好了，服务到位了，这就算是好好地吃了一顿。”

管理部门的人说：“侍候好，服务好，这不难，难的是到哪去找会吃的高手，不是存心想难为我们？都知道你是美食界的高人，这次美食节活动，多亏你张罗，你想想，除了你这位大名鼎鼎的美食家之外，我们到哪去找比你还懂吃的人。像这次专家组的名单，可把我们害苦了。”管副秘书长是这次美食节的主要策划人之一，写过好几本有关烹饪的小册子，在美食界相当有名气。管理部门的人真不太相信，在南京还会有比他更懂吃的人。管副秘书长说：“美食高手的事，不用你操心，凭我的本事还找不到，也不配在南京美食界混了，关键是你厨子得给我选好。”管理部门的人笑着说：“干脆好事做到底，南京最好的厨子，我们难道还能比你熟悉？谁掌勺，谁赴宴，都由你定，怎么样？”

于是管副秘书长亲自安排，这事还非得他身体力行，亲自过问才行。这些年来，管副秘书长成了著名的食客，屡屡在全国性的烹饪大赛中担任评委，南京的名厨，提起他来就肃然起敬，看到他就点头哈腰。都知道他活动能量大，呼风唤雨，想让谁出名，就能让谁出名，想让谁得奖，谁就一定有希望。当面和背后，都称他为餐饮界的老大。事实上大家心里都明白，这次宴请十大美食高手，他开恩安排谁掌勺，便是给谁的面子。趁着美食节的余威，管副秘书长把宴会安排在状元楼酒家，把夫子庙一带手上有些绝活的厨师，像挑熟西瓜一样地筛了一遍，最后定下四名人选，通知他们事先碰一个头，开个小会，拟个菜单，认真精心的准备，然后把具体的日期定好。这管副秘书长是个办事认真的人，定好了厨子，又开始亲自一家家登门，邀请各路美食高手赴宴。南京这地方藏龙卧虎，管副秘书长心里自有一把尺子，谁真会吃，谁是真正的饕餮之徒，早就烂熟于心。宴请十大高手，和筹备评委会的名单不一样，这一回得看真本事，老实说，正是因为管副秘书长的心里，早就有了十大高手，因此才会产生让高手雅聚在一起过过招的念头。

到开宴的那一天，明知道这十位高手中午肯定预留了肚量，在正式入座之前，管副秘书长亲自领着大家参观秦淮风光带，沿河走了一大段以后，又把人带到会议室，请一位小领导畅谈开发的前景。他的用意十分明显，一动一静，目的都是要让十大高手的肚子再饿一些，为了到正式开吃的时候，能进入最佳状态。果然十大高手一边听介绍，一边就有些不耐烦，介绍结束，一个个热烈鼓掌，不是表示报告做得好，而是意味着这形式主义的忍受，终于到了尽头。从会议室出来，饥肠咕咕地步入餐厅，座上的冷盘已经放好，大家入座，眼睛都对着桌上看，管副秘书长把厨师先请出来和高手们见面，在一片寒暄声中，管副秘书长笑着对厨师说："今天我可是故意和大家为难，在座的，平均年龄已经六十多岁，都是我的前辈，有他们在场，我是不敢随便说什么。这是切磋武艺，大家都是高手，都不要谦虚，一个是做菜的高手，一个是吃菜的高手，高手在一起，必将成为一段佳话。这样，我先冒昧提个小建议，是否先把这冷盘撤下去，为什么呢，因为这盘子太大，量太多，太穷凶急恶了一些，都是老先生，吃不了多少的。我们大家都知道，冷盘的目的，也就是先开开胃，不能这样大盘子喧宾夺主，用数量来蒙我们。以后上什么菜，都用小盘子装，少一些，精一些，我们慢慢吃，慢慢品，怎么样?”

厨师十分恭敬地退场，心里暗想，今天算是遇到高人了。十大高手果然像管副秘书长所说，都是六十岁开外的前辈。在一本谈美食的小册子里，管副秘书长曾一本正经地写过，人活不到六十岁，就不配被称为美食家。善吃又能成名成家，必须得有丰富的人生经验衬托着才行，走遍千山万水，行万里路，读万卷书，吃遍天下，方能修成正果。能成为美食家，肯定是有文化的人，因为没有文化底蕴，充其量也就是能吃和好吃。能吃者，只是《红楼梦》中的刘姥姥，所谓“老刘，老刘，食量大如牛”，不过有了一个消化功能强于别人的好胃。而好吃者，也就是我们所说的馋嘴，见了美味佳肴就流口水，仍然还是愚昧的动物。美食高手必然能吃和好吃，然而能吃和好吃，都还不能算作美食高手，美食高手必须得有更高的境界，这境界就是会吃。美食家是高级动物中的高级动物，会吃者对吃不仅仅是懂，而且能够如数家珍，而且对于食物的各种滋味，一定会有非常独特的见解。简单的一句话，能吃者靠的是胃，好吃者靠的是嘴，会吃者靠的是大脑。

到场的十大高手，有两位是大学的老教授，是那种可以带博士生的教授，一位中文系的，一位历史系的，都是快八十的古董，看上去很不起眼，一声不响地坐在那，还真不知道他们能吃。有两位是书画界的，是艺术家。有一位是老中医。还有一位在文史馆挂职，从四九年起，就一直领着干薪，从来也没干过什么正事。这六位都可以列入文化名流之类，都是社会上有身份有地位的人物，都享受着政府的专家津贴。剩下的四位，有两位是已退休的特一级厨师，在烹饪界大名鼎鼎，曾为很多著名的宴席掌过厨，说起国宴的珍闻逸事，说起某某名人善吃的掌故，头头是道，栩栩如生，他们属于能做会吃的高手，因为会做，对吃有一层特殊的理解。最后的两位，一位是管副秘书长，他出生于大户人家，从小就会吃，平时也喜欢写些小文章，专谈吃的掌故，为了吃而写文章，写了文章，就有更多的机会可以吃。另一位是一家国营厂即将退休的大厂长，关于这名厂长有个最著名的笑话，就是他太讲究吃了，结果在担任过领导工作的近十个工厂中，只要是在他任职期间，产值未必有什么惊人的增长，食堂的菜永远是第一流的。

显然是饿狠了，那菜开始一道道上来，大家奋勇下筷，不说一句话。小姐过来打开卡拉 OK，那位即将退休的大厂长，塞了一嘴的菜，连连摆手，让小姐赶快关掉。大家猛吃了一阵，管副秘书长举杯敬了一次酒，开始挑剔起今天的菜肴。首当其冲的，自然就是那玻璃碗里的醉虾，不说不新鲜，因为虾仍然还活的，只说虾有污染，有一种淡淡的煤油味。高手们虽然肚子饿，那虾都是浅尝辄止，懒得去接管副秘书长的话，全力以赴猛攻新端上桌的炖生敲。这炖生敲可是道传统名菜，在南京起码有三百年的历史，地道的做法，是将每条一斤多重的鳝鱼活杀后去骨，用木棒敲击鳝肉，使肉质松散，故名“生敲”。过去有人曾做诗赞赏过这道菜，“若论香酥醇厚味，金陵独擅炖生敲，”由此可见这道菜的非同一般。吃炖生敲的时候，高手们还是不说话，等到那小砂锅只剩下最后一块的时候，老中医往自己面前一搛，用地道的老南京话叹气说：

“都说南京人不会吃，真是冤枉了南京人!”

那位国营厂的大厂长冷笑说：“今天的南京人，还别说，是真的不会吃。”

接下来的每一道菜，渐入佳境，都是绝活。高手们窄路相逢，短兵相接，剑拔弩张，谁都不肯马虎。厨房里的厨师，知道今天请的是什么人，不敢不尽心尽力，每道菜皆是最高发挥，都是个人能力的极致。整个就是一场美食的大会战，一方是精益求精地烧，惟恐有什么闪失，另一方是兢兢业业地吃，就怕错过了一味佳肴，谁都不肯有一点马虎。像这样高手对阵的宴会，完全可以载入史册，它的水平之高，使轰动一时刚刚结束的美食节，整个就像一场成人的儿童游戏。事物总是相辅相成，没有名厨，不会有佳肴，而佳肴没有美食家欣赏，再精致的好菜，也失去意义。棋逢对手，仇人相见，针尖遇上了麦芒，饭桌上的诸位高手憋足了劲，暗暗较着功力。都是顶尖的人物，谁也不愿意显出弱来。人就一张嘴，顾了吃，就不可能兼顾说话。大家埋头认真吃，又猛吃了一气，终于到该歇一会的时候。

管副秘书长很虚心地说：“今天请大家来，真的是想听听老前辈们，说些什么。”

话题转移到了傅家菜

那天十大高手雅聚，一桌共坐了十二个人，多出来的两个人中，一个是斜阳楼酒家公关部的经理，姓王，是一位言语不多的年轻人，看上去性格有些内向。还有一个就是我，对于这场吃，我当然只有看热闹和听高见的份，所以会混迹其中，有机会参加作陪，是因为那一阵子，管副秘书长正三天两头地和我碰面，拉着我共同策划一个关于吃的电视剧。老实说，我对这些年来流行的电视剧毫无兴趣，尤其是不喜欢行业电视剧。秦淮河武定桥边的斜阳楼酒家，最近经过重新装潢，隆重开业，为了树立自己的形象，达到宣传的目的，准备出钱投拍一部关于斜阳楼的电视剧。行业电视剧正在成为一种时髦，我承认自己答应参加这次策划，和经常跟着管副秘书长后面蹭饭有关。吃了人家的，总有些嘴软，好在策划也跟吃宴会一样，只要动动嘴就行。我不是什么饕餮之徒，对于吃谈不上多高的境界，嘴馋却难免。事实上，策划的电视剧，故事还没有什么影子，饭已经吃了好几顿。

一直到宴会结束，大家都没说什么。通常能吃的饕餮之徒，谈起吃来都有一套。或许大家觉得今天遇到的都是内行，能不出招，尽量不出招，免得让对手看出自己的破绽。有些话太平常了，不必说，有些话没把握，不敢说，客气话不能老是重复，反复说了便失身份，挑剔的话也不能太过分，毕竟是白吃白喝，而且像这样高水平的宴席，在烹饪水平不断下降的今天，已经寥若晨星，确是很难见到。吃完了，几位掌勺的厨师解了围裙，换上笔挺的西装，出来听意见，大家一片声地说好。管副秘书长说："别光顾着说好，表扬谁都会，今天请诸位来，主要是听听意见。"大家知道不说几条意见，也不合适，总不能吃饱了，抹抹嘴就走，一致推年纪最大的文史馆员先说几句。他老先生德高望重，早在民国时期就是大名鼎鼎的食客，他若不发言，谁还敢冒昧吭声。

管副秘书长说："吴老，你真得说几句，我们都知道，当年连蒋委员长要吃什么，都要听你的吩咐。"

老先生没办法，咂了咂嘴，随口说道："蒋委员长根本就不懂吃，他当年倡导什么新生活运动，恨不得人人都像他一样喝白开水。再一个，他的牙也不好，牙不好，吃什么都没味道。老实说，他当年喜欢的菜里面，只有大汤黄鱼还有些品味。不过这是宁波菜，是他的家乡菜。"

国营大厂长忍不住插嘴："蒋委员长总比毛主席会吃一些，听说毛主席只爱吃辣椒和红烧肉。蒋委员长牙不好，而毛主席他老人家呢，书上说他一直便秘。"

老先生似乎觉得这样的议论，有些不恭敬，人吃饱了，就难免胡说八道，不由地赶紧把话题拽回来。他翻了翻已经开始浑浊的眼珠，转向正在一旁等着听意见的厨师，挑剔说："刚刚的那鱼皮烧卖，皮子再薄一些，就更好了。"

老先生说的所谓鱼皮烧卖，是用薄薄的鱼肉片包上馅，做成烧卖的形状，鱼肉片削得太薄，包不住馅，可是厚了，滋味就受影响，而且外观也不好看。这道菜对工艺有很高的要求，刀功和火候非得第一流才行。大家听老先生这么一说，都笑了，因为鱼皮烧卖本来的目的，就是为了让食客惊叹厨师的工艺，老先生要挑剔找碴，偏偏就从工艺落手，不是内行，绝对说不出这样的话，这就叫提问题必须抓住要害，擒贼先擒王，打蛇要打七寸。顺着老先生的话，其他几位高手纷纷出招，有节制地发表了自己的意见，都是点到为止，说过就算，然而差不多都是点在了穴道上。几位厨师不住地点头，是真的心服口服，遇上这些会吃的高手，不服气也得服气。有些缺点厨师心里本来就有数，是所谓得失自知，有些问题确实是刚弄明白，听君一席话，胜读十年书，一下子豁然开窍。今天的雅聚对于他们来说，真是针针见血得益匪浅。管副秘书长在一旁听着，不吭声，一脸的得意，待大家的意见都发表得差不多了，他挥挥手，让厨师们退下，让他们回去好好改进。

接下来的余兴节目是写字，这是雅人聚会结束前，常有的一幕。事先已经准备好了文房四宝，要几位高手留下墨迹。高手中有两位本来就是书画家，这种事手到擒来，当场挥毫，你一张我一张，随手完成了任务。两位教授也能写一手不俗的毛笔字，不过不习惯当众写，已经在家里写好了，此时只要落个款就行。老中医和文史馆员熬不住技痒，一人写了一张，写完了，坐下来喝茶，因为这时候的服务员小姐，仿佛听见百货公司里大减价，打折优惠，纷纷拥了进来，向那两位著名的书画家要字。管副秘书长冲过去阻拦，也拦不住。服务员小姐一个个花枝招展，莺声燕语，纠缠着不肯离去。书画家中有一位是多情种子，头发早就白成一片，只要有女孩子问他要字，必定来者不拒。管副秘书长总不能硬拉下脸来吵架，周瑜打黄盖，一个愿打，一个愿挨，书画家真愿意写，只好让他写。

那位乐意被美人包围的书画家，陷在服务员小姐的海洋中出不来，不光是写字，还画画，画了一张又一张。这边的几位美食高手只好等他，好在酒足饭饱，又有一壶新泡的酽茶，大家一边喝，一边等，一边聊。今天是大快朵颐的好日子，刚结束的佳宴不说，就这一壶上等的好茶，便值得坐下来一品再品。这时候，大家酒足饭饱，话题的缰绳已经放开，天南海北说什么都行，不知不觉地就聊到了斜阳楼酒家的傅家菜上。饕餮之徒聚到了一起，三句话，离不开老本行，反正总是在吃字上做文章，离不开吃的故事。话题很自然地过渡到了正在策划的电视剧上，一听说我们打算写“斜阳楼”，在场的几位老饕立刻打开了话匣子。

这也是管副秘书长精心安排这次宴会的目的之一，既然要凑个电视剧，他不得不计划从这些美食高手的嘴里，掏出一些有关斜阳楼的故事。凡是熟悉南京饮食掌故的人，都知道昔日秦淮河武定桥边，曾经有过一家名噪一时的斜阳楼酒家，经营极有特色的傅家菜。昔日的斜阳楼，和今天的完全不一样，天悬地隔，此楼非彼楼，物不是而人已非。这次借美食节活动，装修一新隆重开业的斜阳楼酒家，早已不是当年的旧物，它不过是由昔日的傅家菜传人傅薇薇出面，在斜阳楼原址上，参照当年的式样，重新建筑的一个放大了的高档餐馆，虽然也还叫作斜阳楼，但是和老斜阳楼，无论其经营规模，还是服务宗旨，已经没多少相似之处。新斜阳楼的装潢可以说是绝对高档，到处都是包厢，每间包厢都有卡拉OK，时髦的菜肴差不多都有了，从麻辣火锅到生猛海鲜，从北京烤鸭到蒙古烤肉，如今流行的东西一样不缺，价格自然也是出奇的贵，但是味道却不见有任何特色。这天在场的十大高手中，因为都是餐嘴，差不多都已经去尝过鲜，迫不及待地想重温一下极具特色的傅家菜，结果是一个个后悔不迭，提到了便不胜感叹。由于斜阳楼的公关部经理今天也在场，而且一逮着机会，就十分空洞地自吹自擂，说的全是外行话。大家不便过多地说新斜阳楼的不是，只好把话题转向斜阳楼的过去。

斜阳楼当年

美食家要谈斜阳楼的傅家菜，就必须说一下京苏大菜。凡是懂些吃的人都知道，无论八大菜系，或是四大菜系，京苏大菜总能占上一席，然而说是这么说了，究竟什么是正宗的京苏大菜，现在已经是一个很容易引起吵架的话题。吵架的重要原因，是作为京苏大菜主要特色的“南京菜”，近几十年来，走了严重的下坡路，越来越堕落潦倒，大有溃不成军之势。领头的老大既然出了问题，江苏境内的其他菜肴，便有了跳出来取而代之的野心。苏南以苏州菜为代表，被称为苏锡帮，苏北以扬州为正宗，即所谓淮扬菜，南北两派的共同点，在于都想觊觎江苏菜的领导地位。

京苏大菜的京，当然就是指南京，它的潜台词是以六朝古都南京为圆心，挟带苏南苏北两个副菜系，和粤菜川菜鲁菜叫板，争一高低决一雌雄。史料证明，京苏大菜这块招牌，早在清朝时期，就旗帜鲜明地亮了出来，而京苏大菜最盛行的时候，显然应该是民国以后。京苏大菜的重要特点，是适应性强，讲究变，讲究创新，讲究家常氛围。它选料严谨，制作精细，考究原汁原味，注意四季分明，所烹制的菜肴大都口味平和，咸淡适中，始终保持京苏帮口鲜香酥嫩的特点。可惜京苏大菜风行的年头短了一些，想当年最红火的时候，譬如一九二七年国民政府定都南京以后，京苏大菜突然名震遐迩，那些善于烹制京苏大菜的馆子，如老万全，如六华春，还有嘉宾楼和金陵春，像雨后春笋似的一家接着一家冒出来。每当华灯初上，门前车水马龙，各界人士以及国民政府的五院八部官员，翩然而至，宾客盈座，生意火爆，天天都是过节。

斜阳楼酒家的菜肴，由于主人是正宗的南京人，特色万变不离其宗，自然也离不开京苏大菜的窠臼。不过老派的南京人都知道，斜阳楼所以闻名，是以其令人拍案叫绝的傅家菜。这傅家菜说白了，是金陵大户傅嵩青老先生家的家常菜，在二三十年代，敢以家常菜的特色开餐馆，尤其是敢在美食好手成群的南京，堂而皇之地打出牌子来招揽顾客，没有些绝活肯定不行。傅家是南京著名的饮食世家，吃的优良传统，已经不知道传了多少代，傅嵩青老先生是前清的官僚，做过几年不大不小的京官，管过漕运，清朝亡了以后，成了若有所失的遗老，无事可做，便一味地在吃字上猛下功夫，越吃门槛越精，越吃家境越穷，吃到临了，不得不想到靠开一个小馆子维持。

斜阳楼的正式开业，是一九二四年，用今天的话来说，也算是一种下海。那年头，正是北洋军阀统治时期，城头变幻大王旗，谁有势力谁称王，南京的最高地方长官，三天两头换。这是破落户和暴发户交替出现的年代，谁也不知道前途和出路在什么地方。当时最常见的下海，是票友正式挂牌唱京戏，是女学生入舞池当歌女。斜阳楼的开业，也隐含着一种迫不得已，是家族败落的标志。只要看一看傅老先生写的两副白话对联，便能看出主人的满腹牢骚：

桌子未改良，椅子未改良，房子也未改良，做几样白炖红烧，都还讲究；

政界不要我，学界不要我，军界更不要我，买两只汤瓢火铲，讨点生机。

这一副写在大堂的正面，一进门就能看见，另一副是写在角落里，火气更大，牢骚更盛：

做些鱼翅燕窝，欢迎各位老爷太太；

落点残汤剩饭，养活我们大人娃娃。

傅老先生是那种有名士气的人，他只会动嘴，开馆子，掌勺还是自己的家厨。因为他吃的名气太大，在美食界一言定乾坤，说哪家的馆子的菜好，哪家馆子立刻生意盈门，因为大家都在琢磨，为什么傅老先生会说好。傅家自己开了馆子，不用在报纸上登广告，自然会有馋嘴的人摸上门去。那生意出奇的火爆，开业不久就人满为患，结果不约而同地便形成了规矩，凡是想上斜阳楼吃傅家菜，都得提前三天预约。傅老先生恪守着老派人的传统，绝不会因为生意火爆，就趁势扩大经营规模。他不是做生意的人，既然下了海，文化人的架子依然不改变。傅老先生始终是摆着施主的派，虽然食客如潮，客随主便的规矩依然不改。谁出钱，谁就是上帝的说法，在斜阳楼说不通。上至达官贵人，下到贩夫走卒，谁来都欢迎，来的都是客，来了一样坐。斜阳楼的布置，颇有些明代老店的味道，店堂布置得古雅风趣，既不设雅座，更没有包厢，大家一样平等。

三年以后，国民政府定都南京，斜阳楼的生意更加火爆。国民党元老中，不乏那种有情调的人，闲时游秦淮河，泛舟而上，过桃叶渡，过文德桥，在桨声灯影中到达武定桥边，弃船上岸，步行不远，便到达斜阳楼。当时南京的大小餐馆，都以能吸引达官贵人为荣，唯有这斜阳楼，因为来的名人太多，见多不怪，无论是什么样来头，不管有多大的头衔，只要不是预订，坚决不增加桌位，来了也是白来。因此，斜阳楼不仅是傅家菜有名，同时跟着出名的，还有傅老先生的倔。据说当时的监察院院长于右任，有一次也吃过闭门羹，兴冲冲来了，说不接待就不接待，好在于右任是个有雅量的人，也不以为忤，还专门为此事写了诗纪念。

在傅老先生过问斜阳楼的年头里，斜阳楼始终保持着一种既入世又出世的平民风范。这里紧挨着夫子庙，门口就是一个乱哄哄的菜市场，是天生的平民世界。每天清晨，天色一亮，人声四起，叫卖声和还价的声音，响成一片乱作一团。十几张露天的摊子，堆着水汪汪的蔬菜，有绿颜色的青菜，有黄颜色的韭黄，有红皮的萝卜。离菜摊不远，放着湿漉漉的鱼担子，大大小小的鱼，都堆在夹篮里，等着顾客来拣。有一个摊子，专卖那种一段一段的鱼块，好大的一条鱼躺在砍得坑坑洼洼的木板上，然后根据购买者的要求，切了一块一块在卖。待早市结束以后，满街都是污水，脏兮兮的，人们不得不小心翼翼地踮着脚走路。酒香不怕巷子深，斜阳楼的傅家菜有名，可是它的门前始终一派脏乱。与斜阳楼并排，还有一爿新型的小百货店，店面十分矮小，配了一个很不和谐的大玻璃窗，透过玻璃窗，可以看见里面陈列着各式各样的商品。店铺外面的屋檐上，挂着布制的红白二色的市招，风吹雨打，早就破烂不堪。来斜阳吃饭的客人，常常站在那市招下面，敲敲玻璃窗，从店里买一包烟。

来斜阳楼的主顾，大都是平民百姓。那年头，不只是做官的会吃，菜佣酒保车夫巡警，读书的学生，教书的先生，银行的职员，做各种生意的小老板，都可能是美食的好手。只要有闲，口袋再有钱，一个个都会钻进斜阳楼大快朵颐，大饱口福。傅老先生的本意，是“昔时王谢堂前燕，飞入寻常百姓家”，世道既然已经变了，干脆与民同乐，让广大市民都得一个吃的机会，让大家都品味一下自己家传的美味佳肴。傅老先生一辈子都讲究吃，开了个馆子，大有普渡众生的意思。民以食为天，傅老先生有时候觉得自己就是天，斜阳楼的菜价是看着给的，有钱多出一些，钱少的凑乎着出个成本价，走的是价廉物美的路子，吃了不满意，还可以赖账不给钱，身上若是钱不够，也可以欠着，下回来时一起算。因此斜阳楼的生意尽管十分火爆，然而在一开始并不怎么赚钱。

傅家的几个儿子

中国的饮食世家，总能找到几个飞黄腾达做过大官的前辈，可惜这是往前数，向后看，往往就没有这么乐观。傅老先生已经是强弩之末，他老人家有四个儿子，出息都不算大，个个都会吃，一个比一个更有嘴上功夫。吃是傅家的看家本领，不会吃不配做傅家的子孙。傅家娶媳妇，有一个很特别的要求，这就是一定得会做菜，一定得有些烹饪的绝活，才能讨翁婆的喜欢。傅家家厨的手艺，也是从祖宗那里传下来的，一代一代跟着侍候一代，大家相辅相成，水涨船高，因此傅家的家厨，在下人中地位也最高，有时候俨然像半个主人。傅老先生对吃，一向自视甚高，自以为在写《随园食单》的袁枚之上，比写《记海错》的郝懿行见识更多更广。大清朝亡了，傅老先生学不了顾炎武，隐居在秦淮河畔，一边做遗老，一边继续在吃上面下功夫。他最大的乐趣，也就是尽心尽力地写一本谈吃的书。书名俗得狠，叫《傅家食谱》，内容却很不简单。

傅老先生的大儿子家骅是个很不错的书法家。他喜欢写擘窠大字，从魏碑入手，所独创的抹布字，一度成为南京市招的一绝。当时许多馆子开业，都以店门口能挂一块家骅题的市招为荣。他用的笔颇有点像今天人们用来抹地的拖把，是自制的，一截一截的破布扎在小棍上，沾了墨就写，每次都有不同的效果。作为长子，家骅的身体一直不好，他一辈子没干过什么正经事，不过是跟着父亲作遗民，除了吃上面乱下功夫，偶尔也写几首古诗寄兴。他写诗走的是宋人的路子，好说些似是而非的道理，而饮食的趣味，自家的菜之外，能入他法眼的，是清淡的粤菜。在傅家的子弟中，家骅最得傅老先生的宠爱，可惜天不与寿，死得最早，只活了三十五岁。

傅家老二家骥是北京大学的学生，和五四时代的学生领袖傅斯年同班。他是旧时代的新人，又是新时代的旧人，因为小时候和傅老先生在北京待过，那时候傅老先生正做着京官，家骥受京城风气的影响，对宫廷菜情有独钟。念大学时，别人轰轰烈烈搞学生运动，他却忙着结交没落王爷的后代，整日琢磨满汉全席。要说他也应该算是胡适的弟子，然而谈到出息，与其他师兄弟相比，就弱了许多。毕业以后，他留在大学里教书，终于成了教授，而且是名教授，但是最大的学问，也就是关于清宫的吃，他一身最重大的成就，就是在清宫菜的基础上，大量搜集宫廷菜的秘方。一九四九年，蒋委员长将清故宫的大量文物运往台湾，家骥当时正埋头撰写《满汉全席献疑》，清宫的文物对他至关重要，因此他自己也就成了文物一起去了台湾。

傅家兄弟中，真正在吃方面，能得傅老先生衣钵的是老三家骁。家骁的看家本领是不仅会吃，是第一流的行家里手，而且会烧，在亲自动手上，绝对是一位空前绝后的烹饪高手。和两位哥哥光会吃不一样，家骁天生就是一位当大师傅的材料，他身上既没有旧学问的功底，又对新学问不感任何兴趣。他从来没有好好地读过书，凑乎着把新式的中学念完了，歇在家里无所事事，便成天往厨房里钻。他从小就喜欢看家厨做菜，喜欢厨房里热火朝天的气氛，在这样的气氛中，傅家家厨的看家本领，全被他潜移默化地掌握了。他从来没有拜过家厨为师，家厨做菜的时候，他喜欢在一旁琢磨，终于有一天，家厨老丁生了病，家骁自告奋勇地越俎代庖，叫老杨让他掌勺做了一次芦姜炒鸡脯。那菜端上桌，傅老先生吃出和以往有些不一样，便夸奖家厨老杨。傅家的家宴，也分红案和白案，各有各的一套看家本事，老杨的刀功十分了得，切土豆丝，一根根细得像绿豆粉丝，只有这么细，才可能炒出清脆的效果。现在，既然负责掌勺的老丁生了病，一向负责白案的老杨，只好越俎代庖，亲自披挂上阵，三少爷家骁抢着要烧着玩，他也不拦他。

老杨不敢掠人之美，笑着说这盘芦姜炒鸡脯，其实是三少爷做的。傅老先生不相信，用筷子又尝了一口，慢嚼细咽，然后板着脸说："家骁哪有这样的本事，肯定是你在一旁把着手指点的。"

老杨说："老先生，不瞒你说，我还真没来得及插一句嘴。"

傅老先生说："家骁怎么可能烧得好这道菜，大概是瞎蒙的。"

老杨说："三少爷一招一式，蛮像回事的。"

傅老先生仍然不相信，又吃第三口，仍然细嚼慢咽地琢磨，又点头，又摇头，很认真地说，我们傅家多少年了，从来都是只出会吃的，所有的功夫都在嘴上，难道还能冒出一个大师傅来？芦姜又称嫩姜或芽姜，与嫩仔鸡的脯肉合炒，色彩协调，是一道十分讲究火功的功夫菜，同时也是时馔中的佳肴，吃了开胃舒气，心旷神怡。家骁一出手，就能炒好这道菜，真是不容易，难怪傅老先生会有疑问。老杨平日和主人说笑惯的，一本正经地说："要不人都说世道已经变了。三少爷真当了大师傅，干我们这行的，怕是都没饭吃了。老先生，你可千万别让他夺了我们的饭碗。"

这话傅老先生不是很爱听。傅家的人只是会吃，如何会夺人家的饭碗。傅老先生一生从来没有看不起厨子，因为他实在太爱吃了，然而让自己的儿子成为厨子，却是他压根没有想到的。时代虽然变了，然而君子远避厨的古理不会变，事情似乎还没糟糕到那一步。他还是有些不太相信儿子能做菜，第二天，又亲自点了几样菜让家骁做，家骁似乎存心让父亲吃惊，每一样菜都做得八九不离十，还真挑不出什么太大的毛病。这以后，家骁更是成天泡在了厨房里，很快便让傅老先生分辨不出究竟是家厨老丁的手艺，还是他的代庖。家骁喜欢当厨师，这件事一直让傅老先生若有所失，心里总是有些疙瘩解不开。傅家正在一天天的衰败，傅老先生也懒得教训儿子，富贵在天，各人有各人的命，人活着，不妨通达一些为好。

家骁和思浓的故事

傅老先生四个儿子中，只有三少爷家骁能够亲自动手做菜。君子动口不动手，仅仅凭这一条，家骁便让傅老先生恨也不是，爱也不是。家骁对于做菜，有一种特殊的悟性，这种悟性只有那些天生是好厨子的人才具备。许多好厨子都是只会做，并不精于品尝，唯有这家骁既会吃，又会做，一出手就不凡，一出手就胜人一筹。更难能可贵的，是家骁还有一位可以和他相得益彰的太太。在傅家的媳妇中，能做菜是入选的必要条件之一，因此做媳妇的做一手让公公和丈夫叫绝的好菜，也不算稀罕，这位作思浓的三媳妇，不只是人长得漂亮，是做菜的好手，还有一个和其他媳妇截然不同的家庭出身。

思浓出身于厨行世家，现在的人对厨行，已经没什么了解，可是在民国时期，却是无人不知，世人皆晓。南京的厨行业，曾经十分红火，轰轰烈烈。所谓厨行，也就是一种应邀上门的服务，遇到红白大事，自带着炊具和伙计，到人家家里去办酒席。这种服务形式经济实惠，当时曾深受南京老百姓的欢迎，因为这就等于把馆子办到了自己家里。不要小看了厨行，当年有名气的厨行，都得提前许多天预订才行。家骁的媳妇思浓姓汤，是水西门外汤厨行的独生女儿。通常的厨行业，也是代代相传，都有一套吃了让人难忘的好手艺。在南京的多家厨行里，汤厨行可以算是此业的巨擘，老南京提起时，无不夸口称赞，都记得汤厨行的鸭肴和时令菜。真正好吃的东西，永远应该是在民间。民间才是出真正美食家的摇篮。说起汤厨行，不得不提起东关头一带著名的田厨行，这是思浓的外祖家。田厨行的独家拿手好菜是红烧肘子，外人永远捉摸不透，为什么这一款极普通的家常菜，经过田厨行老板的烹制，味道便完全不一样。

国民政府定都南京以后，斜阳楼的生意越来越火，熟悉内幕的人都知道，生意火爆的重要原因，是因为家骁和思浓这对年轻的夫妇参与了经营。思浓是两个厨行世家联姻的产物，得天独厚，和她所嫁的那位丈夫家骁一样，对烹饪艺术有着特殊的领悟。按照她的出身，在过去只能是嫁给傅家的厨子，然而毕竟已经到了民国时期，平权平等民主等等口号，正在逐渐深入人心，傅家的门第虽然高贵，说白了也是个破落户，都到了不得不靠馆子维持的地步，顾不上那么多穷讲究。家骁和思浓共同进入厨房，意味着封建士大夫的贵族趣味，和平民老百姓的民间趣味，非常有机地结合在了一起。大家似乎都知道，不仅是傅家的家厨老丁善于烹饪，就连傅家的三少爷和三媳妇，也各有一套拿手的绝活。老顾客常常自说自话地要点老丁豆腐，点三少爷的松菌拌肚和鲤鱼尾羹，点三媳妇的醉鸭舌和白鲞樱桃肉。家骁结婚不久，很快便成为斜阳楼的实际掌柜，里里外外大小经济，都是他一把抓。当初傅老先生开个馆子，还是英雄落难秦琼卖马，多少有些迫于生计问题，到了家骁手里，斜阳楼已是他大显身手的地方，在这里，他如鱼得水，如手握重兵的大将军，运筹帷幄调兵遣将，把斜阳楼的经营，大大地向前推进了一步。

来斜阳楼的大都是回头客，这些老主顾记忆最深的，是民国二十五年，也就是一九三六年的春天，傅老先生病故之后，斜阳楼以祭老先生为由，大肆操办的“五七”。傅老先生是斜阳楼的创始人，而傅家菜这块牌子，也是傅老先生率先打出来的，大家都知道他老人家爱吃，会吃，是著名的饕餮之徒，平时来往的新朋老友，都是第一流的馋嘴食客。傅老先生过世，对于当时美食界的高手来说，不能不说是一件大事，所谓物伤其类，兔死狐悲。于是英雄惜英雄，纷纷上门致祭，送幛子的送幛子，送挽联的送挽联，好不热闹。家骁夫妇为了答谢诸位的深情厚谊，在父亲下葬的那天，煞费心思地办了一桌，宴请几位顶尖的美食高手。这一顿也就是民间的所谓“豆腐饭”，出殡回来，免不了要吃一顿，因为是特别用了心的，每个菜都非同一般，极显英雄本色，结果这顿饭吃得大家叹为观止，回味无穷，提到了就流口水，提到了就不甘心，尤其是那些没吃着的馋嘴。一传十，十传百，到做“五七”的前夕，一群美食高手私下开了个会，公推了两位代表，一本正经登门求见家骁，希望借“五七”之祭，轰轰烈烈办一桌，傅老先生生前爱吃，吃了一辈子，死了以后岂能寂寞，说什么也得做些好吃的祭奠他老人家。

这样的要求戳穿不得，人们祭奠死者，实际上都是为了活人，不过是为吃巧立名目罢了。前来说项的老饕，开门见山，当场不由分说就付了订金，让家骁按一百八十元一桌的规格准备，根据当时物价，一石米才八块钱，一百八十元一桌的菜肴，是何等了得。那时候，位于新街口中山北路的“瘦西湖酒家”，五元钱就可以吃一桌四冷盘四热炒五大件的宴席，其中特地注明必有该店著名的“三竺鱼翅”和“元焖白鱼”，临了还赠送“瘦西湖锅面”。一下子就付清一百八十元订金，其实是向斜阳楼下了一份挑战书，是为家骁出了一个难题，是试试他究竟有没有这个能耐。既然都是精通吃的美食高手，值不值一百八十元，蒙谁也蒙不了，傅家菜以家常菜闻名，家常菜能不能办成豪宴，这就得看家骁夫妇的本事了。

到了那天，各路高手陆续聚齐，都是些名士雅人，来者不善，善者不来。一方面是有备而来，另一方面自然不敢有丝毫马虎。傅老先生已经魂归道山，他所代表的那种饮食文化，也已经走向末途。一套全新的经营方略，正在家骁的脑海中形成。这次碰撞实际上是家骁准备大肆改革的开始，他将一改傅老先生那种明式老店童叟无欺的传统，决定以高档贵族化为策略，迅速扩大经营规模。具体的改革方案就是，既保持傅家菜原有的既定风格，同时又大胆创新，引进不同菜系的制作工艺，使斜阳楼在很快的时期内，更上一层楼。诸位高手终于入桌，因为这顿饭还有祭奠傅老先生的意思，先得搞一个简单的仪式，如果是长辈，对着红烛香炉，鞠个躬算完事，如果辈分低了，便不得不跟在家骁后面一起磕头。

待一切俗套完成以后，桌上的供品拆下，开始重上冷盘，因为是在做“五七”，无论冷盘热炒，还是大件，一略是单数。家骁这次准备的菜单，是七冷盘，三大件，九热炒，数量并不多，但是每一样都做了精心的准备，每道菜都想了出奇制胜的招。譬如一道“白扒熊掌”，仅仅是发干熊掌，就花了家厨老杨两天的时间。熊掌的名贵，很重要的一点就在于烹制前的泡发，得先将还带着毛的熊掌，放在八成熟的热淘米水中，浸泡十个小时，这十个小时中，水温必须保持一致，不能过高，也不能太低，要不断地添加热水才行，待泡软了，捞出来，在温水中洗净，放入砂锅中用急火烧沸，一定要急火，这以后，移之微火上焐四个小时，再取出褪毛。之后，仍然放进已经煮沸的砂锅里烫一烫，移至微火继续焐，过一小时，再捞出来，放钵内用沸水继续泡发，每隔三四小时，就换一次水，反复数次，至膨胀发透，小心地剔去爪趾，剔尽掌骨，换上清水浸泡。如此精心加工过的熊掌，看上去很整齐，虽然已经去了骨头，可是仍然是形散神不散，保持着原有的姿态，然后再经过进一步的加工，在鸡汤中像涮羊肉似的，略氽一下，捞出来装盘，加各式佐料，上蒸笼一小时。这道白扒熊掌入口即化，肥而不腻，香酥可口，不知不觉中，吃了还想吃，等调羹再伸出去时，那熊掌已经被瓜分一空。

这顿饭给了家骁一次绝好的扬名机会。它实际上成为斜阳楼历史上一次著名的会战，无论是家厨老丁和老杨，还是家骁夫妇，都全力以赴，都施展了自己的绝招。这是一帮喜欢迎接挑战的人，他们希望有这样的机会，让别人充分地欣赏自己。家骁是会战一方的指挥员，他深思熟虑指挥若定，精心制订了一整套获胜的方案。俗话说，知己知彼，方能百战百胜，家骁使用的出奇制敌的第一招，就是让所有的菜肴都陌生化。考虑到前来赴宴的诸位高手，都是斜阳楼的常客，对傅家菜中几个擅长的菜，已经到了了如指掌的地步，如果驾轻车就熟路地配制菜单，仍然以老面孔迎敌，不管安排得如何精细，都很难让这些老饕们感到震惊，不震惊就谈不上打动，不震惊就必然无动于衷。只有棋高一招，才能让对方晕头转向，只有出其不意，才能让对方口服心服。家骁的菜单果然让美食高手们有些摸不着头脑，面对他们的是一个全新的局面，这是一个他们所不熟悉的傅家菜，既是，又不完全是，以往的丰富经验，突然之间已经不起作用，他们想不到斜阳楼还有这么多奇妙的菜肴，竟然没有品尝过。他们突然意识到傅家菜原来如此博大精深。

老饕们全然没有想到这次宴会的成功，起着决定作用的是创新。创新不但成了折服处于品尝地位的诸位食客的撒手锏，也成了推动处于制作一方全心想做好的动力。这是一次具有豪华风格的宴会，无论是清炒鱼唇，还是鸡皮马肚盘，还是小炒羊肉，都勾起了人们对以往奢侈生活的美好回忆。有时候，越是新，越容易让人们想到旧。正是傅家菜这次大胆的创新，让老饕们想起了昔日的繁华，甚至想起了也许根本就不存在的旧。不是美食世家，如何能烹饪出如此美轮美奂的佳肴，后之视今，犹今之视昔，诗意的怀旧使得宴会变得优美起来，大家慢嚼细咽，品尝着已经剔除了刺的刀鱼。刀鱼在当时还并不是什么珍贵的菜肴，然而思浓硬是有这个能耐，将极细的鱼刺一根根剔去，又保持着形状的完整，难怪一下子就把见多识广的食客镇住了。

这桌宴席是对已经逝去的傅老先生的最好纪念。这是一次让人们回味无穷的盛宴，多少年过去了，人们还将津津乐道地重提此事。斜阳楼又一次名声大振，生意和以往相比更加红火。有些事越说越神，越说越玄乎，七嘴八舌地免费为傅家菜做着广告。家骁果断地抓住了这次极好的机遇，买下了周边濒临破产的门面房，翻修一新，进一步地扩大了斜阳楼的经营规模。斜阳楼的营业面积增加了一倍，服务员小姐的数量也翻了两番。原有的家厨老丁和老杨年纪已大了，忙不过来，家骁便为他们找徒弟，由于很多技艺是秘不传人，要传也只传儿子，因此家骁打算在适当的时候，办一个普及性的烹调学校。对于进一步的发展，家骁有着一系列宏伟的设想，在傅老先生死了一年以后，也就是一九三七年，斜阳楼得到了前所未有的大发展。报纸上天天登着斜阳楼的广告，斜阳楼天天人满为患，名人雅士在报纸上写文章，动不动就提到斜阳楼。上斜阳楼已经成为人们大饱口福的代名词。

这一年是民国的盛世，正逢国民政府定都南京十周年，城市的规模正在一天天地扩大，人们醉生梦死，有的吃赶紧吃，根本就没想到日本人会来。然而日本人还是来了，到了这一年的十二月，日本兵将南京围了个水泄不通，先是轰炮攻城，遭到了国军的顽强抵抗，那炮猛烈地轰着，飞机也跟着起哄，没完没了地扔炸弹，闹得人觉也睡不安生，吓得全往难民区跑。血战的好几天，日本兵终于杀了进来，而且杀红了眼，乱杀一气，还趁机糟蹋了很多女人。这就是震惊中外的南京大屠杀。史料记载，这次浩劫中，共有三十万人遇难。五十年以后，台湾来的女记者采访南京市民，询问民间记忆中印象最深的事情，女记者的本义，是想考察一下南京市民对昔日国民政府是否留恋，然而得到的回答，却还是日本人杀进南京时，留下的那种恐怖和惊慌。

轮到家骀正式出场

傅老先生还有个最小的儿子，叫家骀。四个儿子中，在吃方面，家骀显然最无品味，最让他老人家生前看不起。熟悉斜阳楼掌故的人，都知道傅家的老四家骀，和斜阳楼的女主人，也就是他的三嫂思浓，有不清不楚的瓜葛，对于美食界的饕餮之徒来说，这是一个公开的秘密，是一个茶余饭后，忍不住要谈的话题。饮食男女，先是饮食，吃完了，话题自然就会转移到了男女身上。虽然在战火中，斜阳楼差不多被烧毁了一大半，然而在汪伪时期，重新修过的斜阳楼，很快就再次红火起来。和沦陷前一样，斜阳楼在极短的时间里，又成为汪伪官员雅聚的场所。许多人本来就是熟客，抗战前在这大唱抗日的高调，日本人真的来了，豪言壮语没有了，于是变了个调门，又在这大谈和平。

和平的最好象征就是吃。那夫子庙很快从战火中复苏，原来有的玩意，一个接着一个恢复，房子烧了可以重新盖，这一盖，无非又是酒楼，又是茶馆，当然还有半公开的烟馆妓院和赌场。民以食为先，就算是亡了国，人还是人，总不能不吃饭，总不能不找地方聊天，总不能就此便忘了继续堕落。傅老先生已经走了，傅家总得靠什么东西维持，祖上留下来的，在老先生手上早败得差不多了，自从有了民国，傅家的世家名份，已经名存实亡，傅老先生这一去，原来的那点斯文，仿佛一本书上装潢门面的前言，翻过去就翻过去了，想继续维持，最简便的办法，也只能是让斜阳楼赶快开业。开了业，便有钱赚，有了钱，才能一切都好办。当然，既然是开了业，就得什么人来了都必须接待，斜阳楼名气大，要接待就都是人物。汪伪时期的显赫人物，不会是什么好人物，都是有名的大汉奸，不仅自己来，而且还常常把日本人带来请客。

据说汪精卫当年对马祥兴的“美人肝”、斜阳楼的“枸杞鱼丝”情有独钟，常常在深更半夜以荣宝斋小笺，自书“汪公馆点菜，军警一律放行”的便条，派小汽车去买了回来大快朵颐。斜阳楼是亡党亡国的一道风景线，商女不知亡国恨，隔江犹唱后庭花。生意一日比一日火爆，门前天天都停放着权贵的黑颜色小汽车，穿着便衣的保镖走来走去，汪伪政权的要员差不多全都光顾过斜阳楼，个别嘴馋的干脆成了常客，隔三差五地就去撮一顿。各地的名流来南京活动，要请客，动不动也是上斜阳楼品尝傅家菜。今日酒今日醉，斜阳楼成了夫子庙一带最有号召力的馆子，傅家菜成了品味的象征，而且提起来来头大，提起来都是权势显赫的大人物，吓得一般地痞流氓，轻易都不敢去捣乱。

抗战胜利以后，傅家老三家骁以汉奸罪被逮，下了大狱。他的胆子小，狱里的伙食又极差，不多久染上了传染病，保外就医，刚跟医生见了一面，便一命呜呼。很多事情没来得及弄清楚，糊里糊涂花了些钱，事情就结束了。说家骁是汉奸，家骁就是汉奸，斜阳楼因此一蹶不振，凑乎着继续开，生意陡然就不行了。这时候的南京人，突然都爱起国来，一个个十分痛恨不知亡国之耻的斜阳楼，好像再来用餐，就有了汉奸的嫌疑。大家的口味说变就变，最流行的菜肴，不是口味纯粹的京苏大菜，而是带有辣味的川菜，要吃就吃麻辣豆腐，要吃就吃宫保肉丁，要吃就吃重庆火锅。南京人本来并不吃辣，然而国民政府是从重庆还都的，八年抗战，很多官员在内地当义民，别的本事没学会，就是吃东西不怕辣。转眼之间，南京的川菜风起云涌，人人以能够吃辣为光荣，以不怕辣为时髦，因为吃辣就意味着是从内地回来的，吃辣就意味着回忆自己参与抗战的光荣历史，吃辣就意味着向还都南京的国民政府表示忠心。

家骁入狱，迫使思浓从后台走向前台，成了里里外外不得不亲自过问的老板娘。掌勺的还是昔日的家厨老丁，然而生意出奇的清淡，斜阳楼竟然到了门可罗雀的地步。思浓对于经营一窍不通，凡事都得依靠家厨老杨出主意，那老杨也是个不懂得经营的人，家骁下了狱，成天和老丁过不去，老丁脾气倔，眼见着三少奶奶什么事，都听老杨的，便提出辞职不干，要告老还乡。老丁这一去，斜阳楼雪上添霜，更加不景气。偏偏思浓又是个不安于室的女人，丈夫家骁下了大狱，不急着重新振兴斜阳楼，竟然耐不住寂寞，情不自禁地勾引起老杨的儿子伯元，想勾引却勾引不上，于是又转向勾引小叔子家驹。是伯元成全了家驹，如果伯元束手就擒，家驹和思浓的故事便不会展开。

家驹完全是因为嘴馋，才和嫂子有了瓜葛。毕竟不是什么光彩的事，他爹要是还活着，非气死不可。很多人都想不明白，这两人怎么就偷偷勾搭上了，思浓已经和家骁生了两个儿子，和家驹有了勾搭不久，就发现自己又一次怀了孕。这时候，家驹还没有和妻子张丽华离婚，嫂子的肚子大了，他怕事，死也不认账，思浓拿他没办法，只好往老丁的儿子伯元身上栽赃。反正伯元此时已经去了苏北解放区，不可能跑回来辩白，活该他倒霉。傅家到了如今这地步，也没什么名声可讲，家骁是汉奸，这是失节，他的媳妇偷小叔子，这是失贞，坏事都让他们夫妻沾了。好在思浓在男女问题上，又是出奇的不在乎，堂堂正正地把私孩子养了下来，取了个名字叫傅薇薇。多少年以后，老丁的儿子混出了一些出息，在区商业局当科长，一搞运动，有人就揪住了这件事不放。他跳进黄河也洗不清，黄泥巴掉到了裤裆里，不是屎也屎，跟谁急都没用，跟谁辩也辩不清。有一天，一气之下跑去找思浓，指着她的鼻子破口大骂。

思浓说：“我是冤枉你了，是我不对，你骂也骂过了，还想怎么样?”

伯元想想也对，骂都骂过了，还能怎么样，气鼓鼓地说：“你真是个不要脸的骚货!”

思浓心平气和地说：“我要不要脸，骚不骚，现在也轮不到你来说。当年我是对你有过意思，可那是当年，到现在，你就是跪下来求我，我也不会理你的。”

伯元气得想跳起来扇她的耳光，然而他毕竟是国家干部，动得了口，动不了这个手。他找不到别的更好的词汇羞辱她，只好说：“你这样不要脸的女人，就配傅家骀那种没出息的鸟男人。你想想，连自己嫂子都敢睡的男人，是他妈什么样的男人。”思浓破罐子破摔，对他原有的那点情意此时已不复存在，咬牙切齿地说：“世界上只分长鸟的男人，和不长鸟的男人。”说完，忍不住要笑出来，不明白自己今天说起话来，如何变得这么下作。伯元一向是个彬彬有礼的人，思浓当年所以能够看上他，也就是看中他身上有些读书人的斯文。想当年，思浓初嫁到傅家来的时候，伯元还在中学里念书，长年穿着一件蓝布长衫，小心翼翼地坐在厨房的角落里吃饭，她总是情不自禁地要给他送点菜去。

伯元是丁家的第一代读书人，他们家给傅家做家厨，已经传了好几代。傅老先生在世时，常常和家厨老丁开玩笑，说你那宝贝儿子也成了读书人，是人都成了读书人，我们傅家以后怕是再也找不到厨子了。事实上，伯元读书的成绩一直不太好，凑乎着读着，只想熬到中学能毕业，可以找一份体面的工作。后来果然在公路局找到一个差事，虽然是跑跑腿，好歹是吃公家饭的人。思浓对伯元无端地有些喜欢，也许是觉得他有志向，早在家骁健在时，就对他眉目传情，家骁下了大狱，思浓胆子更大了，言语举止都有些放肆，结果是姐有意，而郎无心，活生生地把伯元吓得不轻。女人有时候太主动了，反而让男人不知所措。伯元放弃了公路局的差事，匆匆和老父揖别，毅然去了苏北。

家骀和思浓的故事开始

出生于美食世家的家骀，自小就因为自己不会吃，一直感到自卑。美味佳肴对于他这种人来说，从来都是一种浪费。傅老先生常说他是饿死鬼投胎，谈起什么人不懂得吃的真谛，动不动就拿他作为例子。和傅家食不厌精、脍不厌细的传统相比较，家骀简直就是个粗坯俗物，他丝毫也不像饮食世家的公子，除了一个消化过于良好的胃之外，他对于饮食之道的了解，整个就是一个地道的白痴。人长得瘦，是俗话说的薄皮棺材，看上去体积不大，却有着惊人的容量，无论有多少东西，好好坏坏都能咽下去，都能装得下。他不只是能吃，而且馋得不像话，馋得失去理智，脑子里成天想的就是吃，从外面放学回来，肯定要做的第一件事，就是直奔厨房，见什么吃什么，捞到什么半生不熟的东西都往嘴里塞。傅家上上下下，一提起家骀的馋相，就忍不住要笑。

家骀的馋可以用骇人听闻来形容，据说还是在娘胎里，就显露出饿死鬼的峥嵘。傅老先生发现自己的太太，在怀家骀期间，差不多日日半夜里要爬起来找东西吃。她只要稍稍感到有些饿，肚子里的胎儿便拳打脚踢不老实。甚至是在生家骀的时候，阵痛已经开始了，羊水已经破了，家骀的娘仍然斜靠在床沿上，狼吞虎咽地吃了一大海碗面条。离开了母体的家骀，只有在嘴上叼着奶头的情况下，才能停止让大家都感到不安宁的啼哭声。一个人的母奶不够他吃，找了一个高大结实的大胖子奶妈，两个大奶子足足有常人的三四个大，鼓鼓囊囊地裸露着，家骀成天捧着吮，就像捧着两只活蹦鲜跳的大白兔。

关于家骀的能吃，有许多让人哭笑不得的笑话。从三岁时，家骀每天都要拉一痰盂的屎，这足以说明他惊人的消化能力。他总是在吃正餐前，已经偷偷地在厨房里胡乱捞了些东西垫过底，谁都知道他是个无底洞，非得用大鱼大肉塞饱了才得安生。傅家的用餐，每次都带些玩赏的味道，吃不仅仅是吃，吃是一次切磋武艺的机会，是家庭情趣的一部分。晚年的傅老先生，已经没什么好胃口，美味佳肴对于他老人家来说，主要是一种精神上的享受。他喜欢那种一桌子热气腾腾好菜的感觉，虽然已经吃不了多少，但是有那么一桌子的好菜，堆在桌上，能让他回忆起过去的美好时光。世事浮沉，人间沧桑，傅家不管怎么败落，傅老先生在吃的方面，始终不肯马虎。吃是傅家维护昔日尊严的重要象征，是回首辉煌往事的一扇窗户。人生再也没有什么能比吃更重要的事情，诗书传家久，忠厚继世长，作为满清遗老的傅老先生，能留给几个儿子的，无非是在吃方面的精益求精。世界上怕就怕认真二字，吃首先要讲究的，也就是认真罢了。在傅家的后代中，没有一个儿子像家骀这样让傅老先生失望过，因为家骀全身心投入的，只是吃本身，对食物来者不拒，就知道多多益善，傅老先生看到他的吃相就生气。

食物在家骀的嘴里总是匆匆而过，仿佛世界已经到了末日，任何东西只要一转眼，便穷凶极恶地咽到了肚子里。贪吃是家骀一生中最大的弱点，注定了他的一生都要受到这可恶的贪字的制约。正是因为贪吃，他很轻易地落入了三嫂思浓的圈套，也正是因为贪吃，尽管他从来就没有真正地爱过思浓，然而始终断不了和她的往来。从理论上来说，贪吃既是美食大师的初级阶段，是人类能够享受美食的原动力，是上升为饕餮之徒的基本功，同时，又是家骀和思浓一生中所有恩恩怨怨的起跑线，又是因，而且又还是果。思浓是在对伯元失恋的情况下，对比她小五岁的家骀，贸然发动了爱情的攻势。这是一场荒唐的战争，在一开始，心里感到十分窝火的思浓，很有一些破釜沉舟的意思。她有一大堆不得不豁出去的理由。不顺心的事情，一桩接着一桩，已经下狱的家骁生死未卜，她莫名其妙地成了汉奸家属，自己厚着脸皮，放下架子，去勾引家厨的儿子，白白地送上门倒贴，而人家却又不肯要。一个女人在短暂一生中，能遇上的倒霉事，偏偏在很短的时间里，都让她一个人遇上了。

在那个特定的日子里，思浓最强烈的愿望，就是尽快找个恰当的机会来堕落自己。情欲像炎症一样在体内发展运动，仿佛沉寂的火山随时都会喷发，世界已经到了末日，似乎只有堕落和放纵，才能让她心里能感到好受一些，才能感到踏实一些。明知道这样对不起自己的丈夫，明知道这样会遭到全世界的指责，明知道这样未必解决问题，可是她实在找不到别的更好的办法，来排遣自己内心深处巨大的寂寞。既然她没有办法伤害别人，为什么不想个办法伤害一下自己。伯元让思浓痛恨世上所有的男人，同时，又让她向往和渴望世上任何一位男人。因为失去，所以更想得到。显然有什么地方出了差错，寂寞像黄梅天的毛毛雨，伴随着潮湿阴暗的雨季，淅淅沥沥下个没完。寂寞是漫漫没有尽头的长夜，而黎明就是一个实实在在的男人。对男人的思念，几乎让思浓失去控制。事实上，思浓迫不及待选中了家骀，只是不想让自己情不自禁地闹出更大的洋相。那是一段鬼迷心窍的日子，她力图使自己做出十分贞洁的样子，在白天，她保持着一本正经，尽量少看几眼男人，坚决不和男人搭腔，即使是和年老的家厨老杨也不说话，可是一旦到了夜里，睡在空荡荡的大床上发怔的时候，便忍不住胡思乱想，她脑海里都是男女交媾的图像，在夜色的掩护下，男人已经变成一个抽象物体，而她自己也成了人皆可夫的婊子。要是女人能像男人那样去妓院解决问题就好了，思浓被自己竟然会产生那么多的下流想象，吓得惊慌失措。她很担心自己会失控冲上大街，稀里糊涂地就拉个男人回来。

思浓和家骀的故事，从厨房里正式拉开了序幕。由于贪吃的家骀，有在半夜里悄悄溜进厨房偷吃夜宵的毛病，思浓像猎人守候猎物一样，精心地设置了她的圈套。对于思浓来说，这是一个不得已的选择。肥水不流外人田，胳膊应该往里拐，既然她决定不要脸地出卖自己，那就不妨让小叔子家验捡个便宜。思浓还算不上一个很有心计的人，她用心险恶地准备了一桌菜，静静守候在厨房里，忐忑不安地等待家验的到来。夜深人静的时候，家验若无其事地走了进来，毫无戒心坐下来，和思浓一起喝酒。在一开始，家验只是奇怪，不明白为什么会有一桌现成的好菜等着自己，尽管在傅家人的眼睛里，家验对于美味佳肴毫无品味，根本算不上是一个会吃的主，然而毕竟是在美食之家熏陶出来的，没吃过猪肉，起码天天看见过猪跑，听见过猪叫，他好歹能感觉出这一桌的佳肴，意义非同寻常。因为哥哥入狱，因为斜阳楼生意的不景气，家验已经有很长时期，没有大快朵颐地痛吃一顿，现在这机会终于来了，他贪吃的本性彻底暴露出来，也顾不上吃了之后，会有什么样的后果。

只顾埋头痛吃的家验，在一开始，似乎并没在意思浓前前后后都对他说了些什么。在男女问题上，家验总是显得有那么一些迟钝，他知道嫂子的话有些出格，不应该如此露骨地挑逗他，但是仍然没有太往心上去。也许是故意不往心上去，因为他毕竟不是傻子。春是花博士，酒是色媒人，到处都洋溢着不安分的气氛，老实说，此时此情此景，孤男寡女就是想不出事，也得出事。在一开始，问题还不算太大，但是随着时间的发展，意想不到或者说预料中的事，终于发生了。这是初夏的一个夜晚，明月高悬，月光如洗，一种不知名的小虫子在窗前唱歌，两个人之间的话，越说越不像话，越来越露骨，思浓突然急不可耐地站了起来，把吃剩的菜肴用力捋向一边，然后开始一件件地脱衣服，这样的季节里，脱衣服实在不是什么难事，她索性脱得赤条条的，一丝不挂地走到家验这边，抬腿坐在了他面前的桌子上，笑着看他，紧接着仰身躺了下去。家验目瞪口呆，到了这节骨眼上，气都喘不过来，喉咙口那里仿佛有什么东西堵着，想逃，没有勇气，脚底下就好像生了根，不逃，老是这么面对着眼前一览无余的风景，面对着这充满弹性的两条大腿，面对着这黑黢黢的阴毛白晃晃的肚皮，也还真不是件事情。

思浓抬腿踢了踢家验，说："这是我为你准备的最后一道菜。"

思浓又说："你还怔着干什么？"

家验和思浓故事的发展

家骁在狱里得了传染病，保外就医，没几天便一命呜呼。这件事对家验和思浓打击很大，因为他们都觉得家骁的死，和他们两人的不轨行为有关。吾不杀伯仁，伯仁因我而死，这似乎是上苍对他们通奸的惩罚。巨大的恐惧威胁着两个心怀鬼胎的人，在很长的一段时间内，他们不敢单独相对，尽力躲避着对方，就算是在家里遇上，也像路人一样陌生，连正眼看一下都不敢。斜阳楼的局面眼见着没法支撑下去，家厨老丁已告老还乡，老杨大权独揽，由于生意实在清淡，入不敷出，动不动就要和思浓撂挑子。老杨本来就不是个善于经营的人，过去因为要和老丁争风吃醋，有个竞争的对立面放在那里，显得好像还有几分能干，现在凡事真让他做主，反而什么主意也没有。终于有做餐馆生意的精明人，看中了斜阳楼有过的业绩，家骁刚咽气，便出钱将斜阳楼盘了过去，依然是打傅家菜的招牌，然而却是改良过的，将店堂草草装潢了一下，重新开张，新添了最流行的重庆火锅，并且隆重推出“轰炸东京”。“轰炸东京”就是三鲜锅巴，抗战期间，这道菜在陪都重庆十分流行，汤汁往刚炸过的锅巴上一倒，“嚓”的一声巨响，就等于是炸弹落在了敌国首都的头上，所谓心理战胜法之一，事实上，大家心里都明白，当时整天被轰炸的并不是东京，而恰恰是重庆自己。

在替家骁做五七的那天，从一大清早，人们就听见思浓歇斯底里的痛哭。大家都以为她是伤心过度，没人想到她是在为已经怀孕四个月的女儿担心。由于斜阳楼已经盘了出去，傅家的经济来源，主要是靠出租的房钱维持。家骀和家骁兄弟之间，没有正式分过家，然而自从家骁下狱，两家实际上已经分开来过。那天祭奠完了家骁，眼睛已经哭肿的思浓，哽咽着喊住了弟媳张丽华，说有些话要对家骀交代。张丽华说：“嫂子有什么话，直管和他说，用不着和我打招呼的。”家骀立刻心头乱跳，若无其事地看着思浓，就怕自己的媳妇张丽华看出什么破绽来。张丽华毫无察觉地去了，思浓看看周围，苦笑着说：“家骀，我没办法做人了？”

家骀不吭声，凡是遇到为难的事，他的绝招就是不吭声。他看着思浓又红又肿的眼睛，以为她说的没法做人，只是指四个月前，发生在厨房的那一幕。思浓说：“我不怨你，可是坏事做不得，做了就休想瞒住人，这肚子里，偏偏已经有了，瞒不了人的，你说怎么办？”家骀一怔，心口擂鼓似的跳着，似乎还有些不明白。思浓用手轻轻地按着肚子，怕吓着家骀，故作轻描淡写地说：“这也是抵赖不了的账，真的，你说怎么办才好呢?”家验如雷击顶，终于明白思浓的意思，吓得掉头就跑，思浓追在后面大声喊着，他只当作没听见，没一会便没了踪影。思浓没想到他会吓成这样，伤心地想哭，转念又想，都到了这时候，哭又有什么用。

到晚上，家验越想越怕，吞吞吐吐地向媳妇张丽华坦白。张丽华属于那种四十年代的女中学生，读书时，眼光特别的高，就想着日后能成为阔太太。可惜人长得不漂亮，家里又没钱继续供她上大学，嫁当官的没戏，便自作主张地选择了家验。家验好歹是个大学生，家境似乎也还说得过去，她嫁给家验的目的，是指望傅家能供她上大学，然而她的水平，真的要想去考，又考不上，不考，就得花很多很多钱，傅家已经让家验念了大学，有钱也不愿意用在一个媳妇身上，因此张丽华的理想没有实现，总觉得傅家欠她一笔人情。事实上，她既不是读书的料子，也不适合做太太，既不是新女性，又旧得不够彻底。当家验向她坦白自己和思浓的关系时，她产生的第一个念头，就是思浓想往他身上栽赃，因为她不相信自己男人还被别人看上。

张丽华说：“也不撒泡尿照照自己，你嫂子凭什么会看中你！你倒是说说清楚，那天晚上，你们是真干了，还是只做做样子?”

家验不知道什么叫做做样子，想自己反正已经坦白，干脆把什么都如实说出来，争取宽大处理。他红着脸说自己心慌意乱，刚刚冒冒失失冲进去，就慌不择路地跑了出来，因此也闹不明白这算不算真干。仅仅是看脸色凭直觉，家验觉得自己这么说，罪名要稍稍轻一些，说了，又立刻后悔还不如说没进去，反正是抵赖，干脆彻底一点。思浓已经怀孕，这是抵赖不了的事实，他倒没有往别人身上去想。然而张丽华就像是审问旁人的事情一样仔细，一定要问清楚闹明白，究竟是怎么刚进去，就出来了，是枪，还是枪里的子弹。家验支支吾吾说，自己突然觉得不妥，真枪真刀刚接上火，想到了狱里的哥哥，想到了家中的老婆，就半路撤了兵，把枪拔了出来，然后是想憋住，偏偏又憋不住，那子弹就走了火，胡乱射了出去，于是就这么稀里糊涂地犯了错误。

张丽华自己结婚已经快五年，仍然没有怀孕，但是对别人的如何受孕，似乎很有研究，立刻认定刚接触就出现问题，这本身就是一个问题。她向来不把自己的丈夫放在眼里，吃准了思浓和别人有了私孩子，躲不过了，才硬拉自己丈夫出来抵挡。是可忍，孰不可忍，张丽华和这位能干的嫂子之间，本来就面和心不和，这一来，便成了不共戴天的仇人。家验多一事不如少一事，有了老婆的支持，索性死不认账，继续躲着不和思浓见面。那思浓倒是替家验着想，既然他不想认，便保护他，把罪过推到了伯元身上，其实她不推也没关系，反正也不会有人当面来责问她，这种事从来就是自己若不怕，别人也奈何不得。张丽华到处散布思浓的坏话，人前背后控诉着她的种种不是，过了五个多月，那私孩子生下来了，一看那相貌，和家验仿佛是一个模子刻下来的。小孩像叔叔本来不奇怪，由于张丽华事先做了许多铺垫，说了思浓不知道多少不是，事实胜于雄辩，大家看着那私孩子的相貌就暗笑。

张丽华因此不仅恨思浓，也更恨自己的男人家验，恨他对自己说了谎话，恨他竟然编了故事蒙她。她和家验不曾生过孩子，家验既然能和别人生孩子，说明不能生孩子的过错，显然都在她一个人身上。

女人不能生孩子，就好像母鸡不能下蛋，那家骀虽然不是儿女心很重的男人，但是张丽华毕竟不是他肚子里的蛔虫，并不太明白他的心思。由于还在一条街上住着，张丽华和思浓抬头不见低头见，见着了，心里便窜火，到晚上睡觉便要和家骀寻不愉快。家骀想和她办事，她虎着脸说，“我可不是你嫂子，你干吗不去找她？”家骀真是十天半月不碰她，她又疑心家骀是真的去找了思浓，胡搅蛮缠还是闹。家骀被她闹得头昏脑涨，气急了便说：“你再闹，我真的就去找。”他这么说，当然只是吓唬吓唬她，然而她却当了真，转身便去找思浓吵架，堵着大门大骂。

在以后的几年里，家骀没有和思浓说过一句话。见面时，像正赌气的小孩子，大家都虎着脸。家骀知道思浓恨自己，一定已经恨到了骨子里，然而恨就恨吧，他反正也不在乎。有时候，他也想到厨房里曾经发生过的那一幕，想到那十分丰盛的一桌菜，想到思浓赤条条地躺在餐桌上的模样，然而想了也就想了，也没什么激动。他在大学里学的是经济，学了就跟没学一样，毕业了以后找不到什么称心的职业，只好去中学里教书，教英文。日本人在的时候，英文不吃香，他便学着大哥的样，用抹布写大字。他大哥的字，还是把布条绑在小棍子上当笔用，他倒好，小棍子也省了，直接用手抓着一团抹布，沾上墨，一挥而就，写完了，由于字大，可以照着原尺寸制匾。他的字不像大哥那样有文人气，先还是力图像魏碑，后来又学伊秉绶，写着写着，便由着性子独创了一体，竟然也有了些小名气。南京这地方，从来不缺乏擅长书法的人，会写字的书法家看不上他的野狐禅，但是商家却十分喜欢，因为那字有霸气，挂在那醒目，大老远地就能看见，而且花费不多，管顿饭就行。家骀替人写字的目的，只是为了蹭饭，既然斜阳楼已经没什么让他可以吃，他便靠写招牌吃四方。

家骀从来没想到有一天也会懂吃，自小他就知道自己是饿死鬼投胎，只是能吃和贪吃，没想到所熟悉的那些会吃的饕餮之徒，一个个死的死，亡的亡，结果他这个不会吃的人，渐渐地却在吃坛上成了名，成为一代高人。山上无老虎，猴子称大王，世无英雄，遂让竖子成名，家骀是吃傅家菜长大的，斜阳楼盘给了别人，自家的特色菜吃不到了，退求其次，反而成全他有机会品尝到别的馆子的菜肴。一九四九年前，正是中国经济最不景气之际，蒋家王朝行将覆灭，很多人醉生梦死，有了钱便拼命吃。经常有新的餐馆开张，自然也天天有老的餐馆倒闭，旧政权垮台，新政府建立，并不是所有的人都有觉悟，大家对吃的兴趣有增无减，因为吃最痛快，吃最保险，吃到了肚子里，谁也拿不去。万般皆下品，唯有吃最高。这是家骀吃的技艺突飞猛进的时代。虽然他在吃相上仍然十分难看，虽然他仍然有着贪吃的恶癖，但是似乎已经开始显山露水，有点懂得吃的门道了，他毕竟有着良好的童子功，谈笑皆鸿儒，往来无白丁，从小耳闻目睹，都是些会吃的人物，瘦死的骆驼比马大，他的身上终于显出了杰出人物大器晚成的特征。

到了一九五二年，家骀和思浓生的女儿傅薇薇已经六岁，家骀突然和张丽华离了婚，这期间，新政权已十分稳定，社会上的重要话题，是宣传新的婚姻法，反对旧的包办封建婚姻，父母之命，媒妁之言成了抨击的对象，当时最流行的戏曲是《小二黑结婚》，是《梁祝》。爱情被提到了一个新的高度，很多人都匆匆去办了离婚，家骀和张丽华明明是自由恋爱的，偏偏也要跟着混水摸鱼，借口解除包办婚姻，胡乱搭了一班车，一赌气就把婚离了。离了婚，张丽华搬出去住了，剩下家骀一个人，吃又重新成了问题，想厚着脸皮去找思浓，有贼心，却没那个贼胆。这一年，家骀已经四十岁，鬓角间已经开始有了白头发，他突然有些怀旧，觉得自己不能忘情，然而，他忘不了思浓，不是因为男女间的旧情，而是想念思浓做的菜。

家骀和思浓的故事再发展

一九五二年，对于饕餮之徒来说，是一个吃的黄金时代的结束。吃喝玩乐毕竟是有闲阶级的事情，是地主和资本家的专利，这时候的社会风气，开始表现出劳动人民当家做主的精神。人人都用社会主义思想改造自己，贪吃者属于游手好闲的二流子，将受到大家的鄙视。家骀吃的机会骤然减少，没有什么新的馆子开张，就算是有了，也没人来请他写字。斜阳楼早就盘给别人了，沿街的房子，尽管产权还是傅家的，但是房租再也收不回来。家骁当年被打成汉奸的时候，傅家的房产就被称为逆产，逆产归逆产，傅家把房子租了出去，多少还能拿到些钱。解放了，人们突然意识到收房租是剥削，都拖欠着不给，家骀突然也有了些新思想，想收房租反正是困难，欠着也是欠着，还不如把自己名下的房子，统统捐给国家拉倒。

家骀仍然在中学里教书，他的一份薪水过日子足够，扮演饕餮之徒便有些力不从心。从主观上，家验也想重新做人，改变自己贪吃的本性，然而他只要三天没有好东西吃，晚上睡觉也不安生，做梦时想到的是吃，不做梦醒在那，想到的也是吃，只要是有吃的机会，他便立刻显现出奋不顾身的馋相。吃永远是生活中最重要的一件事，他可以在理论上认识自己的不对，但是在实践上，他实在没办法抵挡住吃的巨大诱惑。最尴尬的是，他离了婚的老婆张丽华和他形成了尖锐的对比，她不仅对吃全无兴趣，而且看到家验的馋相，就气不打一处出，厌恶之心顿起，本来就不太好的胃口立刻全无。刚和家验结婚的时候，她还能照本宣科，做几样半调子的西餐。渐渐地，从仇恨家验贪吃，发展到仇恨吃，又因为仇恨了吃，发展到了干脆仇恨家验，家验终于明白，为什么傅家当年的老规矩，凡娶儿媳妇，一定要娶那种能做菜的女人。这不仅仅是口福的问题，事实上，只有那些善于烹饪的女人，才可能容忍嘴馋的男人，因为她们做出来的菜，要有嘴馋的男人品尝，才能体现出其技艺的价值。

离了婚的家验开始尝试接近思浓。他已经很久没有吃到家庭风味的佳肴，想当年思浓初嫁时，第一次下厨房，做的一道菜是“炖菜核”，一下子就得到了全家的好评。厨行世家的女儿果然名不虚传，傅老先生当即把儿媳做的这道菜，写进自己打算流芳百世的《傅家食谱》。好菜并不只在名贵，一道普普通通的炖菜核，能做成独具特色的佳肴，没有独门绝技不行，因为这道菜看似平常，其实无论是选料，还是加工的火候，都非同一般，不是行家里手，绝对掌握不了。先说选料，用的是南京城西南万竹园的青菜，万竹园地方不大，也就是一片小山丘，然而非此地产的青菜，便烧不出这样的美味。这种青菜俗称“矮脚黄”，其棵矮，梗白，心黄，因为其生长环境的泥土，属于褐色粘土，特别肥厚，生长的青菜鲜嫩无筋，青是青，白是白，炖好以后，搁在砂锅里，菜叶碧绿，菜梗洁白，冬菇、冬笋、火腿、鸡脯片像一朵小花似的堆在中间，起着吊鲜的作用，色香味无一不具备。这道菜可以归为家常菜中的极品，非高手不能做，非高手也吃不出精妙。

家骀突然发现自己十分想吃思浓的炖菜核。他吃过思浓烧的许多种菜，但是离婚以后，家骀印象最深的，偏偏就是这道炖菜核，那青是青白是白的美好感觉，老是在脑子里打转。口水在家骀的嘴里打着转，他回味着那炖菜核应该有的奇妙滋味，那种不可遏制的渴望，撵都撵不走。到了一个星期天，忍无可忍的家骀十分冒昧地跑去找思浓，直截了当地说出自己的想法。思浓没有任何的思想准备，她充满敌意地看着从天而降的家骀，甚至都不知道他已经和张丽华离了婚。

家骀轻描淡写地说：“嫂子，过去的那桩事，就算了吧，我知道你心里还恨我。”

家骀又说：“我真是没出息，就惦记想吃嫂子做的菜。”

思浓抱起桌上放着的一个玻璃花瓶，恶狠狠地向家骀砸过去，正好砸在他的怀里，他吓了一大跳，出于本能地抱住了花瓶，总算没有让那玩意掉在地上跌碎。思浓随手又拿起一个鸡毛掸子，朝家骀身上抽，是真的用力抽，家骀一边躲，一边像捧着个小孩子似的保护花瓶，怕花瓶掉地上砸了。思浓悻悻地说：“我这地方不欢迎你，你给我滚，立刻就滚!”家骀说：“嫂子你停下手，让我说几句行不行?”思浓听了，抽得更凶，家骀唉哟唉哟直叫，忍不住还双脚离地跳起来，手上仍然抱着那玻璃花瓶。都到了这一步，也不管思浓已经气成那样，他竟然还能厚着脸皮说：“嫂子答应让我吃顿炖菜核，我立刻就走。”思浓这时候是真的大怒，继续往他身上猛抽，虽然已经棉袄上身，家骀终于吃不住痛，又唉哟了两声，抱着花瓶夺路而逃。

过了两天，家骀借还花瓶，又去纠缠。思浓这次不用鸡毛掸子抽他了，只是坐在那里暗暗抽泣。她此时已经知道家骀离了婚，心里仿佛打翻了油盐酱醋的灶台，又掺和了辣椒酱花椒粉以及别的什么佐料，百感交集爱恨交加。她仍然是虎着脸，但是本来就很白净的脸上，已悄悄地又抹了一层粉，头发也梳得一丝不乱，桌上用一个大口的玻璃瓶养了一把腊梅，香喷喷地满屋都是花气。家骀将玻璃瓶里的腊梅移到了花瓶里，用鼻子有些做作地嗅了嗅，沉浸在花的香味中。思浓的抽泣，更像是一种表演，家骀在一旁试图搭讪，想不到说什么好，说半天也说不到点子上。思浓擤了擤鼻子，终于说：“我当初怎么那么不要脸，竟然会死皮赖脸地看上你。”家骀抱歉说：“嫂子千万可别这么说，是我不要脸，我这人皮厚。”思浓说：“我真后悔那次的事，这反而让你看轻了我，我真的好后悔。”家骀不怀好意地笑着，说：“嫂子不要多虑，我怎么会看轻嫂子呢?”思浓说：“你别嫂子嫂子的，我听了别扭。我真是你嫂子，当初怎么还会对我做那种事!”

接下来就进入俗套，家骀炖菜核尚未吃上，便上前十分笨拙地要亲思浓，胡乱亲了几下，有些敷衍了事，思浓像木瓜一样，一动不动，后来终于有了反应，两人抱成了一团，就搂抱着上了床。思浓先是半推半就，做出十分勉强的样子，家骀有些走神，干到一半，又想打退堂鼓，思浓兴致已经起来了，把嘴唇贴在了他耳朵边，细声说：“你真要是有良心，我以后，天天烧好吃的侍候你。”这话顿时让家骀精神大振，疯疯癫癫地狂了一阵。他满脑子就是吃，一想到吃，就好像注射了兴奋剂，男人气全部出来了，突然变得异常神勇，忍不住洋洋得意地说：“我就是想吃嫂子的炖菜核。”思浓此时没心思说话，摸着他身上肉多的地方，轻轻地拧了一把，叹气说：“现在这时候，你还喊我叫嫂子。”家骀不是有情调的男人，笨拙地说：“不喊嫂子，我还能喊什么。要不然，我就叫你炖菜核，怎么样?”思浓有些失望，说：“你就惦记着吃。”

这以后，家骀一日三餐，大模大样地就在思浓那里吃。他的薪水领了，自己留下五块钱零用，其他的都缴给思浓，俨然像一家人一样过着日子。思浓和家骁生的大儿子已经十四岁，小儿子也十一岁了，人小心却不小，该懂的事都懂了，一双敌意的大眼睛，老是盯着家骀滴溜溜地转，家骀心虚，怕小孩子生疑，仍然是吃过饭，就回自己家住，反正两家挨得不远，门靠着门，真想办事情也不难。女人免不了想要一个正式的名分，思浓总以为有一天，家骀会和自己谈起婚嫁之事，但是没想到他始终不曾提到过一个字。他和她往来的目的，显而易见地是为了吃，而这吃，又似乎是一种开恩，是给思浓面子。思浓能做出那么一手好菜，没人会欣赏，本身也是一种罪过。思浓这么好的烹饪手艺被忽视，也是一种暴殄天物。吃是家骀生命中压倒一切的头等大事，是空气中的氧气，是万物生长的阳光和雨露。思浓也没办法和他这样的人计较，他既然是喜欢吃，便在吃字上进一步痛下功夫。家骀是一头馋嘴的骡子，她知道只要是套住了家骀的嘴，就等于套住了他的人。

也许家骀从来就没有真正地喜欢过思浓。在他的一生中，谈不上对任何一位女士爱得死去活来，因为他对于吃的兴趣，远远地超过了对性爱的兴趣。人的精力再好，大不了每天做一次爱，然而人必须每天吃三顿饭。家骀和思浓的来往，吃仅仅是目的，而不是手段，这一点正好和思浓相反。思浓是天生的烹饪大师，她在家法的基础上，既能做一手地道的傅家菜，能做娘家汤厨行的看家菜，又能融会贯通，极富想象力地做出许多充满创新意味的菜肴。家骀总是不断地给她新的灵感，她天生就喜欢做菜，喜欢像研究作战方案一样地琢磨配菜，烹饪能给她带来一种独特的快感。在中国的烹饪历史上，做菜似乎应该是一门男人的手艺，尤其像烹饪大师这样的封号，仿佛向来就是为男人准备的，是男人们的专利。思浓对性爱最初朦朦胧胧的感受，便是在厨房里看厨师做菜时产生的，厨师娴熟地表演着烹饪特技，她目瞪口呆地看着，在不知不觉中，迎来了自己的初潮。和家骁刚结婚的时候，思浓还不是那种耽于床笫的女人，然而每次看到丈夫家骁系上围裙，亲自下厨做菜的时候，思浓都会产生一种类似高潮即将来临的冲动。炉火正红，油锅里升起冉冉青烟，嚓的一声，菜下了锅，家骁充满柔性的手，忙而不乱地动着，就好像是做爱前的抚摸，对于思浓来说，在厨房尽情地做菜，也是一种奇妙的性体验。

思浓曾经试图爱上傅家家厨老杨的儿子伯元，在一开始，家骀只是伯元的替身，是候补。人生中会有很多缘分，有很多机遇，故事的起因就是这样，她没有抓住伯元，退求其次，随手抓了个并不起眼的男人家骀，她要用这男人来填补丈夫不在时的空白，弥补精神上的空虚。思浓一生最大的满足，就是身边有一个实实在在的男人躺在那里，让她欢喜，让她忧，她喜欢一伸手就能摸到身边有男人的那种感觉，她喜欢男人的呼噜声，喜欢男人磨牙引起的噪音。可以毫不夸张地说，床上的乐趣是她生活中很大的一件事，男人是她生命的一部分，一旦让她真正地抓住了，她绝不会轻易松开。她并不明白自己为什么不是很爱家骁，从一开始，她就觉得自己迟早有一天会背叛她的丈夫。也许是他们夫妻兴趣过于接近的缘故。他们都太喜欢做菜，他们喜欢做菜时的那种积极主动，喜欢富有想象力的创新，喜欢菜做好了以后被别人欣赏，喜欢来自美食家们的挑战。他们太相似了，结果反而不可能互相欣赏。

思浓把爱一个男人可能会有的巨大能量，锁定在了家骀身上。开弓没有回头箭，一开始，虽然有些盲目，甚至有些无耻，但是一旦她选中了家骀，尽管可以找出一千条不值得爱的理由，然而这爱既然已经成为事实，也就成为她唯一的始终不渝的爱。没有思浓，家骀在后来也不会成为吃功盖世的美食高手，成为新饕餮之徒们说起来，就不得不肃然起敬的人物。是思浓化腐朽为神奇，点铁成金，使家骀在吃的境界上，自成一家，得道成仙。思浓喜欢用自己做的美味佳肴去打动别人，她实际上是通过烹饪这种形式，使自己成为后来一度十分风行的女权主义者，在性爱的角色中，女人不再仅仅是被动，是被爱，被男人所享受，烹饪已成为她占有家骀的一种手段和象征，美味佳肴已经成为驾驭爱情的一部分，成为男女传递爱情讯号的电波，成为跨越爱河的桥梁。思浓后来全身心地投入到烹饪之中，实际上意味着她投身于自身的解放运动。

饕餮之徒在思浓家雅聚

接下来，应该是家骀美食技艺，从量变到质变的年代。他不再仅仅是过去那个能吃，而且贪得无厌只知道吃的家骀，时过境迁，他正变得越来越会吃，越来越接近吃的真谛。家骀在吃的品味上，格调变得越来越高，变得越来越儒雅，逐渐显露出了美食大师的那种峥嵘。对于美味佳肴，家骀开始有了自己独特的览赏能力，这种盖世的能力，既是从无数顿的吃中间摸索出来的，同时，也是思浓的独到的烹饪技艺一手造就的。没有思浓，家骀绝对成为不了美食高手。没有思浓，家骀永远也只能是馋嘴，仅仅是嘴馋而已。一九五二年的冬天，是家骀在吃的技术水平上的一个重要转型期。在这之前，他只是一个贪吃的浪子，只知道把自己的全部薪水，都扔在了各式各样的馆子里，除此之外，便是靠用抹布蘸着墨汁替人写招牌，到处蹭吃蹭喝。他的吃，那时候还徒有虚名，根本成不了什么气候。

思浓成了家骀的专职厨师。有了思浓这样优秀的专职厨师，家骀终于明白了为什么有些人不得不上馆子，原来很多男人上馆子的直接原因，是因为他们的家里，没有一位会做菜的太太。傅家祖祖辈辈的男人，都不喜欢上馆子，对于他们来说，既然家里已经有了那么多现成好吃的东西，还有什么必要再去上馆子浪费时间。古人从来都是因为肚子饿了，才去酒家吃些什么。对于饮食世家而言，餐馆和酒家是那些没有可口的东西吃的人才去的地方，是为了不得不去填饱肚子。餐馆酒家往往都不会把吃放在第一位，酒家是流浪者的驿站，是女人出卖色情的场所，是男人谈生意会朋友的联络点。真正会吃的人，绝不会随随便便到馆子里去瞎吃。

自从和思浓恢复来往以后，家骀高大的身影，似乎暂时从大大小小的餐馆里消失了，他开始一边品尝思浓精心准备的美味佳肴，一边潜心攻读傅老先生遗留下来的那几卷《傅家菜谱》。让人难以置信的事情终于发生了，家骀和思浓对设置菜单，产生了共同的兴趣，也就是说，他们不仅热衷于具体的做和具体的吃，还同时对想象中的尚未加工出来的菜肴，兴致盎然跃跃欲试。他们像那些热衷于象棋或围棋的弈手一样，经常为某一道菜进行十分深入的探讨和研究，他们时时刻刻都在琢磨着怎么吃。在开始时，家骀总是改变不了贪吃的恶习，即使后来他在吃方面已经非常内行，对于吃的学问已经不同凡响，说起吃便出口成章，仍然不会细嚼慢咽温文尔雅，他的胃口从来也没有坏过，当吃的境界提高以后，家骀首先在咀嚼上发生了变化，他不再像过去那样草草完事，那么迫不及待地就把正在品尝的食物，不加辨别地就匆匆吞咽下肚。他的牙齿像金属的齿轮铿锵有力，而且永远不知道疲倦，当一种食物进入口腔以后，他总是用近乎夸张的动作使劲咬嚼，使食物得到充分的粉碎，同时还要发出那种让正人君子听了，忍不住要皱眉头的滋滋声响。不管后来变得多么会吃，他的吃相仍然让人不敢恭维，他永远是那种急吼吼的样子，一边吃，一边流口水。

自从斜阳楼盘给别人以后，南京的老饕们就再也吃不到正宗的傅家菜。到了一九五四年的春天，斜阳楼改名为群益饭店，开始以价廉物美取悦大众，即所谓的为工农兵服务的方向。这时候，和两年前相比，调子更高了，讲究吃似乎已成为了一桩羞耻的事情，是剥削阶级的一种腐朽行为，是二流子和资产阶级的小开，是资本家和老板，是无产阶级必须改造的对象。餐饮业的观念开始发生巨大变化，不只是吃不到声振一时的傅家菜，很多有名的馆子，都被大众菜肴弄得不知所措。昔日的传统名菜，纷纷受到了冷落，价廉自然不难做到，可是物美再也无从说起。大快朵颐的日子一去不返，放在饕餮之徒面前的实际问题，就是口袋里有再多的钱，也找不到好东西吃。那些会吃的馋嘴，隔三差五不打打牙祭，一个个如丧考妣，像掐了头的苍蝇，病急乱投医地到处瞎转，充满失望地从这家馆子出来，然后去了另外一家，临了，再一次十分失望地走出来。

家骀平时结交了一帮会吃的朋友。人从来就是成群结队的动物，就好像球迷会有球迷朋友，戏迷会有戏迷朋友一样，家骀也有一帮馋嘴的狐朋狗友，常常聚在一起切磋吃的艺术。吃东西有一个特点，这就是光一个人独自享用，并没有什么太大的乐趣。吃最好也是成群结队，要热闹，美味佳肴如同可圈可点的好文章，得让大家一起读才有意思，得让好多人争着看才有效果，奇文共欣赏，疑义相与析。美味非得经过了高手们品尝，方能真正显出英雄本色，佳肴非要经过内行们认定，才能获得名副其实的称号。家骀在思浓那里虽然大饱口福，乐不思蜀，别的餐馆饭店可以不去了，原来的那帮吃客朋友，却不能从心里丢开。他比过去更会吃了，便有一种要找人试试武艺长了多少的念头。同样的道理，他惦计着别人，别人也正牵挂着他，终于有一天，大家探听到了他的秘密，捉贼似的抓住了他，异日同声说他不够交情，俗话说有福同享，有难同担，怎么能跟光棍似的，一人吃饱全家饱，自己吃好喝足，竟然活生生地忘了朋友。

到了一九五四的春天，家骀的这帮朋友联合起来，组成了一个馋嘴者俱乐部，把思浓家的餐厅作为了聚会的秘密地点。大凡嘴馋的人，都是一些有经济实力的角色，嘴馋，没有本钱不行，这些人，不是正在进行公私合营改造的资本家，就是已经破败的大户人家的八旗子弟，要不就是社会名流，譬如大学的教授，譬如身怀绝技的祖传中医，譬如民国时期的旧官僚，反正是清一色的会吃高手，对于吃，就好像苍蝇闻到了腥肉，立刻从四面八方飞了过来，轰都轰不走。这些人的思想境界各不相同，口味也有差异，聚在一起的目的很简单，既然在好端端的馆子里，已吃不到正宗的傅家菜，他们为什么不就在这大快朵颐大饱口福。而且要吃家常菜，当然是在人家的家里吃，更显其本来面目。在以后的几年里，这帮有了吃就不要性命的馋嘴，说好每周都要搞一次小聚餐，菜单由家骀草拟，因为他对制订菜单，有非常高明的地方，每次吃这一顿的时候，一边吃，一边开会似的，很认真地讨论下一顿的菜单。

这样的聚餐持续了差不多有三年。三年中，有的人因为锦囊羞涩，拿不出钱来，不好意思蹭吃，知趣地走了，又有新的饕餮之徒，口袋里塞足了钞票，像新鲜血液一样补充进来。社会上的剧烈变化，似乎并没有影响到这里雅聚，由于人手不够，思浓不仅雇了一个身强力壮的保姆，真到了聚餐的那天，还要临时雇一个小伙子来帮忙。每一次聚餐，对于家骀和思浓来说，都是一种严峻的挑战。高手相逢，任何一点小小的疏漏，都可能贻笑大方。他们必须既从食客的角度，同时又要从加工者的角度，从两个不尽相同的角度全面考虑。首先口味不能重复，每次聚餐的菜单，不仅不能雷同，而且不应该近似。家常菜必然重复是一个错觉，傅家菜最重要的一个特色，就讲究不同凡响。设置菜单必须因人而异，因时而异，好的菜单必须经过非常精心的策划，拟定菜单本身就是一门深奥的学问。

聚餐采取了轮流做东的办法。一顿吃完，总有人预付下一顿的订金。一个爱吃的人，能有机会参加这样连续丰盛的聚会，实在是太幸运了。这样的聚餐，不仅是口福，而且切磋武艺，长学问。事实上，他们在这里吃到的许多珍馐，都是当年在斜阳楼生意最火爆的时候，也绝对吃不到的佳肴。渐渐地，大家终于明白，他们所以有机会在思浓的家里，品尝到五彩缤纷的美味佳肴，和思浓对家骀的爱情分不开。在大快朵颐的同时，他们虽然出了钱，却是沾了家骀的光。他们终于隐隐约约地明白了一些道理，这就是仅仅是喜欢烹饪和喜欢吃，还远远不够，必须还得有爱。爱是食物中最好的调料，大家正分享着女主人博大的爱，沐浴在爱的光环之中，尽管这爱只是奉献给家骀一个人的。任何人，一眼就可以看出思浓和家骀之间的不正常关系，虽然家骀在众人面前道貌岸然，对思浓言必尊称嫂子，没有任何轻浮之举，然而思浓对家骀情不自禁的亲昵，根本就没办法掩饰。思浓的眼睛里只有家骀，当那些最具特色的佳肴端上了桌，思浓关心的就只有家骀一个人的反应，她小心翼翼地观察着他的表情，等待着他的评价。家骀之外的人都只是陪客，他们在宴席上显得无关紧要，他们都不过是一些跟着吃的次要的小角色，只要家骀能够点头称赞，思浓就心满意足，只要家骀说好，这道菜就是真的好。

烹饪史上的《广陵散》

家骀在一九五七年成了右派。很多理由都决定了他应该是个右派。首先是游手好闲，成天就知道吃，就研究吃，而且借着吃的名目，私下聚会，搞裴多菲俱乐部。欲加之罪，何患无辞。在思浓家雅聚的食客中，有一位是当时党报点名的大右派，仅仅冲着这一点，家骀被打成右派，就毫无冤枉可言。此外还有个生活作风问题，竟然和嫂子乱搞男女关系，和谁都不能乱搞，和自己的嫂子当然更不能胡来。家骀被勒令写检查，也没什么好写的，写着写着，大段的篇幅，便是交代思浓如何勾引自己。他的交代写得有些像小说，时不时有些小高潮，看的人不相信，于是跑来找思浓核对。思浓也不抵赖，就像当年怀傅薇薇一样，把什么都往自己身上拉，她反正是个家庭妇女，真豁出去了，别人也奈何不了她。

只要家骀能够平安过关，受多大的委屈，思浓全不在乎。在她的心目中，人生有两件事最重要，这就是吃饭和睡觉。她一生所关心的，不过是如何把这两件最重要的事情，做得更完美一些，做得更有些诗意。怎么吃和怎么睡，成了两个带有哲理意义的问题，怎么吃，是对烹饪技艺的精益求精，而怎么睡，那便是心爱的男人能躺在身边，他的呼吸声就是幸福的伴奏。只要家骀还值得自己爱，思浓愿意做出最大的牺牲。思浓家的聚餐能够让老饕们一致叫好，其中很重要的原因，是思浓投入了全身心的爱。没有爱，做不好任何一件事。整个聚餐活动，本身就是一次爱的过程，讨论最初的菜单开始，爱的小船从爱河中起航，经过一系列的漂流，最终驶入爱情的港湾栖息。虽然家骀住的地方，离思浓不是很远，然而事实上，只有在聚餐的那天，才是他们真正的好日子。这是家骀和思浓共同的节日，家骀是因为吃，而思浓却是因为爱。在男欢女爱的这一天到来之前，他们充满了期待，做好了最充分的准备。思浓对家骀被打成右派的后果严重性，显然认识不足。她以为只要自己忍辱负重，勇敢地承担了错误，家骀很快就能从窘境中解脱，很快就又能与他同床共枕。她并没有把家骀的这一次背叛看得很重，正如家骀过去矢口否认了他是傅薇薇的亲身父亲一样，思浓依然觉得这是男人可以原谅的小毛病。一个女人既然爱一个男人，就应该毫不拒绝地接受这些毛病。

思浓并没有想到家骀被打成右派，意味着家庭宴会的结束。她只知道那位被党报点名的大右派，一时想不开，上吊自杀了。这是一位著名的民主人士，姓顾，在国共谈判时，曾经大出风头，起过十分重要的作用。据这位喜欢吃的顾先生介绍，当年在重庆谈判时，为了宴请毛泽东，他特地从长沙找了一位擅长做湘菜的名厨，让这位未来的共和国领袖，第一次品尝到了自己从未尝过的家乡菜。思浓不明白右派的确切含义，只知道这是一次灾难，经常参加家庭聚餐的人中间，除了顾先生和家骀，竟然会有三分之一的人，都成了右派。家骀终于从学习班回来了，他回来只是拿行李，因为他将不得不去郊区的农村，参加劳动改造。

在郊区参加劳动改造的家骀，每两个月回来一次，看得出来，这期间，对于家骀的痛苦折磨，既不是劳动的艰难磨炼，也不是思想改造过不了关，让他感到苦不堪言的是吃，不仅是吃不好，而且还吃不饱。每次都仿佛是刚从流放地回来，看着他胡子拉碴的外表，看着他狼吞虎咽的模样，思浓的心口就好像有刀子在绞。为了让他在回来期间，尽可能地吃好，思浓总是早在多少天以前，就为家骀的归来做准备。她挖空了心思，力争让自己精心准备的美味佳肴，臻善臻美无可挑剔，以便让家骀在短短的几天内，把失去的对于吃的美好享受，统统弥补回来。由于她并没有什么经济来源，为了家骀的归来，思浓开始把自己的首饰拿到旧货店去卖，平时自己省吃俭用，结果她的三个小孩一提到家骀，就恨之入骨。他们想不明白，为什么往往家骀一个人，就要比他们一大家的人都吃得多。此外，人们背后都叫他们的母亲是破鞋，这个带有羞辱性的称呼，显然也是因为家骀的缘故。

很快就到了三年困难时期，人们的吃饭问题，开始成了最普遍的问题。许多人都在饿肚子，家骀自然不会成为例外。所幸的是，改造期终于结束，他又回到原来的学校里继续教书。他的工资被降了两级半，思浓以为他会像过去那样，继续在她这边搭伙，仍然是把钱全交给她支配。然而这一次家骀似乎有了小心眼，思浓喊他过去吃饭，他老实不客气地吃了，吃完了，抹抹嘴就走。到休息日，也许是不好意思总是白吃，家骀有时会自己去菜场剁二斤高价肉，拎到思浓那里让她加工，要么一气吃完，要么就把剩下来的肉，装在搪瓷缸里带走。饥饿使得人的欲望也受到了压抑，思浓发现家骀对男女之事，显得毫无热情，能躲则躲，不能躲，也只是勉强敷衍。他干起那桩事情似乎越来越力不从心，有时候，竟然做到一半，就找借口，不高兴继续玩下去。他常用的借口是自己射过精了，因此也就意味着该尽的义务已经完成。

当思浓发现家骀生活中还有一位别的女人时，她这才对他感到彻底失望。这是一个思浓做梦也不可能想到的意外。有一天，思浓神使鬼差地跟踪家骀来到大行宫附近的人民饭店，她以为他是进去吃饭，然而却没想到他只是等在门口，一直等到饭店关门打烊。思浓看见一个女人拎着一口小钢精锅，从饭店里走出来，喜气洋洋地走向家骀，二人会合了以后，那女人将小锅让家骀拎着，然后挽着他的胳膊，十分亲密地往前走。思浓的心，一下子拎到了喉咙口，半天才喘过气来，凭着女人的直觉，她立刻就明白这两人的关系，已经到了什么程度，而且立刻明白，她很可能就此永远失去了家骀。

第二天，思浓继续在人民饭店的门口盯梢，果然看见了和前一天完全相同的一幕。到了打烊以后，那女人拎着一口小锅出来，媚态十足地走向家骀，然后他们一起走进小巷深处，走进沿街的一道小门，又进入一间小平房，显然是那女的住处。连续几天都这样，思浓发现家骀干脆就是住在那女人的家里。这女人是人民饭店的一个跑堂，为了能进一步地观察她，思浓特地跑进人民饭店吃了一顿饭，那饭菜当然是粗俗不堪，她偷偷地溜进了厨房，看见厨师像烧猪食一样地用大锅在烧豆腐，一边搅拌，一边胡乱地放着佐料。虽然已经两顿没吃了，思浓对端上来的菜仍然没有任何胃口。她控制着自己，尽量不让眼泪落下来，有两个要饭化子，虎视眈眈地在一旁看着，就盼着她能剩下一些什么吃的东西。这是一个极度饥饿的年代，甚至连要饭的对是否能讨到一口剩饭，也不敢抱太大的奢望。思浓终于捧着脸冲了出去，泪水像决堤的洪水直涌出来，她感到无比的绝望，所见到的一切都让她恶心，她再也忍受不了那种不可饶恕的背叛。家骀的吃的品味，竟然跌落到如此下作的一步，很显然，家骀对于美食的背叛，和对于爱情的背叛如出一辙。

事情总有揭穿的一天。家骀决定和那个女跑堂结婚，结婚的目的，无非是看中她每天能为他带回一小锅剩菜。吃已经威胁到了家骀的基本生存，他常常处于饥饿的恐惧中，在美味和基本的吃饱面前，他毫不犹豫地选择了要吃饱。家骀终于向思浓摊牌，他甚至带去了一小锅人民饭店的剩菜，好像是为了用实物来证明自己的选择，没有任何可指责的地方。由于正好是吃饭时间，思浓的三个孩子，不管三七二十一地吃起那锅杂烩。看着自己的孩子一个个都奋不顾身，思浓有一种心碎的感觉，她知道家骀将像一个脱了线的风筝一样，永远地从她的手中滑落了。她知道自己所爱的男人被夺去，不是因为那个女人比她更漂亮，更年轻，而是因为那个女人手中掌握着更有效的武器，这有效的武器就是那一小锅剩菜。在特定的时代里，女跑堂代表着世俗的完美，思浓根本就不是她的对手，大众食物常常胜于美味佳肴，粗俗常常胜过崇高，这是一个颠扑不破的定律。

思浓若无其事地参加了家骀的婚礼。就在人民饭店里进行，没什么菜，大家热热闹闹哄了一下，喊上几嗓子，事情便算结束。女跑堂人长得并不漂亮，曾经有过不幸的短暂婚史，在众人眼里，她和家骀应该是天生的一对。婚礼结束以后，家骀似乎有些歉意，还是在蜜月里，就偷偷地跑去和思浓约会。思浓也没有拒绝他，只是在事后，很平静地说："你何苦还要再来羞辱我呢!"家骀有些难为情，红着脸说："我怎么能那么容易地就把嫂子忘了。"他自己也觉得这话有些不妥，涎着脸说："我真的忘不了嫂子，总想着我们一起拟菜单的日子，那时候有多好。"思浓让他说得差点流眼泪，苦笑着，说："亏你还能记住，你忘不了就好。"家骀咽了咽口水，说："这怎么能忘呢。"思浓看着他，感慨万千，依然是用很平静的语调说："那我们就再聚一次，菜我来准备，钱也不要你出，我请客，你负责把当年的那帮食客给我找来。"

家骀只要有的吃，立刻卖命奔走。饕餮之徒们早就饿狠了，一听说有这样的好事，一个个摩拳擦掌，都盼着这一天早日到来。思浓足足花了一个月的时间准备，毕竟是困难时期，虽然雨过天晴，最困难的时期，很快就要结束，备菜仍然不容易。终于到了开席的那一天，食客们早早地来到，一共是十个人，都是经过精心筛选的。思浓在桌上放了十二副碗筷，众人有些不明白，她解释说，一副碗筷是为自己留的，别外一副，则是留给已经上吊自杀的顾先生。一提到顾先生，大家立刻有些兔死狐悲的凄凉，一时想不到说什么话好。当年的顾先生是最好的傅家菜迷，他的座位总被安排在首席，因为在吃方面，他可以算是最德高望重。思浓说："今天的菜，也只好将就，我想呢，只要能做得别致一些，就行了。我将就着做，你们将就着吃，大家只好将就将就。"说完，便去忙事，她系着一条围裙，紧紧地勒在腰上，显出很有腰身的样子。大家并不知道家骀已经和别人结了婚，笑着说她依然风韵不减。

那天的第一道菜，是猪脚瓜。这是一道最平常不过的菜，然而入口即化，其味无穷，来的都是些吃遍天下的美食家，想不到上来猪脚瓜，并且烧得如此出神化境，忍不住向思浓请教，思浓笑着说：“你们一个个都饿狠了，不是这道菜，打不倒你们。要说这烧法也简单，在猪脚瓜里倒入一斤醋，再放进一斤生姜，不可太老，也不可太嫩，用小火煨上整整一夜就行了。对了，关键是不要放任何佐料！”大家听说竟然不用放别的佐料，连称不是高手，不敢出此奇招。接下来是一道鱼，叫“龙戏珠”，那鱼是地道的六合龙池鲫鱼，《随园食单》上曾有这样的记载，“六合龙池出者，愈大愈嫩，亦奇”，为了弄到这条活鲫鱼，思浓专程去了一趟六合。龙自然指的是活鱼，是一条一斤多重的大鲫鱼，体大头小，厚背小腹，头背皆乌黑，鳞细肉多而且极嫩，稍稍地煎了下，用微火熬汤，再用虾缔挤成小珠，漂浮在鱼汤上。此菜色如浓奶，不腻人，味道奇鲜，令人喝了一口汤后，顿时荡气回肠，禁不住要连着再喝一口。

此后的每一道菜，都是看不精心，然而一定有妙手暗藏其中，关键是节奏控制得很好，一道菜接一道菜，每次都不同程度地制造一次小高潮。家骀情不自禁，一反常态在席间盛赞思浓的手艺。在以往，家骀的称赞似乎很吝啬，轻易不出口，对思浓来说，这种称赞却代表着最高规格的奖赏，她要的就是让家骀满意，图的就是他能说一声好。家骀是她灵感的源泉，是她能不断创新的动力，烹饪难就难在能把自己的情感，全投入到所加工的菜肴之中。没有爱就绝对没有这一桌菜，没有爱就没有任何灵感和创新。这是一次在爱的主旋律伴奏下的宴会，尽管仍然没有挣脱家常菜的窠臼，譬如选料不以名贵取胜，既无昂贵的山珍，更没有一样海鲜，但是整个菜单的设置，都充分体现了傅家菜的点铁成金之精神。最后一道菜是蟹粉烩胰白，蟹粉是指剥出来的螃蟹肉和蟹黄，所谓胰白，就是鸭肠边的一段胰油，也就是俗称的“美人肝”，在当时，这还都不算是什么稀罕之物，奇就奇在它竟然会是最后一道菜。这道菜是秋季时令佳品，本来应该在前面就先上，然而考虑到大家已经许久没有吃到好东西，肚子里油水太少，思浓故意颠倒了一下上菜的秩序。人有时候太饿了，也未必能吃出食物的真味，要想出奇制胜，不出新招绝对不行。在大家仍然想不明白的时候，宴会戛然而止了。

对于赴宴的美食高手来说，这是一次绝唱，他们此后再也别想有这样的口福。这是一次永远难忘的宴会，他们将永远回味这次聚会。宴会结束以后，餐桌上杯盘狼藉，家骀留了下来，思浓说：“别人都走了，你也应该走了。”家骀不肯离去，流露出依依不舍的样子。思浓已经筋疲力尽，让家骀扶她上床。她斜靠在床上，喝了一口水，又一次挥手撵他走，如果是在过去，对于家骀来说，这也许正好是个解脱的机会，然而这一次，他似乎看出了性质与平时有些不一样，因此思浓越是要她走，他越不肯走，越是要表示出亲热。他不明白思浓为什么一定要他走，只是隐隐地觉得，好像要出什么事。思浓想自己真是不要脸，眼前的这个男人一再负恩忘义，先是矢口否认做傅薇薇的父亲，以后又涎着脸来找她，后来又跑来告诉她说他要和女跑堂结婚，结了婚，还是在蜜月里，他又偷偷跑来找她，自己始终都没有拒绝他，都让他遂心如意。现在，一切都已经到了最后的关头，自己一再拒绝他，既然拒绝不了，也就只好随他，她已经屈辱地接纳了他无数次，也不在乎再多这一次。她并不是真的恨他，想恨，恨不起来。

她的眼泪刷刷直往下流，家骀伸出手替她抹眼泪，不解地说："你怎么哭了?"

思浓平静地说："我为什么不能哭!"

第二天上午，家骀正在课堂给学生上课，一位教师跑来找他，把他叫出教室。那位教师十分紧张地看着家骀，问他是不是有个嫂子叫汤思浓，家骀点点头，那位教师瞪着眼睛说："你嫂子自杀了，是上吊死的。"

一个关于吃的蛇足

十年前，我刚从大学里出来，小说写好了没地方发表，在出版社乖乖地当着小编辑。我花了很大的力气，编辑一本一百多万字的准工具书。我们选择了几百种社会科学方面的书籍，请大学的青年教师和研究生缩写，然后汇编成一本词典那么厚的图书。由于这本书具有请锦囊羞涩的在校人员打工的性质，书稿收齐以后，不仅文字风格有着太大的差异，而且许多篇幅都显得十分潦草。我每天都得和无数不通顺的句子打交道，要仔细辨认不规范的汉字，像捉虱子似的将一个个错字别字挑出来。再也没什么比这更吃力不讨好的差事了，工作了几个小时以后，我总是感到头昏眼花，情绪变得十分恶劣。我一向觉得自己是个很没有理论水平的人，常常一边编稿子，一边暗暗生气，不明白那些莘莘学子，那些应该按理有学问的人，做事情怎么会如此的不认真。

作为一种情绪调剂，到快下班的时候，我便去找一个姓卞的编辑，和他空谈半个小时的美食。是地地道道的空谈，天南海北，主题围绕着吃，从满汉全席到街头小吃，古今中外，只要是和吃有关系就行。我们把这种喋喋不休的空谈，称之为精神会餐。那时我有个不太像话的嗜好，就是收集乱七八糟的烹饪书籍，天天睡觉前，抱着各式各样的菜谱，津津有味地看上几页，然后枕书而眠，在梦中肆无忌惮地大流口水。

多少年来，我一直想写一篇关于吃的小说。我对于吃的兴趣由来已久，几年前，写完了一篇关于厕所的小说以后，我常常对人说，接下来要好好地谈谈吃。但是一耽搁就是许多年，原来准备的一些故事，仿佛大雁飞过天空，说过去就过去了，剩下的只是一些故事的碎片。想象中的大厦尚未建成，就轰然倒坍，如今能见到的只是废墟中的一些色彩斑驳的瓦砾。这也就是为什么要把现在完成的这部中篇小说称之为梗概的原因。我已经懒得去想家骀这样的男人，后来会怎么样，对于我来说，思浓的故事结束了，说什么都显得多余。

说老实话，我真不知道什么才叫真正的懂得吃。吃最简单了，因为简单，所以又最复杂。我们把能吃好吃会吃的人，形容为饕餮之徒。究竟什么是饕餮呢，字典解释是传说中一种凶恶贪食的野兽，古代铜器上常用它的头部形状做装饰，由此可见，对吃过分入迷的人，并不是什么好东西。同样，怎么才能吃出食物的滋味，也是一个永远讨论不完的话题。我们常常赞不绝口地说某人会吃，又斩钉截铁地说谁谁谁根本不会吃，所谓会吃，好像一个人生了个具有特异功能的嘴，吃萝卜能吃出人参的滋味，已经把天下所有能吃的东西，都一一品尝过了，而不会吃，就好像这个人的嘴里光有牙，却没有长舌头，食物塞进嘴去，就像把篮球投进了篮筐，把垃圾扔进了清洁箱。

我总是忘不了一个关于李叔同的故事。夏丏尊先生是李叔同的挚友，李叔同出家以后，成了著名的弘一大师，有一次去白马湖的夏家探望老友，夏先生心情十分激动，对夏师母说，出家人生活清苦，一定要做些好吃的，让李叔同增加一些营养。其实出家人要吃，也只能吃些素菜，无非是多放些豆油，结果那天的萝卜烧得有些咸，夏先生一边吃，一边不断地埋怨老妻，怪她没有把菜做好。然而李叔同吃得十分香，狼吞虎咽地吃着，好像从来也没有吃过这么美味的佳肴，他看见老友不停地责怪夏师母，搛起一块萝卜，不解地说："这萝卜很好吃呀，真的很好吃。"出家人从不诓骗人，李叔同说的是大实话，他的确觉得萝卜好吃。夏先生也是那种有些禅境的人，他从李叔同的话中，似乎悟到了一些什么东西。李叔同吃得是那么专注，是那么投入认真，就像念经书那样一丝不苟。夏先生在一旁看着，突然被深深地感动了，眼泪立刻充满眼眶，事后，他总是耿耿于怀地对人说：

"这小小的一味萝卜，天底下有多少人在吃，又有几个人，吃出了萝卜的真味？"

什么是萝卜的真味，是个玄学的命题。萝卜有真味，山珍海鲜，真正的滋味又在什么地方。这些命题，应该让有学问的教授去认真研究。天底下怕就怕认真二字。小说的结尾是不应该说道理的，尤其是不应该玩弄那些似是而非的玄学。我不知不觉地，已经使自己处于尴尬的地步，不过既然已经说到这了，索性豁出去，不妨为吃下两个片面的定义。

问题（A）：什么是最好吃的？

答：是饥饿。

问题（B）：什么是食物的真味？

答：不知道。

最后要说的是，思浓上吊用的绳子，用她女儿傅薇薇的红领巾。思浓将自己像一条剖了腹的青鱼一样，挂在厨房专门挂肉的钩子上。多少年以后，傅薇薇成了真正的女大款，她像当年的思浓一样美丽，徐娘半老，风韵犹存，然而既不像自己的母亲那样善于烹饪，也不像父亲家骀那样对吃情有独钟。她离过两次婚，现在和她同居的一个男人，比她小五岁，既是她的情人，也是她的保镖和司机，同时兼公关部经理，在小说的开头，已经提起过这个人，他是一个很帅的小伙子，看上去很像一部国产电影的男主角。

1997 年 11 月

别人的房间

安得广厦千万间，

大庇天下寒士俱欢颜，

风雨不动安如山。

杜甫《茅屋为秋风所破歌》

第一章

派出所的同志也不按电铃，不分青红皂白地就在外面打门，来势汹汹，仿佛真出了什么大事一样。这时候，黄毓娟正在公用的小客厅里嘀咕，过升正在卫生间里看一种“一分钟小说”的小册子，他是个慢性子，小册子里都是些滑稽故事，过升一边看，一边笑，忘了自己还坐在马桶上。黄毓娟在外面骂骂咧咧，指桑骂槐，过升早就习惯了，故意让她发急，让她去浪费唾沫，她的话越多，过升越准备在卫生间里耗下去。他隐隐地听见防盗门被打开了，然后是有人进来，是一群人，似乎是点到了他的名字，然后声音小了下来，有脚步声往卫生间这边来，是一个陌生男人的声音，过升听到那人说：

“好吧，我们就在外面等。”

“他在厕所里已经半个小时，你们准备再等上半个小时好了。”过升听见黄毓娟心情很不好地说着，她的话永远带着几分歹毒，时时刻刻带着挑衅的成分。和这样的女邻居合住在一个单元房里，成天忍受着她的唠叨，过升的心情总是好不起来。他不知道会是谁来找自己，只觉得黄毓娟这么说话，有些岂有此理，管的也太多了。她再自以为是，也没有理由管别人拉屎拉多少时间。人类最大的自由，莫过于拉屎撒尿，过升要是高兴，一泡屎拉上个十天半月，又怎么样。

过升突然发现自己没有带卫生纸。他想起自己当初进卫生间的时候，本来只不过想小小地方便一下，后来发现黄毓娟在外面徘徊，也想进来，便索性恶作剧，脱了裤子坐在了马桶上。那本让他忘记了时间的“一分钟小说”，很可能就是黄毓娟的，要不就是她上中学一年级的儿子的。过升有些慌乱地看看附近，希望能幸运地发现一些卫生纸，或是别的什么替代品。由于是两家合用卫生间，大家对对方不信任，上厕所都得临时自备草纸，过升的妻子孙敏现在正好又不在家，求援的路已被中断，过升只好又一次品尝人和人之间缺乏信任的恶果。人往往会被一些想不到的小事所烦恼，明摆着，他不能老这么坐在马桶上，外面的人已经等得有些不耐烦，敲了敲厕所门上的毛玻璃，催他快一些。过升急中生智，小心翼翼从“一分钟小说”上撕了一张纸下来，轻轻地搓着揉着，一直到那光滑的纸面适合于屁眼，才蹑手蹑脚地把问题解决，然后放水冲洗，一边系裤子，一边出来。

过升留给派出所老王的第一印象，就是这个人确实有问题。过升见到派出所的人，也的确显得很紧张。大热的天，房间里一下子出现好几位民警，都穿着制服，让人不得不突然把心拎起来。过升人长得矮矮的，很结实，一看就是精力过盛，而且年纪不大，胡子拉碴，看上去便不太顺眼。派出所老王对他上上下下足足打量了三分钟，说：“我们能不能问你几个问题？”黄毓娟站在自家的房门口，幸灾乐祸地看着这一切。

过升怔了好半天，才自言自语地说："我怎么了？"

派出所老王说："我们是就在这儿谈呢，还是到所里谈？"

过升装着很不在乎的样子，说："我没做什么呀。"他那样子很做作，与其说是自己没做什么，还不如说自己已经做了什么。

派出所老王对一起来的人说："你们四处看看。"

一起来的人，有的进了卫生间，还有的直奔阳台。他们在找过升替换下来的脏衣服。显然是弄错了，黄毓娟追到了阳台上，提醒说他们想带走的短裤，是自己丈夫的。一位民警指着另一条三角男式短裤问黄毓娟，说这条是不是过升的。黄毓娟气鼓鼓地说："我怎么知道？"她的话，用的是否定句，意思却是肯定，显然是说这就是他的。那位民警将短裤摘了下来，像拎着一只活野兔似的，很严肃地走到过升面前，问这条裤子究竟是不是他的。过升被问懵了，接过来反复看，半信半疑地说："可能是吧？"

派出所老王说："什么叫可能是，是就是，不是就不是。"

过升说："如果是晾在阳台上的，那就应该是。"

过升伸长了脖子，往阳台上看。这一动作毫无意义，事实上，他看见民警从阳台上摘下了这条短裤。黄毓娟又回到了自家门口，仍然是幸灾乐祸地往这边看。另一位民警从过升的房间里，兴冲冲地抱了几件衣服出来，其中放在最上面的是他出门常穿的牛仔短裤。这位民警如获至宝地说："很可能就是这一条。"派出所老王没有表态，过升不明白他们在说什么，眼睁睁地看着他们，忍不住又看了黄毓娟一眼。黄毓娟幸灾乐祸的样子，让他感到很不痛快。

派出所老王说："昨天晚上十一点到凌晨一点半，这段时间，你在什么地方？希望你能说清楚。"

黄毓娟的证词对过升十分不利。昨天晚上，她一直在守候自己丈夫王国斌归来。吃中饭的时候，王国斌的BP机忽然响了，是中文留言，没头没尾就一句话，"计划照旧，老地方"。黄毓娟问是什么计划照旧，丈夫说："谁知道哪个王八蛋打来的，什么计划，什么鸟地方，我根本就不知道这是什么意思！"

黄毓娟说："这明摆着，肯定是哪个女人，你心里还没数？"

王国斌立刻火冒三丈，说自己跟别的女人来往，从来用不着偷偷摸摸。黄毓娟说，你还有脸说自己不偷偷摸摸。王国斌说，天气热，你不要惹我生气。黄毓娟说，我怎么敢惹你生气，我连自己都不敢生气。王国斌把饭碗往桌上一摔，说老子混到今天这份上，想跟哪个女的睡觉，就他妈的跟哪个女的睡，这口气，你咽得下就咽，咽不下就拉倒。说完，饭也不吃了，扬长而去。

王国斌本来是省级机关的司机，给各式各样的首长开车，脾气养大了，老是和人吵架。吵到临了，索性辞职开出租，他开出租比别人早了一步，赚了些钱，人就有些不规矩。有一天，黄毓娟在他的裤兜里，翻出了尚未拆封的避孕套，她自己是结扎的，突然见了这玩意，就仿佛买东西时，猛地发现别人正在用自己被偷的皮夹里的钱，那激动没办法用文字来表达。她不是那种沉得住气的女人，立刻要王国斌把事情说清楚。

王国斌就编故事，说是拉一个满口广东话的富婆去金陵饭店。到了饭店，富婆一定要他帮着送行李，行李送进房间以后，富婆塞了个东西给他，他以为是小费，回到车上一看，原来是避孕套。黄毓娟似信非信，说既然有这种好事情，你放过了不是太可惜。王国斌说，我人都回到车子上了，要不然，说不定还真犯了不大不小的错误。你说我受教育这么多年，总不能因为辞了职，成了个体户，思想就没觉悟了，是不是。黄毓娟怀疑那所谓富婆是个鸡，王国斌一口咬定不是，理由是那富婆显然想拿他当鸭。

这以后，破绽越来越多，王国斌犹抱琵琶半遮面，越遮遮掩掩，黄毓娟越能看出问题。王国斌干脆破罐子破摔，索性就承认自己在外面寻花问柳，承认了，反而拿他没办法。黄毓娟正面临着下岗问题，还真不敢和王国斌太计较，吵还是吵，闹还是闹，王国斌真发火了，她便退让一步，毕竟是他挣大钱养着家。她平时多了个心眼，有机会就搜他的口袋，有钱就没收，见到疑点就穷追不放。今天也是巧，从寻呼机上捕捉到了讯号，就好比捉贼见到了赃，黄毓娟心里很不是滋味，话题刚展开，王国斌就借生气走了，这一走，肯定不会有什么好事。平时，除了周五周六，王国斌差不多都是十二点钟回来，因为过了这时间，生意不好做了，也不太安全，今天因为有留言这件事，黄毓娟吃准了他会整夜不归，心里酸酸的。天气热，想开空调又怕跳闸，这一带的电路尚未增容，两家合用一个小电表，用电稍稍多一些便跳闸，汗津津地睡不着，眼见着过了十一点，十二点，到了快两点钟的时候，听见大门口有掏钥匙的声音，想王国斌终于回来了，跳下床便去迎他。

门打开了，进来的不是王国斌，是神色恍惚的过升。黄毓娟很失望。看着黄毓娟衣衫不整的模样，过升有些吃惊。他意识到她有些不好意思，故意不怀好意地盯着她看。她这模样让其他男人看见实在不妥，下面虽然穿着一条大裤衩，上身却是一件小得不能再小的短背心，而且又旧又破，上面一个个洞，乳头都露了出来。

第二章

孙敏的证词对过升同样不利，她告诉派出所老王，出事的那天晚上，过升在八点多钟就出去了，最后什么时候回来，她根本不知道，因为她已经睡着。孙敏的口气中，对过升显然也有意见，她似乎打算向派出所老王解释，她和过升之间为什么会发生了口角，然而派出所老王觉得没必要再说下去，他们让孙敏在记录的证词上签字，然后便打算告辞。讯问孙敏的地点，是在口腔科的办公室。孙敏有些不甘心，问究竟发生了什么事情。派出所老王说，我们现在只是搜集证据，究竟发生了什么，现在还不好说。

孙敏说我的病人拔牙拔到了一半，你们不管三七二十一地就把我喊出来，问了一通话，没头没脑的，算是怎么回事，多少总得让我明白一些。派出所老王脸上毫无表情，说你想知道什么，很多事，我们还不知道，这样吧，你如果知道什么，就告诉我们。孙敏就问，是不是过升做了什么见不得人的坏事？派出所老王眼睛一亮，说："你说说看，他可能干了什么样的坏事。"

孙敏说："他还能干什么坏事?"

这时候，那位拔牙拔到一半的病人找到了办公室，推门进来，笑着对孙敏说："孙敏，你就这么把我撂在那，心也太狠了吧!"

孙敏和这位病人显然很熟，她对他挥了挥手，说："你急什么?"

那病人不知道身着便衣的男人是民警同志，扫了他一眼，十分轻薄地对孙敏张开嘴，露出嘴里正咬着的棉球。

孙敏说：“你先回去，我马上就过来。”

过升被带到了派出所。他做出自己是很无辜的样子，东张西望。派出所老王火眼金睛，一眼就看出了他内心深处藏着见不得什么人的事情。讯问的焦点集中在晚上八点到凌晨两点，过升必须交代清楚，这段时间里他究竟是在什么地方。过升显得有些心烦意乱。

“我是在大街上遛达，这总可以吧？”过升自己给自己台阶下，一本正经地说，“我从新街口溜达到鼓楼，又从鼓楼溜达回新街口，来来回回，就这么走着玩，难道也犯法？”

派出所老王看着他不说话，等他说完了，不动声色地说：“看来，你是不想和我们说实话？”

过升意识到自己即将崩溃，他苦笑着，不知道是否应该继续负隅顽抗。派出所老王语重心长地说：“一个人要是不想说真话，你拿他也没办法。昨天晚上，你遛达了多少个来回？”过升无话可说，派出所老王继续问着：“从新街口到鼓楼有几站路，三站还是两站，来来回回就这么走，从八点钟走到两点多钟，你累不累？”过升觉得这是在抬杠子，可是既然已经说了谎，就得继续说下去，他告诉对方，自己可以走走歇歇，歇下来看看热闹。

派出所老王说：“很好，说说你看到的热闹。”

那位正在拔牙的病人是孙敏的小学同学谢东。现在谢东躺在手术椅上，在等待孙敏又一次地给他注射麻药。治疗室里就他一个病人，也就只有孙敏一位医生。这不是一家专门的口腔医院，来这里看牙齿的病人很少。孙敏举着注射器向他走过来，他笑着说："孙敏，我今天可是真正地吃二茬苦了！我可以向你们医院控告你，扣你的奖金，让你吃不了兜着走。"

孙敏说："你这张嘴太厉害了，有意让你吃两次苦的。"

谢东不让她立刻把注射器塞到嘴里，问刚刚有人找她什么事。孙敏不告诉他，他便执拗着不让孙敏注射。大约是在一年前，在小学同学的聚会上，谢东知道孙敏现在是牙科医生，当时就开玩笑说以后要找她拔牙，结果他当真每隔一段时候就来拜访，让孙敏检查他嘴里有没有应该拔掉的牙齿。显然他是借看牙齿来和孙敏搭讪。谢东当年是文艺委员，人长得有几分神气，见了女同学眼睛就亮，见了漂亮的女孩子就猛追。孙敏知道他这人有些轻薄，是个风流的情种。孙敏在班上算不上是好看的女孩，谢东现在居然会对她大献殷勤，她觉得十分得意。

银光闪闪的注射器，终于塞进谢东的嘴里。这是一个很不规范的动作，谢东故意把椅子放到最低位置，脑袋僵硬着，两条腿十分放肆地张开，孙敏只好站在他的两条腿之间替他注射。针戳了进去，孙敏有些走神，突然想到民警同志的谈话，用心究竟何在，为什么会对过升突然产生了那么大的兴趣。她想着想着，手上的动作可能是夸大了一些，谢东的反应过分强烈，他的两条腿猛地合拢起来，唉哟一声，将孙敏夹住了。孙敏被他这么一夹，失去了平衡，跌倒在了他的身上，膝盖正好跪在了他要命的东西上，于是谢东又惨叫了一声。

孙敏不好意思地说："对不起。"

谢东也有些不好意思，说真要表示对不起的，应该是他。

过升是在派出所老王对他的谈话，直入主题以后，才改变了口径。原来派出所的同志，花了这么大的劲，是在找一名强奸犯。过升承认自己是说了谎，而说谎的理由，只是不想让自己成为一名无耻的偷窥者。既然派出所找他的目的，和偷窥无关，过升的心情轻松了许多。他希望派出所的同志能够相信，他并不是那种变态无耻的男人，这只是一次很偶然的偷窥，起因仅仅是因为妻子孙敏和他吵了架。

“我们住在一间十平方的房间里，牙齿和舌头还要吵架，我们两个吵起来了，你说我还能怎么办，就那么大的地方，只有让她，你说对不对？我并没有到大街上去，其实根本就没有下楼，事实是，我上了楼，爬到了楼顶上去了。这次，我可是真的没有说谎，我一直在楼顶上，你想，我是没地方可去。”过升想自己已经坦白了，干脆把要说的，话统统交代出来。派出所老王显然还是不太信任他，谁让他一开始就说谎呢。过升希望派出所老王听了他的话以后，也能说些什么，然而他一声不吭，他的沉默让过升感到很不自在，他们显然是真的怀疑过升就是要找的强奸犯。

过升叹了一口气，掏心掏肺地说：“我真的没干那件事。”

派出所老王说：“我们只说你有这个嫌疑。”

过升觉得这个嫌疑实在莫名其妙，他气鼓鼓地把话挑明：“我干吗要去强奸金莉波，你们说我何苦？”说完了，他自己想想也荒唐，忍不住笑了，但是派出所老王一点也不觉得好笑，他说：“十天前，你帮金莉波去配过钥匙，是不是？”过升想了想，说是。派出所老王便要他如实交代，究竟是在什么地方配的钥匙，过升又想了想，说就在某某巷口。派出所老王紧追不放地问他配了几把钥匙，过升说就一把，说完又立刻改口，说是两把钥匙，一把是自己的，另一把是金莉波的，因为当时在办公室，他说自己要去配抽屉锁钥匙，金莉波说自己的自行车钥匙只剩了一把，必须配一把备用，她说她的车是防撬锁，万一丢了钥匙，就打不开。

派出所老王说："你为什么要连金莉波家的大门钥匙一起带走？"

过升想这问题说不清楚了，当时他急着要走，金莉波拎了一串钥匙给他，指定要配那一把，他也没多想，骑着她的车就去了。派出所老王说："你是不是和金莉波很熟悉？"过升说当然熟悉，大家都在一个办公室，天天见面，怎么可能不熟。派出所老王又说："你也知道她丈夫在深圳工作，是不是？"过升耸耸肩膀，说大家在一个办公室里，当然知道这事。

接下来，又是很长一段时间的沉默。派出所老王话锋忽然一转，说："你和你妻子，已经多少时候没做那件事了？"过升装着没懂这话的意思，看着对方不说话。派出所老王说："当然这是题外的问题，不过我们问一问也无妨，你说呢？我想你们也许很长时间没做那事了？"过升想不明白民警居然如此神通广大，这种私人秘密也了如指掌，便坦白说他们确实已经有一个多月，没在一张床上睡了。派出所老王立刻有些疑问，说房间里就一张床，不在一张床上睡，怎么睡。过升被戳到了痛处，不高兴地说："她睡床上，我睡地上，打地铺，就那么大的房间，我还能睡哪？"

话题又回到了钥匙上，过升说他不可能像他们想象的那样，偷偷地配了钥匙，然后在晚上摸到金莉波家里。金莉波诚然是个很不错的女人，可是对于过升来说，她化妆得再好看，毕竟老了一些，因为她起码要比自己大上十岁。而且大家都是熟人，金莉波一眼就能认出他是谁，他再穷凶急恶，也不至于蠢到这一步。他说自己显然是被冤枉了，这么简单的事情还弄不明白，也太有损人民公安的称号。派出所老王让他先不要急着埋怨，说人民公安就是人民公安，不会冤枉一个好人，也绝不会放过一个坏人。过升显然没有办法排除自己身上的疑点，他说他是在楼顶上看风景，这话不能他一个人说了算，必须有人证明才行。既然没人证明，他就是嫌疑犯。

过升急了，说我把看到的事情，都说给你们听，怎么样。派出所老王似乎不感兴趣，但是过升觉得这是自己唯一的机会，必须把看到的事情都说出来，虽然这样的交代有损于自己的形象。他想到了一个很有利的铁证，这个铁证能确认自己在所谓犯罪的时间里，毫无疑问是在楼顶上，警方只要细心核对一下，立刻可以明白他没有说谎。在意大利足球甲级联赛实况转播期间，对面大楼顶楼第二个窗户里，一男一女始终在看电视，球赛结束以后，那女的站了起来，脱去身上的汗衫，赤裸着上身，和那男的一起去厨房烧什么东西，烧好了，两人在厨房里当场吃，吃完了，男的劳动，洗碗。那女的洗澡，洗完了，光着身子走出来，用一把大梳子梳着湿漉漉的长发，然后轮到男的去洗，洗完了，也是光着身子走出来，两个人就这么光着身子，走来走去，毫无意义地在自己的房间里，转悠了近一个小时。过升总以为他们会轰轰烈烈地做爱，饶有兴致地等着，然而事实却是他们没有，他们光着身子，像刚出娘胎一样无拘无束地谈着话，那男的似乎摸过那女的乳房，也摸过她的那个地方，可惜也就是摸了摸，并没有什么进一步的亲密举动。天太热了，也许他们觉得这不是干活的好季节，两个人说着说着，女的有了困意，先上床睡了，男的坐在窗前抽了支烟，慢腾腾地穿上了T恤衫，套上一条长裤，开门下楼，不知去了什么地方。

第三章

金莉波向派出所报案以后，所长对这个案子十分重视。漫长炎热的夏季，从来就是流氓案件频繁发生的高峰。市局正在部署严打行动，准备在适当的时候，搞一次大规模的整顿。金莉波案件似乎具有夏季犯罪的典型特征，在这样的季节里，女同志的衣服穿得比较少，平时露胳膊露腿的，既刺激了罪犯，同时，罪犯在实施犯罪的过程中，也比较容易得手。由于金莉波晚上睡觉时，是锁着防盗门的，防盗门没有任何被撬的痕迹，因此强奸犯的手中，显然掌握了金莉波家防盗门的钥匙。

根据金莉波的描述，强奸犯的身高和体重，和过升相仿佛。她显然是在暗示这人就是过升。“我不能肯定说是谁，但是，这人很可能我认识他，虽然是在黑暗中，我觉得他好像是很怕我认出他是谁。”金莉波在描述整个犯罪过程时，显得非常的冷静，和其他那些受到暴力侵害的女性明显不同之处是，她说的话十分有条理。她很理智地谈着各种有助于破案的细节。

唯一不愿和警方合作的，是金莉波拒绝让法医从受到伤害的她身体内部，提取直接的犯罪证据。拒绝的理由是，既然她已经受到了如此严重的羞辱，她不想再一次出丑。她充满悲愤地说：“我不想再让一位陌生男人的眼光，注视着我的不应该让人注视的地方。”金莉波的衣着十分得体，今年四十多岁，看上去依然光彩照人，她说这话的时候，眼圈突然湿润起来。派出所老王有些同情她，很认真地说，既然这样，可以找一位女法医，他告诉她，要想让罪犯服罪，犯罪分子留下的精液样本，是最好的物证。

金莉波以沉默表示抗议。过了一会儿，她叹气说："你们知道这所谓最好的物证，对于我来说，意味着什么。"她突然变得有些激动，"这是世界上最肮脏的东西。事情过后，我用磁化冲洗器，反复地冲洗，一遍又一遍，为了将那该死的精液冲洗干净，我一遍又一遍将冲洗器的塑料头塞进我的身体，一次又一次地弄痛了我自己。不仅如此，我还把所有的衣服，摔进了洗衣机，天知道我放了多少肥皂粉，天知道我洗了有多少遍。我一边哭，一边洗，就这样一边哭，一边洗。"她似乎有些歇斯底里，派出所老王对她的表现，给予了充分谅解。在受了强烈刺激以后，女人会有这样的反应完全正常，金莉波所以能在一开始，比别的女人看上去更有理智，更坚强，这不过是由于她是一位知识分子的缘故。女人有了知识以后，自然就会显得有理智，然而女人毕竟还是女人。

根据金莉波的描述，警方没有理由，不拘留过升。除了曾经代配过钥匙，这条重要的线索之外，金莉波说，在和罪犯的搏斗中，她还将对方的裤子撕坏了，具体地说是一条西装短裤的某个部位。这对过升来说，又是很不利，因为在缴获他的牛仔短裤上，恰恰是口袋那里，有一个刚撕开的小口子。牛仔短裤用的是一种很结实的布料，不用很大的劲，根本撕不开来。

最后，派出所老王还是不得不把过升放了，虽然并不能彻底排除嫌疑，但是既然找不到让过升服罪的铁证，不放人也不行。总不能老把他拘留起来。首先，没有找到另配的防盗门钥匙，去问街头配钥匙的老头，他根本记不清过升是谁。其次，过升牛仔短裤口袋那里被撕开，是爬到窗台上替单位领导调节空调开关时，被窗户上的凸出的钩子钩坏的，这一点，作为单位第一把手的副处长可以作证，因为他当时就在旁边，单位里的其他人也能作证。副处长的证词对过升十分有利，当派出所的同志对他进行讯问时，这位副处长一口认定这不会是过升干的。

副处长说："我说不会，就是不会。"

派出所的同志让他说出理由。

副处长竟然笑着说："小过这样的老实人，别人不强奸他就不错了。"

派出所的同志没想到副处长作为领导，说话会这么不严肃。副处长笑着说自己是开玩笑，他说金莉波这人生性好疑，她的话，不能太相信。副处长说："你想，男人去了深圳，这一去，就是整年的不归家。这样的女人，你总不能她说是谁强奸她了，就真的是谁强奸了她。这种话，我不该说，我看她是真恨不得有人强奸她呢！"派出所的同志听了很吃惊，奇怪怎么会让这样说话没水平的人当领导，回去向负责案子的派出所老王汇报，一边汇报，一边摇头。派出所老王听完汇报，想了想，说那就先把过升放了再说。

过升在派出所的一间小房子里，不明不白地关了三天，孙敏没来看过他，自然也没人给他送换洗衣服。小夫妻之间本来就有矛盾，孙敏动不动就以要堕胎离婚相威胁，出这事前，两人的旧矛盾还没解决，现在发生了这样的事情，谁知道她又会闹成什么样子。天气热，过升在派出所只洗过一次澡，浑身的汗味自己闻着都不自在。回到家，第一件事就是赶紧洗澡，邻居黄毓娟好像终于清楚他原来不是什么好人，一见他，便是冷眼怒视，然后恶声恶气，指桑骂槐地骂自己已经十二岁的儿子。过升洗完澡，闲着无聊，就想金莉波的可恨，越想越火，越想越窝囊，想自己干吗不去上班，他觉得应该问问明白，金莉波凭什么怀疑她。

过升到单位时，已经快下班了。金莉波见了过升，很吃惊。过升看她待在那里，原来准备要说的话，反倒有些说不出口。大家在同一个办公室，平时关系很不错，她虽然错怪了他，然而起码是有个缺德鬼，对她干过那事了。过升想到这，立刻觉得她有情可谅，自己受些委屈也就算了。他做出若无其事的样子，坐在自己的办公桌前看报纸。金莉波在他身后待了一会，突然掉头走了，她跑进副处长的办公室，气势汹汹地往派出所打电话，质问派出所老王，怎么把过升轻而易举地就放了，她大声地嚷着，害得全单位都能听到她的声音。

金莉波冲着话筒喊着："你们这是在鼓励犯罪！"

第二天，金莉波怒气冲冲地跑到派出所，首先检讨自己那天没让法医取样是愚不可及。她十分痛心地说，昨天夜里，过升又一次进了她的房间，他显然用了一种什么药，于是金莉波虽然有意识，然而却失去了任何反抗的能力。过升很从容地脱去了她的衣服，然后又很从容地脱自己的衣服，脱完了，同样十分从容地套上了避孕套。"你们知道他为什么这样做，因为他知道你们要以他的精液为证据，他清楚地知道怎么保护自己。"金莉波就像是说别人的事情一样冷静，这一次，她再也不是含糊其辞，说可能或者暗示是过升，她直截了当地就指证是他。她非常具体地描述着他的所作所为，不厌其烦地交代细节。

派出所老王让负责记录的同志，没必要把金莉波话全部记下来。他的眉头紧锁着，终于抓住机会，打断了金莉波的话："你的锁不是已经换过了吗，而且是我们派人去换的。"他向她暗示，过升似乎不太可能进入她的房间。金莉波很严肃地说，为什么不可能，有一种万能钥匙，什么样的锁都可以打开。只要别人不中断她的话，她便继续喋喋不休地大谈过升如何对她非礼。派出所老王注意到她谈话中的破绽越来越多，因为她越说越玄，越说越不可能。说到临了，金莉波说："你们一定要把过升抓起来，你们要知道，他是有药的，他对我用了药，我就没办法反抗了。我想拒绝，但是拒绝不了！"

派出所老王向金莉波许诺，一定把过升再抓起来。他亲自送金莉波回家，非常细心地又一次检查了门窗上的铁栅栏，然后告诉她，今晚会有民警在外面值勤，让她安心睡觉。回到派出所，他第一件事就是给精神病医院打电话，让医院明天一早，派一位医生来给金莉波做鉴定。"我们恐怕是被一个精神病患者捉弄了，我们不能让她牵着鼻子走，"他对其他几位一起办案的民警说。他的手下问他是不是真的再把过升拘留起来，另外，是不是真的要派人守夜，派出所老王想了想，十分果断地说："我看没有这个必要。"

次日清晨，派出所老王带着精神病医生去见金莉波，见了面，问她昨天晚上怎么样。金莉波一脸憔悴，十分慌张地说："他当然又来了，这说明你们派出所就算是把他关起来，也没用，他有特异功能。你们知道，他在这忙了整整一晚上，根本就没歇过。"派出所老王重新检查了一遍门窗，心里已经明白是怎么回事，不说话，让金莉波由着性子往下说。金莉波像说别人的故事一样，口若悬河地说着，越说越投入。就这样说了大约一个多小时，一同前去的精神病医生心不在焉，不时地问一些小问题，派出所老王趁她不注意，偷偷地向精神病医生咨询，精神病医生以十分肯定的口吻说：

“她的精神当然有问题，如果不立即治疗，无疑会越来越严重。”

第四章

过升和孙敏从认识起，从来就没有真正地和谐过。两个人都是大专生，一个学的是中文秘书，一个学医，能走到一起，是因为他们周围的同学，都成双成对，他们再不结合在一起，说不定就要互相耽误了。孙敏属于那种心高气傲的女孩子，总说自己只是为了那间十平方的破房间，才欠考虑地嫁给了过升。她一直觉得这样的破房子配不上自己，这一点，恰恰和过升和她不太般配相仿佛。当初，过升的单位里分房子，多出一个一室户没人要。过升说，没人要，我要。副处长说，你要，你得有结婚证书。于是刚刚认识不久的过升和孙敏，匆匆地去登了记，登记了才能拿钥匙，拿了钥匙以后看房子。谁知道他们的所谓室户，是指在别人单元里的一间房子，也就是两家合住一个中套，公用厨房和厕所。

木已成舟，想后悔也来不及。孙敏总觉得自己上了房子的当，换句话说，是上了过升的当。过升在一开始，就欠了她一笔账。进那房子之后，安顿下来的第一句话，就是在这样的房子里，她绝对不会跟他生儿育女。她是说话当真的女人，从第一次和过升办事开始，一定要戴上了避孕套，并且经过了她的仔细检查后，才让同房。过升的包皮本来就过长，用了套子以后，干那事时，就好像穿了紧身棉袄，怎么都觉得别扭。孙敏是牙科医生，常常替人拔牙，心也拔狠了，看什么事都很客观，她才不管过升如何别扭。结婚不久，过升的龟头发炎，腆着脸让孙敏看看是怎么回事，她花了很大的力气，才将他过长的包皮翻开，一股仿佛是馊了的腥臭味，害得她直皱眉头。孙敏怪过升不注意个人卫生，说幸好每次都用了套子，要不然这炎症早到了她身上。她让过升去医院将过长的包皮割掉，说包皮长了，也没什么用，紧紧地裹着龟头，藏污纳垢，洗都洗不干净，还是割了好。

两人常常要为房子的事情发生口角。孙敏的单位里分房子，说是分给无房户，而她这样的，就算是有房子，连排队的资格都没有。和别人合住有许多不方便，且不说动不动就要抢着上厕所，抢着占煤气灶，凡是和公用有关系的事情都会淘气。同住的那家邻居，因为是先一步在那里住的，凡是公用的地方，总是能多占就多占，占了就觉得理所当然。孙敏的脾气也不好，刚住进去不到一个月，就和邻居家的女主人黄毓娟，干过两次架。黄毓娟想给他们一个下马威，孙敏偏偏就不吃这一套，很投入地吵着，吵完了，就恨自己竟然堕落到了这一步，竟然会和这么俗气的女人吵架，恨自己瞎了眼，怎么会为这么一间破房子，和过升这种没多少男子气的男人结婚。

邻居的女主人黄毓娟凶，他的开出租车的丈夫也不善。这男人上厕所从来不关门，小便过后从来不冲洗。就像他们小夫妻喜欢拌口角一样，黄毓娟和她男人也总是吵，一吵就脏话连天，所有的用语都和生殖系统有关系。孙敏最受不了的，是邻居夫妇做爱时发出的夸张声响，可能是那张四尺五寸的木板床有毛病，半夜里，那男的开出租回来，吱吱咔咔地不把他们小两口吵醒，决不罢休。夜深人静，薄薄的墙一点都不隔音，有时候甚至能听见黄毓娟在提醒自己男人，让他轻一点，然而那男人似乎就是喜欢声音，越是喊他轻，越是要弄得全世界都知道，不仅是床板响，那男的自己还要像狗一样的喘叫。有一次，孙敏也生气了，对过升说：“你有能耐，也弄出这样的声音来，你怕什么，干吗老是那么猥琐？”

隔壁房间里，屡屡发出那种地动山摇的声音，是前些年的事情，近年来，那男的在外面不学好，能听到的常常是黄毓娟的埋怨声。黄毓娟说，家花不香野花香，你干脆不要回来好了。那男的说，这是我的家，我不回来，你让我上哪去。黄毓娟说，你外面不是有女人吗。那男的就说，人家外面的女人，是按时间收钱的，你动不动就搜我的钱，我哪有那么多的钱在外面鬼混。由于住在同一套单元房里，很多小家庭的秘密都是半公开的，夫妻之间拌嘴，有一方常冷不丁地冒出一句：“你能不能轻一点？”另一方正在气头上，就说：“这是我自己的家，我想怎么说，就怎么说！”

因为住在同一套房子里的别扭，数不胜数，从搬进去起，过升和孙敏就把离开这里，作为奋斗目标。他们的枕头下面，总是同时放着避孕套和口香糖，他们已经养成了要嚼口香糖的坏习惯，这坏习惯之所以会形成，是他们觉得隔墙有耳，有力的咀嚼，可以有效地阻止做爱时发出引人注意的怪声。由于当初拿钥匙时，过升的领导曾经郑重许诺，说以后有了房子，一定首先考虑他们，因此，单位里只要一有关于房子的风声，过升夫妇之间立刻兴奋异常。吃喝拉撒睡是人生最基本的问题，而所有这些基本问题，都是和房子有关。有个病人出于感谢，送了一套十分好看的丝质内衣给孙敏，穿在身上十分性感，比不穿衣服更让男人销魂。孙敏关了房门，一边试，一边叹气，说住在这破房子里，这衣服根本就没机会穿。过升说，有什么不能穿的，你就在房间里穿。孙敏立刻气不打一处出，说自己是否还要换了衣服去上厕所，又问过升是不是真的气量大到那种程度，允许她穿着这种薄得差不多都快露馅的内衣，去刺激黄毓娟的男人。

“我这样走出去，那个不要脸的男人，非把我当作外面的妓女不可，”孙敏带着些幽默地说，她那天的心情还不算太坏，临了，又不敢抱太大希望地问过升，“这一次，我们不会又没戏吧，你说说看，我们到底还有没有希望？我们已经熬了八年了！”

前不久，有消息说上面分了两套新房子给机关。过升知道了，当场去找第一把手副处长，他并不指望能拿到新房子，只盼着拿到新房子的人，能把腾出来的旧房子给他住。过升的要求并不高，只要能有独门独户的房子，他便心满意足。副处长和蔼可亲地接待了他，频频点头，然而就是不明确表态。最后，副处长说：“我们只是一个副处级单位，一下子能分到两套新房子，这很不容易，真的很不容易，说明上级还是十分重视我们，是不是？”这时候，轮到过升频频点头。副处长又说：“我们必须让大家都满意，事实上，住房上有困难的，也不是你一个人，是不是？”

回到家里，过升和孙敏反复研究副处长的话，最后得出一致结论，必须送礼。讨论来讨论去，说送钱不好，还是送实物。于是买了近千块钱的礼物，加上平时病人向孙敏表示谢意送的各种小玩意，装了满满的一大包，兴冲冲地去了副处长家。副处长被他吓了一大跳，笑着说你这不是贿赂我，你是毁我，赶快把东西拿走。过升说，他这只是表示一种心情，你让他把东西拿回去，不是存心让他难堪。副处长说：“小过，我知道你是老实人，你也知道，我这个人，最不喜欢搞这一套，而且，你也是工薪阶层，平时手头也不宽裕，你的礼物，我收了也会烫手的。”副处长太太也出来了，跟着一起劝过升把东西拿回去。过升黔驴技穷，就把包里的东西，一样样拿出来展览，说这算不上什么，非常老实地说明什么什么是别人送给他老婆的，什么什么才是买的，副处长夫妇一边听他说，一边笑，最后，女主人说：“那好，不让你为难，反正不是什么贵重的礼物，我们就收下，但是我们可不能白拿，也应该反过来送些东西给你们。”她说着，便打开一个柜子，里面放着七八条香烟，随手拿了一条，递给过升，过升连连摇手，说自己不抽烟。她迟疑了一下，笑着说副处长也不怎么抽，拿回去，送送人也是好的。过升推托不掉，只好笑纳。

出门的时候，副处长送过升到大门口，在他的肩膀用力拍了几下，说你放心好了，房子的事，我心里有数，你说得对，别人腾出来的旧房子，完全应该让你住嘛。过升感动得想哭，回去说给孙敏听，孙敏也很得意，说怎么样，我说应该送礼吧。过升说：“算了吧，人家根本不在乎我们的东西，他肯收，是怕我们难堪，结果还害得人家反过来，倒贴一条香烟。我早跟你说过，我们副处长这人不坏。”两个人的心情非常好，好像已经看到了房子的曙光，孙敏说我们拆一包烟抽抽怎么样，说了，立刻动手，一人一支香烟在手，却发现没有火柴，不免有些遗憾。最后还是过升想到可以去厨房的煤气灶上点烟，于是跑过去，笨手笨脚地将烟点着。孙敏用过升的烟头接上火，一边抽，一边说话，她是第一次抽烟，抽了没几口，便呛到了，结果又是一边咳，一边笑。

为了纪念即将到手的房子，两人斗志昂扬地想干事，偏偏枕头下的避孕套已经没有了，翻箱倒柜，怎么也找不到。过升洋洋得意地说，这是天意，今天就索性放肆一回，他们结婚已经八年了，也该考虑养儿育女的实际问题，不能老是让一层薄薄的橡皮膜，阻隔着千山万水。过去是没房子，环境不允许，现在情况正在发生变化，他们应该随机就变，抓住机遇。孙敏脱得赤条条地钻进了被窝，往嘴里塞了一块口香糖，让他别再说废话，想放肆就赶快直奔主题。过升备受鼓舞，一改过去偷偷摸摸小心翼翼的窝囊样，壮志凌云气吞山河，颇有大战三百回合不喘气的英雄气概。孙敏被他弄得一身臭汗，一边用劲嚼口香糖，一边笑着说："隔壁的人，肯定以为，肯定以为我们今天发疯了，我们是发疯了！"

第五章

过升还没明白事的时候，他的亲生父母就离了婚，因此等到他懂事了，便有两个爸，两个妈，亲生父母之外，一个是继父，一个是继母。多少年来，他总是像个皮球似的，在两个重新组合的家庭中滚来滚去。他的母亲再婚后，生了一对双胞胎，双胞胎整天斗，然而只要一见到异父哥哥过升，就联合起来攻击他。过升觉得自己一生中，最不幸的事情，就是永远生活在别人的房间里。上中学的时候，双胞胎动不动就把猪油抹在过升的被单上，一次又一次，结果害得他母亲以为儿子有遗精的毛病，活生生地把他拖到医院去看医生。

过升从小性格就内向，他觉得自己总是受人欺负，是个天生的受气包。除了中学那几年，他大多数的时候，都是和亲生父亲一起住。他的继母也是离过婚的，有一个比他大二岁的女儿，和过升父亲再婚以后，又生了一个女儿。由于大家的房子都不宽敞，过升只能和那些异父和异母的弟弟妹妹住一起，这其中还包括那位根本就没有血缘关系的小姐姐。那位小姐姐很厉害，从过升见到她的第一天起，她就没有停止过欺负过升。她折磨过升的方法层出不穷，过升刚上小学的时候，晚上睡觉前，那位比他大两岁的姐姐，常常拉着当时才只有三四岁的小妹妹，走到过升面前，猛地脱下裤子，然后低声却十分有力地骂过升不要脸，偷看女孩子小便的地方，这对男孩子来说可是奇耻大辱。过升被她们折磨得苦不堪言，一口咬定自己没有看见，而姐妹俩非要说他看了。这样的游戏屡试不爽，结果过升只要一看见她们姐妹俩不怀好意地向自己走过来，就忙不迭地闭上眼睛。

读中学了，过升不能老是和女孩子住在一间房间里，只好搬家换地方，和孪生兄弟同住。他的继父是一个气量很小的男人，吃饭时，总是盯着过升的碗看。总算他的成绩还说得过去，别人欺负他，他就对自己说，好好读书，以后上了大学，有了好工作，就会有自己的房间。有了自己的房间，躲进小楼成一统，别人想欺负也没门。到考大学的关键时刻，他亲生的父亲忽然良心发现，一定要儿子住到他那里去，他把自己的家变成了男宿舍和女宿舍，自己和儿子一个房间，过升的继母和两个女儿睡一个房间。这时候，继母的大女儿刚有了男朋友，她自己读书不好，没考上大学，对成绩好的过升突然有了好感，不仅不像过去那样欺负他，而且还常常以自己的亲身经历现身说法，鼓励他一定要争气考上大学。她常常帮过升弄一些很重要的复习资料。

过升怎么也不会想到，真正影响自己成绩的，会是自己的亲生父亲。过升的父亲是一张碎嘴，他自己什么都不懂，就喜欢没完没了地自说自话。再也找不到比他更自以为是的父亲，过升复习功课的时候，他喜欢很不知趣地陪在旁边，说是这样有利于监督他学习。过升一想到他就烦，一听到他的说话声，脑子里就一片混乱。他的唠叨直接影响了儿子的学习状态，结果高考的时候，过升的历史突然出了莫名其妙的差错，于是只能进一所蹩脚大学读大专，并且还是走读。所有的人都感到失望，最恼火的是过升的父亲，儿子在关键时候的出错，意味着他将不得不在这个家里，起码又多住三年。

“你有什么屁的委屈，竟然还好意思说是我影响了你，”父亲在以后三年里，变得更加唠叨，“你想想我为你做的牺牲，为了你，这个家成了和尚庙与尼姑庵，你想想看?”过升不吭声，父亲又说：“别不吭声呀，有能耐上你妈那去住，看她容不容你?”

临了，还是那位与他没有血缘关系的姐姐安慰他，她说你别理他，等你以后有了工作，他拿你就没办法，大专就大专，好歹你也是个大学生。三年的大专生活，过升读得索然无味，考研究生的雄心大志，早在还是读一年级时，就没了。到临毕业的时候，仍然是那位与他没有血缘关系的姐姐帮忙，托了个有权有势的熟人，在区一级的某机关里找了个工作。工作了，仍然是没房，他父亲视他为眼中钉，动不动就撂话给他听，问他这家里男宿舍女宿舍的，哪天才是个尽头。有一天，过升回自己的房间，发现门被销上了，就敲门，听见父亲在里面恶声恶气地说：“你先到街上转转去，我他妈现在不想见你，你给我死出去!”过升隐隐地听见房间里有继母的声音，顿时明白是怎么回事，心里十分阴暗地就坐在门口等，一直等到继母衣衫不整羞答答地走出来。

过升一声不响走进房间，把自己的替换衣服，胡乱地往一个老式的旅行包里塞，一边塞，一边忍不住要流眼泪。他的父亲还躺在床上，文不对题地想跟他搭讪。自小过升就拎着这个旅行包走来走去，饱受着亲生父母以及继父继母的白眼。他发誓再也不会踏进这家的大门，一切都应该结束了，过升已经忍无可忍。他径直去了单位，从那天起，也不管单位的领导是否允许，就以办公室为家，没有床，就天天睡在办公桌上。办公桌似乎短了一些，便把两张桌子接在一起，睡了一个多月，领导觉得他的行为有碍观瞻，不得不把他安排进了集体宿舍。根据区委机关大院的规定，集体宿舍仅供那些外地来的大学生居住。

在集体宿舍的岁月也谈不上什么愉快，他是后来者，住集体宿舍也仿佛封建时代娶太太，要按先来后到排座次，先入一天为大。过升去得迟，所以安排他住在靠大门口，而且没有衣柜的使用权，因为唯一的衣柜，已被先住在那的人占了。本来是两个人住，现在变成了三个人，那先入为主的两位便视过升为异己分子，进进出出从来不理他。过升想和他们改变关系，常常主动招呼，那两个人爱理不理依然是冷落他。那两人其中一位已经有了女朋友，女朋友来拜访，另一位就主动让开，过升没别的办法出气，越是在这种关键时候，越是赖在房间里不动弹，那两个人也就越来越恨他。很快，两个人中的另一位也有了女朋友，知道过升有这种赖在房间里坐第三者的嗜好，拿他没办法，就把女朋友往自己的办公室带。反正是下班时间，空荡荡的办公室里干什么事都行。

渐渐地，那两个人之间也有了矛盾，女朋友换了一个又一个，终于有一天为一个共同的女孩子反了目。那女孩子有一个业余爱好，就是喜欢替人介绍对象。她先是这个人女朋友，后来又成了那个人的女朋友，小小的集体宿舍被她搅得鸡犬不宁。她无意中和过升说了两次话，第三次就十分热心地要为他介绍女朋友。她为过升选中的女孩，是门房老李的女儿，这女孩是名牌大学的毕业生，唯一的缺点，是相貌方面弱了一些。这是第一次有人替过升介绍对象，忐忑不安地见了面，过升感到非常的失望。他并不指望娶电影明星一样的美人，可是这位名牌大学生实在太难看，深度的近视眼，大嘴，小眼睛，奇黑，五短身材，一身肥肉，说起话来伶牙俐齿。

很多女孩子都乐意找大学生，既然有了第一次，接下来便是一次接一次。过升给人的印象，似乎是很挑剔，常常是跟人见了一次面，就泥牛入海有去无回。太丑的女孩他不要，太漂亮的也不敢要。过升属于那种有自知之明的人，既有浪漫精神，同时在思考问题时，又不会太脱离实际。直到有一天他见到孙敏，一切问题才算迎刃而解。孙敏不算漂亮，也不算难看，却足以让他动心。有文凭，又和他一样不是太硬气，只是大专生，比上不足，比下有余。还有一个重要的共同之处，是她也没有自己的房间，她和一个有着严重狐臭的女孩子同住一屋，眼前最迫切的需要，就是赶快找个有房子的男人嫁出去。

第六章

孙敏的例假从来就不太正常，结了婚又老是避孕，动不动就得两个月才来一回。她对做母亲天生就没什么热情，等她意识到这一次有可能是怀孕时，一化验，果然反应已呈阳性。回到家，把化验结果说给过升听，过升高兴得手舞足蹈。但是孙敏高兴不起来，她让他不要得意得太早，说房子的事情还没有最后落实下来，而目前他们的处境，并不适合养儿育女。她心里显然还有什么不痛快的事情，板着脸说："就这么个破地方，两个人已经没有转身的地方了，再添一个小孩，绝对不行。"

过升说："你这话是什么意思？"

孙敏说："什么意思，没房子，就不打算要这个小孩。"

过升说："急什么，房子迟早会有的！"

孙敏一听这话，就上火，十分认真地说："迟早会有，你倒是把话说说清楚，这肚子里的婴儿，可不会等你有了房子，才不急不忙地钻出来。你这人说话，怎么这么轻巧，我问你，房子的事，到底怎么说？我可是事先跟你说了，要是没房子，这小孩我是真的不打算要。"

过升立刻急了，说："我们副处长不是说过，别人腾出来的旧房子，可以给我们。"

孙敏说："那旧房子呢，怎么一点动静也没有？"

过升让她说得心里在一拎，故作镇定地说："你这人，别说不吉利的话好不好。"说完以后，心里顿时存了疙瘩，第二天去机关，见副处长有心躲避自己，便追着问。副处长见躲不过，把他拉进办公室，语重心长地说了一通，告诉他情况正在往不好的方向发展。两套房子，其中一套好的，已经被退休的前任副处长占了，理由是这两套房子，是通过他的熟人关系搞来，要不是他亲自出马，一套房子也弄不到。过升说，他要占就占好了，自己关心的只腾出来的旧房子。副处长苦笑说："你真年轻，他腾出来的房子，自然是给子女住，怎么会轮得到你呢?"过升仿佛被人迎面抡了一拳，眼前直冒金花，结巴着说不出话来。副处长忙不迭地安慰他，说现在的确有许多事情不合理，然而已经退休的处长，住一套房子吧，按住房标准，面积是不够一些，住两套，又多了一些，你也知道，他上面有人，我还能有什么办法。

过升于是把希望寄托在另一套腾出的旧房子上。副处长又叹气，他这一叹气，过升便预感到事情不妙。果然他又一次语重心长，说："小过，你想想，你们毕竟只是小两口，没小孩，事情就简单得多，你想我们单位里，很多三口之家的住房条件，都很困难。"过升想自己再不说话，便成了呆子了，立刻郑重其事地告诉副处长，自己老婆也怀孕了。"处长，我们结婚已经八年，整整八年了，当年打日本鬼子，也就花了八年时间，可就是因为这住房，连孩子也不敢要。再说，按条件，也应该轮到我。处长你千万不要误会，我们可不是不会生，说老实话，我们的遗传系统没有任何毛病。"

副处长听他这么一说，一怔，既相信又不太相信，笑着说："其实没有小孩也挺好，有了小孩，烦得很!"

由于房子的事情又出现风波，过升凡事都让着孙敏。孙敏的心情变得十分恶劣，大有恨之入骨的意思。怀孕了就有反应，肚子老是饿，又说不清楚自己究竟想吃什么，反正心里总是不痛快。不痛快，就找过升的碴，她吃准了过升又在用房子的事情骗她，动不动就和他吵，不仅跟他吵，还要和邻居黄毓娟斗气。偏偏这女人从来就不是桩省油的灯，自己的男人在外面不循规蹈矩，她正憋着一肚子的火没地方发泄，和孙敏正好是针尖对麦芒，礼尚往来，你狠，我更狠，你站在我房间门口说理，我追到你房间里去叫骂。几个回合战下来，孙敏明摆着斗不过她，撒野放泼，都不是对手，便说："和你这样俗气的小市民住在一起，真是倒了八辈子的霉！"黄毓娟冷笑说："不错，我们是小市民，有能耐你们赶快搬走呀？"很显然，黄毓娟家很快就要搬到新房子去住了，有意无意地，她常常流露出这份得意，而且连搬家要用的纸盒子和绳子，也已经准备好，就堆在过道上，存心让别人看着难受。孙敏恼羞成怒，在自己的小房间里发狠，跟过升嘀咕，说有什么可以傲气，自己男人成天在外面寻花问柳，说不定哪天就把性病带回来。

孙敏除了跟过升吵，动不动还要撵他走，就像当年过升的父亲对他一样，她撵他走的理由，是一看见他就烦，一看见他在自己的眼前晃悠，心里就条件反射不痛快。这些话让过升又一次回忆起自己曾经有过的屈辱岁月。成为多余人的过升，没有属于自己的地方可以去，唯一能够让他躲避的去处，就是爬到屋顶上去望呆，买一个袖珍的俄罗斯望远镜，去观察别人隐秘的生活。最让过升感到委屈的，他莫名其妙地在派出所关押了三天，作为妻子，孙敏竟然没有探望过一次。一想到这件事，过升就不能不感到寒心。一日夫妻百日恩，孙敏的所作所为，有时也太狠了一些。他从派出所里放了出来，她不仅不表示任何歉意，而且还仍然不高兴，好像他真做了什么对不起她的事似的，怎么说都好像是她有理，怎么说都是过升的不是。孙敏似乎突然变了一个人，变得心思重重，变得蛮不讲理，老是一个人坐在那发呆，说话前言不搭后语。孙敏说，好端端的，人家派出所为什么非要想到你。孙敏又说，你活该，有贼心没贼胆，你若真像个男人倒也好了。

说来说去，在过升看来，都是没有分到房子的错。过升这人最大的好处，就是容易自责和自省。有了房子，一切问题都可以迎刃而解。要是有了自己的套房，夫妻之间怄了气，起码可以躲到别的房间去。过升知道自己一生中所受到的委屈，问题就在于他始终没有一间自己的房间。他永远是生活在别人的房间里。别人的房间，永远是个大陷阱和沼泽地。由于副处长并没有肯定地说，那剩下的一套房子，一定没他的份，因此他还谈不上完全死心。但是，由于副处长也没肯定地说，腾出来的旧房子，一定有他的份，因此他只能不放心。既不死心，又不放心，结果活生生地把过升弄得有些神魂颠倒。孙敏的脾气像驴一样倔犟，然而孙敏又不是头驴，她真要不高兴，过升总不能拿她当头驴似的抽一顿吧。

第七章

过升绝不会想到孙敏的反常，和遇到她的小学同学谢东有关。谢东动不动就来找孙敏拔牙，孙敏说，你牙好好的，干吗老是要拔。谢东说，不拔掉几颗牙，我怎么能有借口来看你呢。孙敏知道他最喜欢讨异性的好，而且轻薄的话张口就来，随时随地都准备和女孩子调情，可就是没办法讨厌他。刚开始听他说话，还会脸红，渐渐地也就习惯。谢东有两处房子，一处是单位分的，在城里，另一处是自家的老房子拆迁，加了些钱在郊区买的，面积很大，他见人就吹嘘那房子怎么好，如何宽敞，不止一次说要带孙敏去看房子，孙敏说，我们和人家挤在一套房子，你一个人住两套，不是存心气我们，是不是打算租一套给我。谢东一本正经地说："这房子一般人可租不起，要租，我就租给那些养二奶的大款，这样租金高。"

孙敏是在自己妊娠试验做过一星期以后，和谢东一起去郊区，看他刚拿到钥匙的新房子。地点很远，孙敏坐在摩托车后面，出了太平门，好半天仍然没有到达目的地。城市正在肆无忌惮地扩大，路两边到处都是新房子，孙敏拍了拍正在驾驶摩托的谢东，气不服地说："我真弄不明白，这么多新房子，都是准备给谁住的？"

谢东一边很潇洒地开车，一边说："这用不着你操心，只愁没房子，从来不愁没人住。"

前面有一条岔道，是还没有修好的石子路，谢东拐弯沿着石子路朝前开，速度稍稍放慢。孙敏长这么大，是第一次坐在摩托车后面，一路颠过来，屁股底下感到有些麻木，上了石子路以后，颠得更厉害，手不由自主地抓住了谢东的衣服。谢东回过头来，笑着问颠的感觉怎么样，孙敏嗔怪说，颠死了，早知道这样，根本就不应该来。谢东说，前几天带老婆来，他老婆说，再这么颠下去，都快颠出高潮来了。孙敏一下子没反应过来，怔了一怔，才明白这话的确切含义，她没想到谢东竟然说出这么下流的话来，用力在他的背上捶了一记，说你这人怎么这么无聊。谢东笑着说，女人真要是没高潮了，才无聊呢。孙敏见他越说越不像话，拿他没办法，半是生气地在他背上又捶了一记，说你这人真不要脸。谢东做出很冤枉的样子，说这绝对是他老婆的原话，如果要说不要脸，也是他老婆不要脸。

终于到达目的地，谢东的房子是在五楼，因为没有装修，空荡荡的显得很大。孙敏充满羡慕之情，挨个房间看了一遍，又是叹气，又是摇头。隔壁人家正在装修，噪耳的电钻声，一阵一阵地响着。谢东突然跑到了阳台上，孙敏跟着他过去，却发现他正准备用手机打电话，他对她笑了笑，说是打个电话跟老婆汇报一下。孙敏做出根本不介意的样子，站在阳台上，对大楼下面看，无意中，她看见他们来时骑的那辆摩托车。那是一辆台湾产红色豪华摩托，排气量为 125 升，她看着那黑黑的皮坐垫，突然想起刚刚在路上，谢东说过的下流话，不禁一阵脸红。

谢东终于跟老婆联系上了，大声喊着：“你怎么跑到无锡去了，今天回来不回来，什么，要回来也得到半夜。那我的晚饭怎么办，我不管，我就上馆子了。我跟你说，我现在正在新房子里……”孙敏不想听谢东和老婆聊天，她走进卫生间，见那里面很脏，便蹲在抽水马桶边沿上撒了泡尿，然后走了出来，发现谢东还在那和老婆聊，于是走进另一间房间，空空的房间没什么可看，她走到窗口，情不自禁地又一次往窗外看，又一次看见了停在楼下的谢东那辆红色摩托车。看完了新房子，谢东又要带孙敏去看他城里的房子。孙敏嘴上说，知道你今天存心是想气我，然而还是忍不住想看看的好奇心。谢东城里的房子是在市中心，是一个中套，装修得很华丽，进门得换拖鞋，谢东显出热得熬不住的样子，带些卖弄地拿起一个遥控器，将空调打开，然后又换了一个遥控器，遥控音响装置，播放起流行音乐，故意将声音开得低低的，那情调就仿佛是在酒吧里，朦朦胧胧地有背景音乐在伴奏。这一次，孙敏没有流露出什么羡慕之情，此时此情此景，她感到的只是嫉妒。谢东让她坐在沙发上，打开冰箱，问她喝什么饮料。孙敏说随便，谢东又问是雪碧还是椰汁，孙敏笑起来，说跟你说了随便，谢东于是便开了两罐椰汁。孙敏接过来就喝，喝了几口，笑着说："我说你怎么敢把我带来的，原来你老婆不在南京。"

谢东笑容可掬，说："真让你说着了，我老婆要是在，还真不敢带女的回来。我老婆那个醋坛子要是打翻了，不得了！"

孙敏有些后悔引起这样的话题，她不过是随口说说，而效果却好像是在故意挑逗谢东似的。两人坐在那无事可做，谢东便拿出照相簿，让孙敏看他家人的照片，谢东的老婆很漂亮，一笑，两个浅浅的酒窝，儿子已经上小学了，看上去和谢东小时候很像。孙敏一边看，一边又忍不住和他开玩笑，说你有这么漂亮的老婆，干吗还要去追别的女人。谢东让她说得竟然有些不好意思，腼腆地嘀咕了一声："别瞎说，我追谁了？"

孙敏还是有些忍不住，继续开玩笑说："算了吧，你可不是什么好人!"

谢东已恢复了平时的潇洒，很轻薄地说："这话不错，我从来就不是什么好人。"接下来，两人说了些小学时的旧事，又谈起一些同学的近况，说着说着，外面的天黑下来。谢东说，肚子也该饿了，今天他请客，上街随便吃些什么。孙敏说她不饿，谢东说不饿也得吃，因为吃饭是人生最重要的事情。于是两人一起向大门口走去，孙敏弯下腰来换鞋子，刚换了一只，谢东忽然失控起来，猛地一下从后面抱住了孙敏，像抱一只弯着腰的大龙虾一样。孙敏吓了一大跳，连忙挣扎，谢东将她抱到了沙发前，往沙发上一扔，吃准了她不会真心拒绝，很执著地对她动起手来。孙敏没想到真会发生这样的事情，她的一只脚已经套上了鞋子，只好将腿抬起来，脚跷在半空中，一边强烈反抗，一边担心鞋子上的泥，把谢东家的沙发弄脏了。

结果那天孙敏不仅让谢东称心如意，而且还省了他一顿晚饭钱。该发生的事情来得似乎早了一些，因此当事情真正结束以后，孙敏已经没有心思和他一起上馆子。她像闯了什么祸似的逃之夭夭，拦了一辆出租车就往家奔。快到了家门口，她显得有些犹豫，让司机继续往前开，漫无目的地往前，一直开到一家电影院门口，下了车，不管三七二十一，买了一张电影票就进去。一边看电影，一边把刚刚发生过的事情，仿佛清点钱包一样，重新梳理一遍。事情的发展，实在出乎意外，她想不明白究竟是什么因素，使她变得那么疯狂。也许是坐摩托车时颠簸引起的刺激，也许是嫉妒谢东老婆有一个过于幸福的家庭，想到临了，终于得出了一个能让自己心服口服的结论，这就是早在上小学六年级的时候，她就很喜欢谢东。谢东应该算是她的初恋情人。这是一个羞于说出口的秘密，孙敏知道当时班上有许多女孩子，都暗恋谢东。

第二天，上班的时候，谢东打了一个电话过来，说昨晚的饭，一定得补。他情意绵绵地告诉孙敏，说昨晚她走了以后，自己一个人上了馆子，点了一桌菜，就好像她还没走一样，在馆子里独坐了半天。孙敏听了，有些感动，便答应下了班再和他见面。见了面，孙敏觉得有些难为情，谢东却没事似的和她闲扯。因为是在馆子里，人来人往，很多话不便明说，谢东想摆阔多点几个菜，孙敏说，就两个人，点那么多菜干什么。谢东说，不吃白不吃，干吗要为我省钱。孙敏便笑，光是笑，不说话。点完了菜，坐在那无所事事，谢东神秘兮兮地看着她，孙敏让他看得有些不好意思，说看着我干什么。谢东有句话已经憋了许久，突然说："孙敏，你知道我现在在想什么？"孙敏当然不知道他的想法，他对周围看了看，说哪天你独自一个人值班的时候，打电话给我，我很想在你们的手术椅上，和你风流一次。孙敏的脸顿时通红，狠狠白了他一眼。

几天以后，中午值班的时候，治疗室里就孙敏一个人，她突然想起谢东说的话，便冒冒失失给他打了个电话。很快他就赶来了，装模作样地还挂了个号。因为是夏季，午休时间很长，谢东往椅子上一躺，笑着说自己又来看牙了。孙敏嫌他没正经，不理他，他伸出手拉孙敏，将她硬拉到身边，手便往她裙子里伸。孙敏用劲打他的手，他涎着脸，不说话，手也不停止。孙敏怕有人突然闯进来，只好装作在替他检查牙齿，她在那做着检查，谢东就趁机大有作为。他是有备而来的，孙敏还没弄清楚怎么回事，他已经摸起身边的手术刀，十分熟练地把她裙子中的三角裤的裤裆划开了。

孙敏做梦也不会想到自己竟然会那么疯狂。幸好穿着一条宽松的大裙子，自始至终，她的手里都捏着一把银光闪闪的钳子，即使是在谢东如愿以偿地走了以后，那把钳子仍然还在她的手上捏着。她知道这么做很过分，而且绝对无耻，然而又不得不承认这样真的很刺激。谢东说，早在第一次躺在手术椅上的时候，他看着她穿着白大褂，向自己俯下身来检查牙齿，他就产生了那种不可遏制的下流念头。谢东这人最大的优点，就是非常地坦白。她发现原来她是真的很喜欢谢东，为了他，让她干什么都可以。她想自己所以会如此疯狂，很重要的原因，是因为自己怀了孕。怀孕不仅让她不必担心通奸会留下罪证，而且作为医生，她还知道在怀孕的前三个月中，如此疯狂地做爱，很可能会导致流产。孙敏发现自己的潜意识中，正在希望自己能够流产。她不想要肚子里的小孩，一开始就不太乐意，现在她的生活中有了谢东，更不想要了。

第八章

对于他来说，这是他一生中最糟糕的一天，因为短短的一天中，他连续受到了两次严重打击。首先，他心目中最大的事情，也就是盼望已久的房子突然泡了汤。紧接着，孙敏又告诉他一个更残酷的消息，她已经自作主张地在自己的医院里堕了胎，医生说那很可能是个男婴。接连两件事，像左右开弓的两记耳光，扇得他眼前直冒金星。

这一天开始时，没有任何不好的迹象，大清早，他去上班，工会主席老张找到他，要他陪着一起去精神病医院，看望正在那治疗的金莉波，说这是医生的主意，金莉波近来病情已大为好转，他去看她一下，有利于她的病情进一步向好的方向发展。过升觉得自己有充分的理由拒绝，但是不愿意分配房子的关键时刻，在单位里给人留下不好的印象，他希望让大家一致认为，像他这样听话的模范职工，已经和别人合住了八年，受够了罪，应该把腾出来的那最后一套旧房子分配给他。两天前，过升又一次向副处长提出房子的事情，副处长和蔼可亲地笑着，好像是在向他暗示，这问题不会太大。

金莉波看到过升时，很有些不好意思，显然她此时的精神状态很正常。她穿着一套病房里的衣服，抹着淡妆，头发梳得十分齐整，红着脸表示了歉意，希望过升能够为了过去的误会，宽宏大量地原谅她。她告诉过升，只要自己很好地配合治疗，不间断地吃一种叫什么的进口药，她的精神病就不会再犯。过升被她说得有些感动，想一个女人最不幸之处，就是得这种容易遭人议论的毛病。工会主席老张有一张婆婆妈妈的碎嘴，他解释说金莉波现在四十多岁，再过几年，到了五十岁，随着年龄越来越大，过了更年期，许多麻烦事就不会再有。俗话说，无欲则刚，那种欲望淡了以后，天下自然会太平。一路上，老张喋喋不休，说金莉波这毛病，其实也就是一种花痴，她一口咬定过升，说明她喜欢他，老实说，金莉波人长得真不丑，半老徐娘，风韵犹存，当然对过升来说，也许年龄大了些。

直到从医院回来的路上，情况才发生逆转。在这之前，过升的心情一直很好，心平气和。话终于从金莉波身上，转移到了房子上，老张突然问过升知道不知道已退休的前任副处长，占了一套新房子。过升点点头，因为这已经是旧新闻了，没想到老张紧接着又问他，是否知道另一套新房子给了谁。过升摇了摇头，老张神秘兮兮地向他透露，说那套新房子已经给了谁谁谁。过升点了点头，他关心的只是腾出来的旧房子，便向老张打听，老张随口说："这套旧房子吗，有些复杂，很多人都想要，听说还有你，昨天中层干部开了个会，说是决定给邵辉。"

过升差一点跳起来，这时候，他和老张正在出租车上，突如其来的坏消息让他有些失态，他猛地一把揪住了老张的手，说怎么可以分给邵辉，他有什么资格，这小子来机关才几年，你们中层干部开会，为什么不帮我说说话，这处头不是存心拿我当猴耍。"老张火上浇油地说："机关的事情，你又不是不知道，说是说中层开个会讨论，其实还不是处长一个人说了算！这年头，马善好骑，人善好欺，那邵辉也没什么别的能耐，就是会闹。"邵辉是一位刚从外单位调来没几年的大学生，以能闹著名，曾为分苹果的事情，和老张狠狠地吵过一架，老张对他没什么好印象。过升一口气憋在心里，所有的好情绪顿时都被破坏了。他想到事情已经偷偷地定下来，副处长居然还在做戏，见到他跟什么事也没发生一样，真他妈的太不是东西。眼见着就要到家了，孙敏一旦知道这事，不知道会如何闹法。这一阵，他们总是处在冷战状态，偶尔说几句话，她酸溜溜地老是把离婚抬出来吓唬人，动不动就说两人的缘分已经到头了，还是早些分手干脆。过升绝没有想到，回家以后，另一个更严重的打击，正用心险恶地等待着她。孙敏连续两天没有回家住，今天却在床上躺着，人看上去有几分憔悴，头发很乱，眼睛红红的，过升十分沮丧地进入房间，不明白发生了什么事，看她不想理自己，他也不乐意主动和她打招呼。

孙敏突然冷冰冰地说："我已经把孩子流了。"

孙敏永远也不会告诉过升自己堕胎的真实原因。她差一点就要告诉他，然而话已经到了嘴边，又咽了回去。这样的秘密，按道理只能让一个男人知道，既然孙敏已把这秘密告诉了谢东，就不应该让第二个男人来分享这个秘密。孙敏并没有想到自己会在情网中，陷得那么深，那么不顾一切。尽管谢东一再流露，他们之间只是在做爱情的游戏，这样的游戏很多人都在做，但是她还是当了真。经过几次不同方式的约会以后，孙敏错误地认为自己有必要，最大限度地向谢东表示自己的爱心。她毅然去了妇产科，找了一位熟人，将自己肚子里已经快四个月的小孩，做了流产手术。

孙敏在值班室里躺了一天一夜，然后跑到街上去打磁卡电话，告诉谢东自己为他干了什么。谢东很吃惊，好半天不接茬，最后结结巴巴地说：“你怎么可以这样呢？”

孙敏隐隐约约地能感觉出他很不乐意，不由地一阵失望，说：“我不想要这孩子，我想要我和你的孩子。”

谢东叹气说：“你这人也怪，怎么会有这么糊涂的想法。”

电话里许多话说不清楚，两人约好了第二天再谈。第二天上午，谢东来医院门口接孙敏，拦了一辆出租车，将她带到自己的一个女朋友处。这地点选得很不合适，那女朋友一看就可以确定和谢东关系暧昧，她显然也知道孙敏是什么人，知道他们之间出了什么事，安置好了他们以后，自己便告辞上了街。孙敏说，亏他想得出，竟然把她带到这来了。谢东说，这地方绝对安全，谁也别想找到他们。孙敏知道他们之间将有一次艰难的谈话，她不断提醒自己，必须勇敢地面对现实，说什么也不应该流下眼泪，但是最后还是忍不住流了下来。谢东说，他最不喜欢女人流眼泪，什么话都可以说，可以慢慢讨论，干吗要流眼泪呢。孙敏说，他用不着慌张，自己的眼泪，并不是为他流的。

谢东告诉孙敏，她的一些想法，是非常幼稚的。她冒冒失失地去流了产，根本就不征求别人的意见，这么做，对他来说很不公平。她这是故意向他施加压力，让他永远觉得自己是欠了她一笔人情债，让他在良心上始终感到不安。从表面上看，她好像是为他做出了牺牲，然而实际上，她是要把一根绳子永远勒在他的脖子上，是想控制他，扼制住他的自由，而对于他这样的男人，自由是像生命一样宝贵的东西。他告诉孙敏，他一度非常地喜欢她，他们之间过得很浪漫，现在他已经开始怀疑，他开始怀疑他们之间的这种关系。孙敏一句话也插不上嘴，她奇怪他竟然会这么说，而且不得不承认他说的，也有些道理。她本来想告诉他，自己是如何地爱他，如何发自于内心深处地喜欢和迷恋他，现在突然觉得这些话，已经用不着再说。

孙敏已经堕胎的消息，给过升带来的不仅仅是震惊。他觉得自己什么都可以让着孙敏，唯有这件事不行。他压抑的时间已经太长了，愤怒终于像火山一样喷发，他怒不可遏地抽了孙敏一记耳光。这是他从小到大，第一次真正动手打人，而且是打一个女人，是打自己的老婆。他说我没有权力阻拦你离婚，但是你也没有权力把这小孩流了，这小孩有我的一半，在他身上流淌着的是我的血液，你杀死了他，也就是把我的一半也杀死了。他说，你可以欺负我，拿我不当人，把我不当男人，但是决不能欺负无辜的小孩，你不能因为他是婴儿，不能向你提出抗议，就非常卑鄙地谋杀了他。过升威胁说要去法院告她，因为她犯了谋杀的罪行。

孙敏呆呆地望着他，没有做出任何反应。过升做梦也不可能想到自己竟然会扇她一记耳光，这好像是另一个他才会做的事情。他并没有感到歉意，奇怪的只是自己真的就这么做了，而且出手居然那么快，完全把孙敏给打懵了。过升说，他有同学在法院，这一次他一定要告她，要让全世界都知道她这么做，是侵犯了一个男人为人之父的正当权利。

孙敏终于用手去摸自己的脸，她说："既然这孩子有我的一半，我当然有权利流产。"

过升流着眼泪说："说到底，都是我这人太好说话。我好说话，所以你们就都不把我当人。告诉你，离婚就离婚，现在，我根本就不在乎你，你等着好了，这次我是豁出去了，你就等着法院的传票吧。”

孙敏不想和过升争吵。她看他为小孩流产的事情，急成这样，知道自己是极大地伤害他了，隐隐地感到有些内疚。要是他知道了自己对他的不忠，还不知会气成什么样子。她此时心乱如麻，急需找一个清静的地方，痛痛快快地大哭一场。未来会怎么样，她现在懒得去想，过去又怎么样，她也不想再回首，当务之急，是想孤伶伶的一个人躲起来，舔舔正在流血的伤口。她一声不响地理着包，那情境就像当年过升准备离家出走时一样。她终于把一个巨大的帆布包塞满，又把牙刷和洗脸毛巾装进一个塑料口袋，然后转身默默地离去了。

过升冲着她的背影，气急败坏地喊着：“你滚吧，永远不要回来。”

第九章

过升决定去找副处长，他已经想了无数遍，无论哪一条理由，邵辉都不应该比自己优先，论资排辈，掰着指头算，邵辉怎么也该排在他后面。不能说谁会闹，谁就应该占便宜。如果真是会闹的人就应该占便宜，过升也可以去大闹一场。临出门时，过升忽然心血来潮，他跑进厨房，决定将自己家的一把不锈钢菜刀带上，然而那把菜刀是小号的，看上去还不够威风，他便随手将黄毓娟家那把大号的菜刀取了下来，放在浅红色一个塑料口袋里，气势汹汹拎着去见副处长。

按了电铃，隔着防盗门，副处长老婆对站在门外黑暗处的过升说，她丈夫不在家。过升气鼓鼓地说，他明明白白地看见副处长逃进了一间房子，打发客人也不能这么过分吧，别人都亲眼见到了，还非要说是人不在家。由于天气太热，副处长家的大门敞开着，只锁了一道防盗门，过升站在楼道上，室内的一举一动，看得清清楚楚。副处长见躲不过，只好涎着脸出来接待过升。过升进去了，气鼓鼓地往沙发上一坐，说今天要和他好好地谈谈房子的事。

副处长说："说到房子的事，我就坐立不安，老实说，你不来找我谈，明天上班的时候，我也准备找你谈一次。你知道，这分房子，是最头痛的事情。"

过升拎起手中的塑料口袋，往茶几的玻璃台板上带有挑衅意味地一放，砰的一声，副处长吓了一跳，因为他不仅听见了声音，还看见塑料袋里雪亮的菜刀，脸色顿时变了。过升愣头愣脑地说："处头，我今天来，你总得给我一个说法，要不然，要不然，我跟你没完!”副处长结结巴巴地说：“小过，你可是个老实人，总不至于是来威胁我吧。”过升悲愤地说：“我威胁谁，我是威胁我自己。我在那个破房子里，已经住了八年了，你答应给房子的，你答应好的，现在你又把房子给了邵辉，我告诉你，我老婆现在要和我离婚，怀了四个月的胎儿也流了。我忍了又忍，没办法再忍了，你说我该怎么办，你说。”副处长老婆听见过升的声音大了，不分青红皂白地从里屋跳出来，说那么大声干什么，要谈工作，这是私人的住处，到单位里去谈。过升腾地一下站了起来，用一种很难得有的大声说：“我就要在这谈，怎么样!”

副处长很生气地喝住了老婆，非常严厉地训斥她，说你一个妇道人家懂什么，不许插嘴，自己是领导，下属有什么问题，当然可以上家里来谈。说完，很同情地掉转过头来，对过升说：“小过，坐下来，坐下来谈，有什么委屈，你先全说出来，然后你再听我解释。”过升板着脸说：“我不想听你解释，你说，那最后一套旧房子，是不是已经给了邵辉?”副处长很为难地叹着气，十分真诚地说：“听我慢慢解释好不好，这样，你先把气消一消，一定要把气消一消，然后听我解释。”过升气鼓鼓地不说话，副处长便继续叹气，他做出很能理解过升的样子，语重心长地又说：“我知道你很气，心里有委屈，这很正常，换了谁都会这样。你知道，那套房子最后给了邵辉，那也是没办法，你听我说，为什么这样呢，因为区委的李主任，看中了邵辉现在住的那个单居室，两套新房子能给我们，跟这位李主任也有关系。李主任要这单居室，当然不是给自己住，人家也不是给自己小孩住。是怎么回事呢，你听我慢慢说，是他们政协有一位女秘书，刚离了婚，没地方安置，因此，就看中了邵辉的房子。依了我，是要把你的房子给她，可她这人疙瘩，一定要邵辉的房子。”

副处长说到临了，仿佛比过升更委屈，更有一肚子的牢骚，要对人倾诉，今天正好给了他一个一吐为快的机会。一口气，说了许多分配房子的黑暗，他告诉过升，那位李主任所以要为离婚的女秘书弄房子，是因为组织部的王部长喜欢这位女秘书，当然不是说他们之间一定就有什么男女关系，但是王部长难得求李主任的，李主任也不敢太怠慢。从表面上看，一套房子只是分给某一个人，其实在这背后，每一套房子，都可以带出一大堆关系，要得罪人，一得罪就是一大片。副处长见过升脸上一片茫然，苦着脸说：“小过，你说说看，我难不难，我这领导做得有什么意思。你就是把菜刀拿出来，砍我几下子，我又能有什么办法。这样吧，你有气，你砍我两菜刀好了。我知道你是老实人，也是让环境逼急了，你砍我好了，我能理解你！”

过升不说话，实在没话可说，他没想到最后竟然会是这样。副处长又说，他是过来人，什么事没遭遇过，就说这次分房子吧，有人写匿名信，有人要送金项链，还有人威胁说要绑架他的女儿。他说也谈不上什么坚持原则，无非该坚持的，就一定坚持，反正要命就一条，既然上面还要他当这个领导，他也就只有硬着头皮，摸着良心干下去。在结束这次谈话前，副处长又打气似的安慰过升：“凡事都得靠自己的良心，我这个人也不喜欢说大话，你小过真不用太悲观，你想想，马上就要房改了，所有的房子都得花钱买，而且所有的领导干部，一人只能买一套房子，到时候，那些一人有两套三套房子的，还不得乖乖地把多占的房子，都退出来。”

过升拎着装有菜刀的塑料口袋，灰溜溜地离开了副处长家。他所以没有抽出菜刀，在副处长肥胖的身躯上砍上两刀，不是因为突然害怕了，而是觉得这样做毫无用处。光砍一个副处长有什么用，除非他有足够的时间，把什么李主任王部长的，每人都像剁肉一样地，砍上几刀，把那个可恶的俗不可耐的副处长太太，剁成肉泥，然而就算是这样，就算是砍了这些人，又有什么用。砍又不能砍出房子来。

过升发现自己的心情从来也没有这么糟过。回家的路上，他真希望有人向他挑衅，这样他便可以痛痛快快地砍人两菜刀。记得刚上中学的时候，他所在的学校有个高中生，因为喜欢和人打架，书包里就常常放一把菜刀，那人正好姓蔡，大家给他起的绰号，就叫“菜刀”。“菜刀”后来吃了官司，听说放出来，又和别人打架，终于出了人命，给判了死刑。过升依然还能记得“菜刀”的模样，人长得像模像样，看上去非常文静，一点都不像是打架不要命的人。

回到家时，已经九点多钟，黄毓娟正在卫生间里洗澡。黄毓娟的儿子参加夏令营去了，她打算早点洗了澡上床睡觉。洗了澡出来，从冰箱里抱出一个西瓜，想切一瓤慢慢享用，去厨房拿菜刀，突然发现自家的菜刀没有了。她是个急性子，四处看看，张嘴就嘀咕，谁把菜刀拿走了。过升正在房间里生闷气，听见她在嘀咕，不知道她说什么，后来听见她在说菜刀，忽然想到这和自己有关，于是连忙将菜刀送出去。黄毓娟顿时很不乐意，偏偏过升很不知趣地说：“对不起，你家的菜刀，是我偷的。”

黄毓娟看着他从塑料口袋里往外拿菜刀，说你这人怎么这样，你要用别人的东西，也应该打个招呼，就这不声不响地拿走了，算是怎么回事。过升仍然是没有好气地说："算了，我不是已经承认了，菜刀是我偷的，是我偷的！"黄毓娟说："你别故意找不自在，我什么时候说你偷了？"过升说："你是没说，是我自己说的，我是小偷，我就是小偷，可以了吧。"黄毓娟说："不是偷不偷的问题，你应该事先打个招呼。到现在，你也用不着死皮赖脸，硬说自己是偷。"她已经习惯于对别人喋喋不休，尤其是对过升，虽然不像和孙敏一样，动不动就恶语相加，但是一逮着机会，教训起过升，就像熊自己的儿子那样不含糊。过升平时从没有和她真正的红过脸，孙敏和她有什么口舌之争的时候，他总是一声不响的在旁边看，内心深处对黄毓娟早已非常反感。黄毓娟没完没了地还在嘀咕，过升觉得有一股恶气在胸中作怪，急不可耐地想冲出来。

过升说："实话告诉你，我拿你家的菜刀，是想去砍人的！"

黄敏娟好像根本就不相信他的话，她将菜刀反复洗着，然后气汹汹地切西瓜，嘴里不干不净地还在啰嗦，颠来倒去就那几句话，也不看看过升的脸色。过升恶狠狠地说："你他妈有完没完。"说了，掉头回自己房间，黄敏娟从来就是要沾上风的，今天分明是过升没有道理，怎么能听得进这句话，立刻捧着西瓜，追到过升房间门口，不依不饶地问他，说他既然是做了小偷，凭什么还骂人。过升说："我骂你什么了？"黄毓娟说："你他妈的嘴里干净一些，别讲起来还是个大学生，嘴一动就带出个脏字来。你们不是有文化的人吗，别搞得像我们小市民一样！"说完，眼见着过升哑在那，不敢再吭声，大获全胜地一边吃西瓜，一边回自己的房间。

过升待在那里，越想越气。这世界上，什么样的人，都要欺负他，什么样的人，都觉得他窝囊无用。黄毓娟平日是他最看不起的女人，自己的丈夫在外面寻花问柳，管不好自己的丈夫，憋着一股怨气，到处找别人发泄。有一句话，过升始终憋在心里，从来没对人说过，这就是像黄毓娟这样的女人，说穿了也就是欠操，是性压抑。过升突然十分冲动地跑黄毓娟家门口，眼泪汪汪地说："你这女人老是得寸进尺，我告诉你，你不要做得太过分，别真以为人家都是好欺负的。你究竟算是什么东西，搞得连自己男人都那么讨厌你。"由于他的话很严厉，黄毓娟既有些受不了，又有些被他恶狠狠的用词唬住了，想不明白这位平时文乎乎的书呆子，如何一下子变成凶神恶煞，一下子说出这么歹毒的话来。马善被人骑，人善被人欺，过升的脑海里，突然反复出现了这句至理名言，同时，自己一生中所遭受到的屈辱，都像放电影胶片一样地在他的眼前闪过。

无法解释过升为什么会失去控制。他似乎找到一个最能羞辱黄毓娟的傻办法，当时，黄毓娟正坐在床沿上，呆呆地看着他站在门口，看着他又指手又画脚，不明白他为什么会这样怒不可遏，顷刻间，完全变成了另外一个人。黄毓娟显然是被他打败了。过升决定乘胜追击，突然飞快地把裤子往下一推，像蚕蜕皮似的，把自己的裤子一直剥到膝盖那里，然后孩子气地对着黄毓娟，就仿佛是对着厕所间的小便池，顽强地挺着自己的小肚子。这一步棋，也许只是在笨拙地模仿童年时的游戏。很多年以前，那时候他还是个小学生，在亲生父亲家里，那对当时也还不知羞耻的姐妹，常常用这样的游戏捉弄他。过升希望黄毓娟能像当年的自己一样，立刻做出惊慌的反应，立刻用手捂住眼睛，把头转过去。这样，他便可以像当年那对总是欺负他的姐妹一样，迅速拉起自己的裤子，然后像突袭了伊拉克的美军一样，胜利撤兵。

然而黄毓娟完全被他搞懵了，自然她是很生气，与其说是生气，还不如说她更好奇。她完全没有像过升预料得那样慌里慌张，恰恰相反，因为她并不慌张，结果真正感到慌张的，反而是过升自己。这一招出奇制胜的法宝，就在于要快，要迅雷不及掩耳，时间一长，就变成了荒唐的闹剧和喜剧。黄毓娟的眼睛，直直地盯着过升耷拉着脑袋的小兄弟，过升感到很不自在，不安分的血液在身上到处乱窜，那小兄弟像充了电似的正在苏醒，逐渐斗志昂扬起来。过升连忙往上提自己的裤子，那裤子已卷成了麻花状，想很快恢复原位，也还真不容易。黄毓娟终于说话了，她说你这不是耍流氓嘛，她说我马上就喊了。尽管她并没有真的准备喊，只是吓唬吓唬他，但是过升却感到了真正的恐惧，他的脑子里一片空白，不顾一切后果地往前蹦了一步，青蛙攫食似的将她扑倒在了床上。接下来的一切就不可收拾。黄毓娟刚洗过澡，身上到处都是香肥皂的味道，她的下身穿了一条半新不旧的花布大裤衩，这种大裤衩只有那些不注重衣着的中年妇女才会穿，虽然看上去不像时髦的小三角裤那么性感，但是脱起来实在方便，顺势往下一捋，竟然从上一直捋到了脚背面上。

第十章

已经真正沦为罪犯的恐惧，折磨了过升好几天。尤其是事情发生的那天晚上，过升意识到世界已经到了末日。他很狼狈地逃回自己的房间，羞愧得无地自容，恨不得立刻找根绳子，寻死上吊。许多想都不敢想的事情，突然说发生就真的发生了，过升做梦也不会想到事情的结果，竟然会是这样。这事实在有些恶心。过升像具尸体似的躺在床上，忐忑不安地等待着事态的进一步发展。黄毓娟只要给 110 打个电话，几分钟以后，公安民警便可以赶来。

隔壁房间里没有任何动静。看来黄毓娟暂时还没有想到，或者说还不愿意走 110 这一步棋。这时候的安静，足以让人心惊肉跳，隐隐约约地能听到来自大楼里的其他声音，远远的，好像来自另外一个世界。突然，黄毓娟的丈夫王国斌回来了，他乒乒乓乓地开着门，骂骂咧咧地说着什么。过升出于本能地坐了起来，看了看周围，发现只有床头柜上的热水瓶，可以临时作为战斗的武器。他想象着黄毓娟正对丈夫哭诉，然后那个性情暴躁的男人，会拿了一把刀来找他算账。这时候，再跑到厨房里去拿菜刀自卫，似乎为时已晚，过升神经紧张地听着外面的声音，他听见黄毓娟的丈夫大声地喊老婆替他拿换洗衣服，显然此时，他已经进了浴室。

整整一夜，过升都在想王国斌要是冲进来，自己应该怎么样。他觉得自己应该突然出招，抱起床头柜上的热水瓶，朝他脑袋上扔过去，然后趁机夺过他手上的刀，在他身上猛戳几刀。他必须战胜他，像个男子汉一样地击败他，然后把刀扔了，毫不犹豫地从窗台上跳下去。从五楼跳下，而且是头朝地，自己将必死无疑。既然已经出了那么大的事情，过升想自己再也无颜活在世上。从小时候起，过升就知道被人指着鼻子骂强奸犯，是最无耻的，强奸犯甚至在监牢里都被其他的犯人看不起。

一直到天亮，过升都没有合过眼睛，始终处在一种临战状态。王国斌洗了澡出来，一头钻进了自己的房间，这天，他竟然比平时早回来了。过升听见卫生间里哗啦啦地还有水声，既然王国斌此时在自己的房间，在卫生间的显然是黄毓娟。王国斌将电视打开了，对黄毓娟喊了一声，说衣服明天洗就是了，急什么，接下来便只剩下电视的声音，原来是在转播一场足球赛。过升对于足球没什么兴趣，但是他知道中国国家队正在国外比赛，因为很多球迷都在议论这事。电视里正在直播，中国队很快就进了一个球，解说员兴奋异常地说着，可惜球越踢越糟糕，对方不久也进球了，而且不只进了一个，解说员开始语无伦次，王国斌一声比一声高地喊着“臭球，呆×”。

过升有充分的理由相信，黄毓娟对自己的丈夫什么也没说。天亮时，过升进卫生间撒尿，出来时，迎面碰上他，他没有任何反应。这种事情，气量再大的男人也容忍不了。王国斌若无其事地在卫生间里刷牙，然后去厨房吃早饭，吃完了便出门，临走前，还和黄毓娟打了声招呼。黄毓娟问他回不回来吃饭，王国斌感到有些奇怪地说：“我他妈的什么时候回来吃过饭的？”

黄毓娟说：“我问一声，又怎么啦？”

王国斌说：“你问得是废话。”

过升没有去上班，他迷迷糊糊地睡着了，一晚上熬下来，他感到有些困。醒了之后，百无聊赖，便打开电视看，肚子饿了，上街买了一份盒饭，同时还带回来两包方便面。这套房子里，现在就剩下过升和黄毓娟两个人，过升想冒险和她谈一次话，想向她道歉，恳求她千万不要把这件事说出去。但是他说什么，也鼓不起这份勇气，到晚上，黄敏娟早早地洗了澡，把自己一个人锁在了房间里，看电视，平时她从来不锁门，天气这么热，看那架势，似乎是怕过升会再次对她非礼。过升隐约觉得，尽管黄毓娟平时脾气很大，但并不是什么烈性女子，事情突然发生的时候，虽然她也有所反抗，然而她的反抗不仅不坚决，而且到了后来，与其说是在反抗，还不如说是在邀请。她一方面抗拒着异族的入侵，另一方面，又身不由己地引狼入室，积极配合强敌的进攻。事实上，在整个战斗中，过升并没有遇到任何实质性的阻击，他没有遇到任何障碍，没有她的配合，他什么也干不成。

又过了一天，黄毓娟的儿子回来了，喋喋不休地说着夏令营的事情。家里多了一位男子汉，黄毓娟的胆子也大了，否则她总是缩在房间里，儿子回来，她又恢复得和平时一样，房门也不锁了，就好像什么事也没发生过，跟儿子有说有笑，心情好得不能再好。过升照常上下班，回来之后，既缩头又缩脑，尽量避免和她直接照面。毕竟是住在一套房子里，有时候实在躲不过，两人的眼睛对上了，黄毓娟还是掩盖不住对他的慌张和羞愧，像害羞的小女孩一样，很快地将眼睛移向别处。过升也觉得难为情，如果发生的一切，仅仅是一场梦就好了，然而偏偏不是梦。

孙敏这一次，在外面住了近一个月才回来。不能不回来，因为在外面，根本就没地方可以待。她的父母都已经过世了，在本地有一个哥哥和姐姐，各人自顾自，在谁的家里也住不长久。天气热，大家顾不得是否有伤风化，衣服穿得已不能再少，孙敏无论是在哪家蹭住，都显得十分多余。在医院的值班室也不能长住，医院也快分房子了，院长找孙敏谈了一次话，说她这样的情况，不能算无房户，无论在值班室怎么耗下去，都不会分房子给她。孙敏告诉院长，自己已准备离婚，院长说，离了婚，更没有理由分房子给你。医疗系统的房子向来紧张，早在进这所医院前，就明明白白地说好的，医院没有房子。

回到家，孙敏和过升依然不说话。过升心里还有些不踏实，想黄毓娟都过了一个月，总不至于会向孙敏告密。这种事似乎也没办法告密。让他感到不可理解的，是孙敏和黄毓娟之间，似乎已经忘记了过去的疙瘩，两人竟然会十分亲密地攀谈起来。大家都是化干戈为玉帛，她们都变成了另外一个人，另外一个对过升来说，显得有些陌生的女人。黄毓娟告诉孙敏，他们已经拿到了新房子的钥匙，这边的旧房子将让她的母亲来住。黄毓娟母亲的旧房子拆迁，新的拆迁政策，是一步到位，一定得花钱买，只要付些钱，就可以立刻拿到房子。黄毓娟夫妇贴了些钱，在郊区买了一个中套，现在正在装修。过了几天，黄毓娟的母亲便住到女儿这来了，这是一个七十岁的老太太，看上去人还很健，而且喜欢和人说话，只不过是耳朵有些背。

大约是觉得黄毓娟夫妇终于要搬走，孙敏觉得和一个老太太合住，要好得多，至少口香糖可以少买一些，于是心情也有所改善。仿佛是在采取一种间接的方法，来表示她对过升的歉意，她对邻居老太太客气异常。她许诺等黄毓娟他们搬走以后，自己会十分称职地照顾老太太，她十分热心地对老太太说，以后有什么事，尽管跟她说，她会打电话通知她的女儿女婿。黄毓娟感激得不知说什么好，别人投之以李，她便报之以桃，一再关照自己母亲，说人家是双职工，别太麻烦人家，平时，应该互相帮忙，也帮着人家做些事。

黄毓娟夫妇选了一个好日子乔迁新居。请了搬家公司的人来，不一会，就把该取走的东西都拿走了。人逢喜事精神爽，黄毓娟夫妇喜气洋洋，里里外外地瞎忙，好像很恩爱的样子。临走时，黄敏娟向孙敏告别，过升看着她汗津津的侧影，心里有一种说不出的滋味。这个女人真谈不上漂亮，她若是长得像金莉波一样就好了，或者再年轻一些，皮肤再白一些，人再丰满一些。虽然在一起住了已经八年多，过升仍然不知道她今年究竟多大，反正比自己大上十岁甚至十几岁都可能。他觉得自己既希望她赶快搬走，又有些舍不得。他觉得黄毓娟的想法，也和自己差不多。

黄毓娟最后没有和过升打招呼，她看了他一眼，就走了。

过升单位门口，新开了一家录像带出租点。秋天快来了，过升见区委大院的人，常常在那店里出出进进，自己也有些耐不住寂寞，也跑去借录像带。借了几次以后，他问老板有没有什么更好看的。老板说，什么叫更好看。过升也说不清楚，录像带实在太多，挑得他眼花缭乱。老板突然说："刚到了一盘新带子，是《新婚科学知识》，你信不信我的话，这绝对好看！"

过升说："这是给刚结婚的人看的，我结婚都八年了，你这是什么意思?”

老板不怀好意地笑，说：“你回去看了就知道，这可是他妈的科学，结婚八年有什么用，中国人有的结婚都一辈子了，仍然还不科学。”

过升借了两盘带，其中有一盘就是《新婚科学知识》。到晚上，吃了饭，先看一盘枪战片，乒乒乓乓，从头打到尾。孙敏对这种打打杀杀的片子兴趣不大，便研究借回来的两盘录像带封面上的文字介绍，一边看，一边冷笑。看完了枪战片，过升换录像带，孙敏终于忍不住，说你借这种录像带回来干什么。过升说，录像店老板说的，这片子好看。片头开始出现字幕，是由某某计划生育委员会监制，然后便是一名教授模样的外国人出来说话，屏幕上打出了他的身份，是什么什么博士，在联合国的某个组织任职，他喋喋不休地说着，说了好半天，拿出几个模型，开始讲授男女生理知识。

知道上当已经来不及，过升忍受着孙敏的冷笑，故意做出很认真的模样。他不想让她觉得自己是心术不正。看到临了，总算看到几个裸体镜头，看到一些被解剖开的男女生殖器官。他的一个同事，曾借过一盘黄色录像带给他，看过那录像带，再看这种《新婚科学知识》，显然有些幽默和滑稽。孙敏打着哈欠，陪他看到一半，便歪在那睡着了。过升想，这录像带是花钱租的，再不好看，也得把它看完，再说，人多一些科学知识，也没什么不好。

一个星期以后，过升向孙敏提出来，要去她们医院，将自己过长的包皮割掉。孙敏有些吃惊，说怎么突然科学起来了，又说你这包皮早就应该割了，人家犹太人，还是在小孩子的时候，就割掉了，在一些国家，割礼同时意味着是成人仪式。过升说，中国人，有几个割包皮的。孙敏说，中国人，有几个像你包皮这么长的，你说你那玩意，前面多出来那么一截，和小孩的有什么区别。过升让她说得不自在，反唇相讥，说你怎么知道人家的包皮是什么样子，你又没看过几个。孙敏脸顿时有些红，说你不要无聊好不好，这是最简单的性科学知识，谁不懂，你不是前几天，刚看过一盘这方面的录像带吗。

过升觉得孙敏是故意让他难堪，她居然请了一个外科的老太太，替他割包皮。她这么做，显然是别有用心。外科的老太太还是一位主任医师，一看就是心狠手辣的女人，孙敏主动过来当副手，除了她们两位之外，还有一位漂亮的女护士，在手术室里进进出出，老是忍不住就看过升一眼。手术进行得很快，也很疼，手术过后，孙敏陪着他坐出租车回家，一路上，过升不停地咂着嘴。下了车，上楼的时候，过升岔开了两条腿，像骑在马上似的，一步一步，艰难地孩子气地往上挪。孙敏不相信地说："别装样了，当真有那么疼?"过升无可奈何，裤裆里那股火辣辣的滋味，实在难于言说。有一句现成又很粗俗的歇后语，叫"鸡巴头上的肉——吃苦不起"，可惜过升并不知道这句话，他要是知道了，也许就不肯去受这个罪，冒昧割什么包皮，起码他可以用这歇后语，向在一旁看笑话的孙敏进行还击。

1997 年 12 月 27 日

后　记

三十多年前不明白什么叫中篇小说，印象中只有长短之分。有人问高尔基，长篇和短篇哪个更容易，他说长篇是大炮，短篇是手枪，都属于武器，都可以用来杀人，都不容易，无论长短，把它们货真价实地写好，这个才是最重要。

刚开始写小说，我对怎么写，写多长，全无心计。想写就写，无知必胆大，短篇中篇长篇，一口气写很多年，写了一大堆文字，转过头来往前看，总结回顾，发现自己最多的还是中篇。两年前短篇结集，收在一起勉强三本。这次出版中篇小说，轻而易举就是五本。还有一些因为版权，暂时未收入这个系列，如果照单全收，差不多又可以五本。

这套书的责任编辑杜晗来信，问能否将余华和苏童写过的两段文字印在封底，我立刻回信拒绝，理由是不能一而再，没完没了地让人家受累。当年拉大旗做虎皮，已经沾光太多，现在还要人家亮相站台，明显有些欺负老朋友。

然而在最后，我还是忍不住，要把杜晗转来的两段文字写在这里：

兆言的故事总是引人入胜，我想这是来自于他写作时令人尊敬的诚实，正是这样的诚实让他的才华和叙述中的人物故事熔于一炉，让他的故事张开了，让我们的阅读迅速投入进去，并且不能自拔。

——余华

叶兆言近年来的写作彻底放下了架子，越来越多地考虑小说的可读性和耐读性，经过多年的摸索和调整之后，其小说空间更显明朗而宽大，俗中见雅，对人性的探索也抵达了令人满意的深度。

——苏童

引用这两段文字，已不仅仅是做广告，而是怀念过去的美好时光。按年龄，我比余华苏童略长，文学辈分上却是同一拨人。一起成长，一起度过写作青涩期，我们的名字常放在一起，荣辱与共，既是互相提携的好友，更是良性竞争的对手。坦白说，羡慕他们的才华和成绩，想追上并且超过他们，一直是梦想，是我持续不断写作的动力。

因此，在这个后记中，首先要感谢中篇小说，它丰富了我的写作人生，让文学梦想变得如此充实。其次要感谢一起打拼的战友，感谢所有批评过我的人，感谢那些近乎客套的鼓励和督促，感谢我们拥有的共同岁月。

最后，当然更要感谢读者，没有读者阅读，我们曾经的蹉跎，曾经的风风火火，可能什么都不是。

2012年5月2日于南山